KB078059

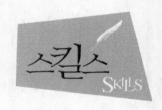

스킬스
SKILLS

스킬스 현대편 4

류화수 퓨전 판타지 소설

초판 1쇄 찍은 날 § 2016년 4월 1일
초판 1쇄 펴낸 날 § 2016년 4월 8일

지은이 § 류화수
펴낸이 § 서경석

편집책임 § 고승진

펴낸곳 § 도서출판 청어람
등록번호 § 제387-1999-000006호
등록일자 § 1999. 5. 31
어람번호 § 제1-2391호

주소 § 경기도 부천시 원미구 부일로 483번길 40 서경B/D 3F (우) 14640
전화 § 032-656-4452   팩스 § 032-656-4453
http://www.chungeoram.com
E-mail § chungeorambook@daum.net

ISBN 979-11-04-90727-2 04810
ISBN 979-11-04-90624-4 (세트)

류화수 퓨전 판타지 소설

FUSION FANTASTIC STORY

현대편

스킬스 ④

SKILLS

SKILLS

CONTENTS

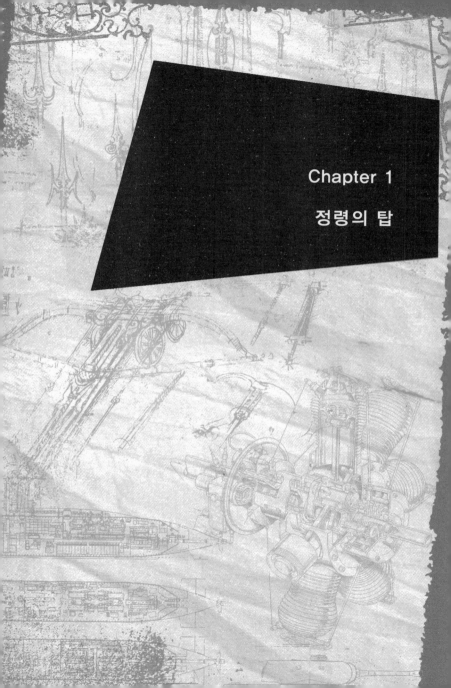

Chapter 1

정령의 탑

악마의 탑이라고 부르고는 있지만 전혀 다른 존재들이 나오는 이 탑의 정체는 여전히 파악되지 않았다.

　2층도 1층과 마찬가지로 서울과는 완전히 다른 맑은 공기가 채우고 있어서 절로 마음이 편해지는 기분이었다.

　한 번의 전투도 없었기에 더욱 그랬다.

　이번에는 어떤 존재가 있을까?

　1층에서 본 솜뭉치와 북극곰은 마기가 아니라 전혀 새로운 기운을 가지고 있었다.

　내가 이계에서 본 기운의 종류는 마기와 신성력, 그리고 드래곤이 사용하는 자연의 기운이었다.

　굳이 비교하자면 여기에 있는 존재들은 드래곤이 사용하는 자연의 기운과 비슷한 기운을 가지고 있었다.

드래곤과 비교하기에는 미약한 기운이었지만 비슷하긴 했다.

유카리는 새로운 환경에 긴장하지 않고 맑은 공기를 만끽했다.

"이렇게 맑은 공기는 처음 맡아봐요. 온통 풀 내음과 신선한 공기가 가득해요. 이런 곳이라면 아무런 고민 없이 살 수 있을 것 같아요."

유카리의 두 볼은 무슨 이유인지는 모르겠지만 약간 붉은색을 띠었다.

이상한 상상이라도 하나?

"나도 같은 생각이긴 한데. 여기서 오래 있을 수는 없어. 우리를 필요로 하는 사람이 바깥에 많이 있잖아. 어서 나가야지."

나는 팔을 내밀었고, 유카리는 자연스럽게 내 팔에 달라붙었다.

자연스러운 행동과 동작이었다.

짧은 시간이었지만 1층에서 보낸 시간으로 우리는 서로의 벽을 부수고 가까워졌다.

그렇다고 해서 이성적인 감정으로 발전한 것은 아니다.

물론 유카리의 동안과 압도적으로 성숙한 육체를 볼 때면 나쁜 생각이 들지 않았다고는 말하지 못하겠지만 본능을 이길 수 있는 정신력을 가지고 있었기에 온전한 정신을 유지할 수 있었다.

이번에도 팔뚝에서 느껴지는 푹신한 감촉을 이겨내기 위해 눈과 다리에만 정신을 집중해서 걸었고, 얼마 지나지 않아 새로운 존재를 만날 수 있었다.

"너희는 누구야?"

"누구야? 누구야?"

피터팬의 옆에서 날아다니는 팅커벨이 이런 모습일까?

이계에서도 보지 못한 요정 같은 있는 존재들이 우리 주변에서 날갯짓을 하며 호기심 가득한 얼굴로 우리가 누군지 묻고 있었다.

"우리는 인간이란다."

유카리는 손을 내밀어 한 마리의 요정이 손 위로 올리며 말했고, 요정들은 뭐가 그렇게 재밌는지 웃음소리를 내며 유카리의 손에 앉았다 일어나기를 반복했다.

"인간이래! 인간!"

"나 인간은 처음 봐. 이렇게 생긴 게 인간이구나."

"인간은 가슴이 큰가 봐. 내 가슴은 이렇게 작은데."

"아니야. 저 인간은 가슴이 없잖아. 모든 인간이 다 가슴이 크지는 않은가 봐."

이것들이 무슨 말을 하고 있는 거야!

나와 유카리는 너무도 순수한 요정들의 말에 서로 얼굴을 붉혔다.

"흠흠, 여기가 어딘지 말해줄 수 있어?"

"여기가 어딘지도 몰라? 인간은 바보!"

"바보! 바보!"

한 마디를 하면 수십 마디를 좋알거리는 요정들에 내 고막은 고통을 받았다.

그래도 여기가 어딘지 말해줄 수 있는 존재는 요정뿐이었기에 나는 억지로 정신을 가다듬고 대답을 기다렸다.

"여기는 정령의 탑이야. 정령들이 사는 곳이지. 인간이 어떻게 여기에 올 수 있지?"

"그러게 말이야. 수백 년 동안 인간이 여기에 온 적은 없었는 데."

"우리랑 놀고 싶어서 요정의 탑에 온 게 분명해!"

"놀자! 놀자!"

삼천포로 빠지려는 요정을 막아야 했다.

"우리는 여기가 악마의 탑이라고 생각하고 들어왔어. 밖으로 나가고 싶은데, 어떻게 하면 나갈 수 있을까?"

"악마의 탑? 더러운 놈들하고 우리를 착각했던 거야? 실망이 야, 인간!"

"우리랑 놀자. 나가지 마!"

"놀자! 놀자!"

초딩스러운 말투에 행동까지 내가 딱 싫어하는 모습이었다.

이런 상황에서 요정들의 말에 일일이 대꾸해 주다가는 꼼짝없이 여기서 죽을 때까지 고막이 고통받을 것 같았기에 나는 요정처럼 내가 하고 싶은 말만 하고, 듣고 싶은 말만 듣기로 결심했다.

"앞에는 뭐가 있어?"

"정령의 문이 있지. 뭐가 있겠어. 역시 인간은 바보야."

"바보! 바보!"

정령에 정신이 팔려 있는 유카리를 잡아 끌고 앞으로 나아갔다.

말할 수는 있는 정령이었지만 대화가 불가능한 정령 말고 다른 존재를 찾아야 했다.

우리가 정령의 문으로 이동하는 동안에도 끊임없이 입을 움직이는 정령들 덕분에 나는 기운으로 자체 음소거 기능을 구현해야 했다.

그렇게 귀를 막고 걸은 지 얼마나 되었을까? 드디어 정령의 문이 보였다.

정령의 문이 나왔다는 말은 정신 사나운 정령 말고 다른 존재가 있다는 뜻이기도 했다.

제발 이번에는 대화가 가능한 존재가 여기에 있기를!

정령의 문에 다가가자 한 존재가 모습을 드러낸다.

흰 수염을 배꼽까지 기른 노인과 같은 모습을 하고 있지만 주름 하나 없는 동안의 노신사였다.

"허허, 정말 인간이 여기에 왔구나. 인간이 여기에 온 적이 얼마 만인지 모르겠구나. 그래, 어떻게 이곳까지 왔느냐?"

드디어 대화가 통하는 존재다!

나는 동안의 노신사의 말에 눈물이 쏟아질 정도로 반가웠다.

"우리는 여기가 악마의 탑인 줄 알고 들어왔습니다. 정령의 탑인 줄 모르고 들어왔습니다."

"인간계에 악마의 탑이 생겨났다는 소식은 나도 들어서 알고 있네만, 인간계에 정령의 문이 생겨났는가? 허허… 이게 무슨 일인지 나도 잘 모르겠구나."

동안의 노신사도 알고 있는 정보가 별로 없어 보였다.

하긴 고작 2층을 지키는 존재가 정보를 알고 있으면 얼마나 알고 있겠는가.

그래도 여기를 나가는 방법 정도는 알고 있겠지.

"우리는 이곳을 나가고 싶습니다. 우리를 기다리고 있는 사람들이 바깥에 많이 있습니다."

"나가는 방법은 내가 알려줄 테니 너무 급하게 생각하지 말게나. 일단 이곳까지 찾아온 것도 인연이니 차나 한잔하고 가시게나."

동안의 노신사는 작은 오두막으로 우리를 안내했고, 다행히 귀를 괴롭히던 정령들은 따라 들어오지 않았다.

"나는 나무의 정신으로 만들어진 존재일세. 우드라고 불러주게나."

내가 살아온 인생의 몇 배, 아니 수십 배는 더 살아온 존재였기에 나에게 하대하는 것이 전혀 기분 나쁘지 않았다.

"저는 최진기라고 합니다. 알고 계시다시피 인간입니다. 그리고 이쪽은 유카리입니다."

"그렇구나. 그래, 다시 한 번 이곳에 들어온 것에 대해 이야기해 보게나. 정말 인간계에 정령의 문이 생겨났는가?"

"그렇습니다. 데빌 도어와 조금 다른 모습에 호기심이 생겨 들어왔습니다. 정령의 문이 한 개만 생긴 것인지, 아니면 세계 곳곳에 생겨났는지는 아직 파악하지 못했습니다. 하지만 며칠 전만 하더라도 정령의 문이 생겨났다는 소식을 듣지 못했으니 정령의 문이 다른 곳에 생기지는 않은 것 같습니다."

"정령의 문이 인간계에 생겼다고 하더라도 많지는 않을 걸세. 데빌 도어와 달리 정령의 문은 제어가 불가능하다네. 정령의 문과 탑은 아버지 정령이 만들었다네. 인간계에 정령의 문이 생겼다면 분명 아버지 정령의 의지가 분명하다네."

아버지 정령? 마왕과 같은 존재인가?

"아버지 정령이라는 분이 인간계에 정령의 문을 만든 이유가 뭐라고 생각하십니까?"

"나는 모른다네. 오직 아버지 정령만이 알고 계시지."

"그러면 아버지 정령을 만나기 위해서는 어떻게 해야 합니까?"

이곳을 나가는 것도 중요하지만 아버지 정령을 만나고도 싶었다.

그가 무슨 생각을 하고 있는지는 모르겠지만 생각지도 못한 우군을 얻을 수 있는 기회가 될 수도 있었다.

"아버지 정령은 정령의 탑 가장 높은 곳에 계시다네. 자네들은 이곳을 나가고 싶어 하지 않았는가."

나도 모르게 유카리를 바라봤다.

나 혼자 이곳에 왔다면 분명 아버지 정령을 만나기 위해 정령의 탑 최고층까지 갔겠지만 유카리를 데리고 거기까지 가기에는 문제가 있었다.

"이 여성을 바깥세상으로 돌려보내고 저 혼자 아버지 정령을 만나는 방법은 없습니까?"

나는 유카리가 내 말을 듣지 못하게 기운으로 그녀의 귀를 잠시 막았다.

"그런 방법은 없다네. 자네들이 정령의 탑을 빠져나간 뒤에도 정령의 문이 계속 그곳에 있을지 사라질지 모른다네."

이거 외통수잖아.

다른 방법이 없었다. 선택해야 했다. 유카리를 데리고 같이 나가든지, 아니면 그녀와 함께 정령의 탑 최고층까지 가든지 결정을 해야 했다.

"유카리, 너의 의견을 존중해 줄게. 이곳에서 나갈래, 아니면 아버지 정령이라는 존재를 만나 볼래?"

유카리는 내 눈을 뚫어지게 쳐다보고는 수줍은 미소를 지으며 말했다.

"저는 당신의 뜻을 따를게요."

뭐지, 갑자기 분위기가 바뀌었잖아.

설마… 나한테 반한 건가?

반할 정도로 매력을 발산하지도 않았는데. 하여간 너무 잘생긴 내 얼굴이 문제라니까.

현수가 내 생각을 알았다면 욕을 한 바가지 하겠지만, 어쨌든 나는 내 얼굴에 자신이 있었다. 눈, 코, 입이 다 달렸으면 됐지.

"그럼 아버지 정령이라는 분을 만나고 싶습니다. 정령의 탑의 최고층은 몇 층입니까?"

"아버지 정령을 만나는 일이 그렇게 쉽지는 않을 걸세. 정령의 탑 1층과 2층은 공격성이 전혀 없는 정령들이 살고 있지만, 3층 이상의 정령들은 강한 공격성을 가지고 있다네. 그래도 괜찮겠는가?"

"아버지 정령이 정령의 문을 여셨다면 분명 우리가 만나러 오기를 원하실 건데. 다른 정령들도 그분의 뜻을 아신다면 우리를 올려 보내주지 않겠습니까."

"알겠네. 이것을 받게나."

나무의 의지를 받은 동안의 노신사가 나뭇잎 하나를 내밀었다.

"내가 인정하는 인간이라는 뜻이라네. 다른 효과가 있지는 않지만, 다른 정령들에게 이 나뭇잎을 보여준다면 대화는 가능할 걸세."

"감사합니다."

아무것도 없는 것보다야 이거라도 가지고 있는 게 낫기에 나뭇잎을 받았다.

"그럼 정령의 문을 통해 다음 층으로 이동하면 되겠습니까?"

"그렇다네. 부디 아버지 정령을 만나게나."

나와 유카리는 동안의 노신사의 배웅을 받으며 정령의 문으로 이동했고, 다음 층으로 이동했다.

정령의 탑 3층에 도착했다.

확실히 정령의 탑 3층은 1층과 2층에 비해 다른 분위기를 풍기고 있었다.

여전히 맑은 공기가 탑 안을 감싸고 있었지만 강한 기운을 가지고 있는 존재들이 느껴졌다. 물론 아직은 내가 가지고 있는 고리의 기운보다 강한 기운을 가지고 있지는 않았다.

내가 가지고 있는 기운이면 악마의 탑 6층도 공략이 가능했고, 조금 무리한다면 7층까지도 공략이 가능했다.

아무리 다른 종류의 탑이라고는 하지만 고작 3층에서 밀릴 이유는 없었다.

나는 나무의 의지를 받은 존재에게서 받은 나뭇잎을 흔들며 걸었고, 정령들은 우리를 이상하게 바라보기는 했지만 별다른 충돌 없이 정령의 문에 도착할 수 있었으므로 그곳에서 정령의 문을 지키는 정령을 만날 수 있었다.

"나무의 의지를 이은 존재의 나뭇잎을 가지고 있군. 가지고 있는 기운을 봤을 때는 인간으로 보이지만 너는 다른 기운을 가지고 있는 것 같구나."

정령의 문 3층을 지키는 존재는 확실히 달랐다.

고리의 기운을 숨긴다고 숨겼지만 완벽하지는 않았는지 내가 다른 기운을 가지고 있다는 사실을 파악했다.

"우리는 인간입니다. 악마의 탑에서 사냥을 하면서 능력을 키웠습니다."

나는 2층에서 했던 말을 그대로 3층의 존재에게도 했고, 그 존재도 딱히 우리를 막지 않고 정령의 문으로 안내해 주었다.

그렇게 우리는 다음 층으로 갈 수 있었고, 같은 행동을 몇 번 반복했다.

층수가 높아지면 높아질수록 더욱 강한 기운을 풍기는 정령들이 나왔지만 아직은 충돌이 없었다.

다들 정령의 문이 인간계에 생긴 이유가 아버지 정령의 뜻이라는 사실을 알고 있는지, 아니면 나무의 정령의 나뭇잎이 그들에게 신뢰를 준 건지 모르겠지만 우리는 큰 어려움 없이 정령의문 6층까지 도달할 수 있었다.

6층의 정령은 확실히 강했다.

정령의 문을 지키는 존재도 아닌 일반 정령들이었지만 가지고있는 기운은 악마의 탑 6층의 마족의 기운보다 강했다.

이번에도 나는 프리패스 아이템이나 다름없는 나뭇잎을 흔들며 그들에게 다가갔고, 그들은 자신이 결정할 문제가 아니라고생각했는지 우리를 6층을 수호하는 정령에게 데리고 갔다.

"인간이 이곳까지 오다니, 신기한 일이군. 아버지 정령이 너희를 불렀는지, 작은 실수가 있었는지 모르겠단 말이야."

호기심 가득한 표정으로 말하는 정령에게서 나는 좋지 않은느낌을 받았다.

정령은 머리카락 대신 불길로 머리를 데우고 있었는데, 딱 봐도 불의 기운을 가지고 있는 것 같았다.

불의 정령답게 불같은 성격을 가지고 있어 보였다.

"내가 간단히 시험을 해봐야겠어. 내 시험을 통과하지 못한다면 아버지 정령의 부름이 아니라 실수겠지."

젠장! 하여튼 이런 사람이 꼭 한 명씩 있단 말이야.

왜 항상 높은 사람의 뜻을 왜곡하고 혼자 나서려는 사람이 존재하는지 모르겠다.

물론 지금 나의 전투 의지를 활활 태우고 있는 존재는 사람이 아니라 정령이라는 점이 다르기는 하지만 어쨌든 같은 상황이었다.

불의 정령은 타오르는 불길처럼 전투 의지를 불태웠고, 나는 급히 유카리를 뒤로 보내며 고리의 기운을 끌어 올렸다.

불의 정령을 육체의 힘만으로 상대하는 것은 불가능했다.

내가 가진 기운을 숨기고 싶었다.

고리의 기운이라고 부르고 있지만 따지고 보면 고리의 기운은 마기다.

마기를 좋아하는 존재는 오직 마계에서만 살고 있었고, 정령이 마기를 느끼게 된다면 어떤 반응을 보일지 모르는 상황이었기에 불가피한 상황이 아니면 고리의 기운을 사용하고 싶지 않았지만 지금이 불가피한 상황이었다.

새빨간 불길을 땅에 새기며 다가오는 불의 정령은 아무런 고민 없이 나를 향해 불길로 만든 주먹을 내질렀다.

얼굴을 향해 날아오는 불길은 모닥불을 피우기 위한 붉은 불이 아니라 용광로의 새빨간 불이었다.

이거 맞으면 큰일 나겠는데.

몸에 새겨진 문양이 방어력을 높여 준다고는 하지만 자연계 능력에 대한 방어력은 물리 피해 방어력에 비해 떨어졌기에 불의 정령의 공격을 막기보다는 피해야 했다.

발에 기운을 집중해 스텝을 밟아 불의 정령의 공격을 피해 이동했다.

내가 자신의 공격을 이렇게 쉽게 피해낼 줄 몰랐던 불의 정령은 잠시 자신의 손을 바라보고는 미소를 지으며 말했다.

"역시 재주가 있는 인간이었군. 아버지 정령께서 만나보고 싶어 하는 이유가 있었어."

"그러면 이제 우리를 다음 층으로 안내해 주시죠."

말과 다른 행동을 보이고 있는 불의 정령이었다.

여전히 몸과 주먹에 불길을 두르고 있는 불의 정령은 공격 의사를 여전히 불태우고 있었다.

"그건 그거고, 이왕 시작했으면 끝을 봐야 하지 않겠어. 이대로 끝내면 서로 아쉽잖아."

"저는 전혀 아쉽지 않은데……."

내 의사를 전혀 고려할 생각이 없는 불의 정령은 다시금 나를 향해 공격해 들어오기 시작했다.

이전보다 더욱 강해진 불길에 곁에만 있어도 옷 끝이 타들어가기 시작했다.

몇 벌 가지고 오지도 않은 옷이 타버리다니!

나는 타버린 옷에 애도를 표하기 위해 불의 정령에 한 방을 먹어야 했다.

문양을 활성화시켜 방어력을 키우고 기운까지 덮어 완벽히 불길을 막을 준비를 하고는 다리를 쉬지 않고 움직여 불의 정령의 공격을 피하며 허점을 노렸다.

그리고 나를 향해 강하게 주먹을 휘두르는 불의 정령의 옆구리가 열렸다.

나는 그 틈을 노려 기운이 스며든 주먹을 그의 옆구리를 향해 내질렀다.

"오! 좀 아픈데. 쿨럭!"

정령도 기침을 하네.

기침까지 하며 고통을 느끼는 불의 정령이었지만 여전히 전투를 그만할 의사를 보이지 않고 있었다.

전투가 길어지면 길수록 내 기운의 정체가 밝혀질 가능성이 높아진다.

나는 모든 기운을 다시 고리로 불러들이고는 무방비 상태로 불의 정령 앞에 섰다.

"그만하죠. 이 정도면 서로의 실력을 확인한 것 같네요. 전투가 길어지면 길어질수록 제가 아버지 정령을 만나는 시간이 늦어집니다. 그것을 아버지 정령께서 원하지 않을 겁니다."

"그런가? 그러면 다음에 나랑 또 전투를 해준다고 약속하면 보내주지."

그런 약속 정도는 몇 번이고 해줄 수 있다.

다시 정령의 탑으로 오지 못할지도 모르기에 나는 고민 없이 약속을 했다.

"한 번이 아니라 몇 번이고 해줄게요. 그러니 이만 다음 층으로 가는 정령의 문으로 안내해 주세요."

"약속한 거다!"

내가 약속을 하자 불의 정령은 신이 나서 방방 뛰었고, 그의 옆에는 불똥이 가득했다.

저런 존재가 더 있으면 세상은 불길로 뒤덮이겠어.

불의 정령의 안내를 받아 나와 유카리는 다음 층으로 넘어갔다.

7층은 냉기의 정령이 사는 곳인지 매우 추웠다.

나야 강한 육체와 고리의 기운 덕분에 추위가 크게 느껴지지 않았지만 유카리는 달랐다.

온몸을 바들바들 떠는 유카리에게 내 옷을 건네주었지만 그녀는 여전히 추위를 느꼈기에 나는 어쩔 수 없이 그녀를 품에 안고 이동해야 했다.

절대 사심이 들어가지 않은 행동이다!

냉기의 정령은 불의 정령과 달리 이성적인 사고가 가능해서 우리는 전투 없이 다음 층으로 넘어갈 수 있었다.

8층도 다행히 이성적인 정령이 살고 있어서 우리는 드디어 10층으로 가는 마지막 길목인 9층에 도착할 수 있었다.

"여기는 뭔가 이상하네."

내 품에 안겨 있는 유카리는 내 말에 동의했다.

"그러네요. 마치 환상의 세계로 온 것 같아요."

이제 추위가 더는 느껴지지 않았지만 타이밍을 놓친 건지, 아니면 내 품이 좋아서인지 유카리는 내 품을 벗어나지 않았다. 나도 굳이 그녀를 뿌리치지 않았다.

이렇게 부드러운 촉감을 느껴본 적이 오랜만이라서 말이지.

9층은 바닥과 천장이 이상하게 꼬여 있는 구조였고, 모든 물건들은 현대 미술처럼 입체적이고 기하학적이었다.

"그래도 마지막 단계이니 조만간 바깥으로 갈 수 있어. 조금만 더 참아. 나 때문에 네가 고생이네."

"아니에요. 저도 이런 경험이 처음이라 신기하고 즐거워요."

품에 안겨 말을 해서 그런지 이상하게 그녀의 목소리가 더욱 달콤하게 느껴졌다.

그리고 그 목소리에 내 몸이 반응했다.

정신력이라면 세상 누구보다 강하다고 자부했지만 이상하게 제대로 제어가 되지 않았다.

이런 생각이 들자 그녀의 얼굴이 더욱 다르게 느껴졌다.

초롱초롱한 그녀의 눈동자를 더욱 오래 바라보고 싶었고, 얇은 그녀의 입술에 내 입술을 가져다 대고 싶어졌다.

그런 마음이 내 몸을 지배하려고 했지만 나는 정신력으로 간신히 참아내었다.

이렇게 안고 있다가는 사고를 칠 거 같네.

"조금 위험할 수도 있으니 이제 조금 떨어져 있자."

유카리는 아쉽다는 표정으로 내 품에서 벗어났다.

유카리도 나와 같은 마음이었나?

그녀의 얼굴에는 홍조가 가득했고, 무언가를 갈구하는 눈이었다.

무엇을 갈구하는지 잘 알고 있었지만 섣불리 움직일 수는 없었다.

나는 왜 이런 현상이 생겼는지 알고 있다. 이계에서 경험해 봤었다.

정신계 능력을 가진 악마의 유혹에 넘어가면 본능이 이성을 지배하게 되고, 몸은 본능의 노예가 되어버린다.

기하학적인 모습을 하고 있는 악마의 탑을 봤을 때 이곳은 정신계 능력을 가진 정령이 사는 곳이 분명했다.

"이만 모습을 드러내시는 게 어떻습니까? 시험은 이 정도면 충분하지 않습니까."

나는 크게 소리쳐 우리를 가지고 장난치고 있는 정령을 불렀다.

천장과 바닥이 맞닿는 지점에 위치하고 있는 그림에서 사람의 인영이 빠져나오고 있다.

"아깝네. 나는 인간이 본능에 헐떡이는 장면을 보고 싶었는데. 생각보다 정신력이 강한 인간이야. 아버지 정령을 만나고 싶다고?"

내가 말하지 않은 내용을 이미 알고 있는 정신계 정령이었다.

정신계 악마도 그랬지만 정신계 정령도 아름다운 모습을 하고 있었다.

아름다운 흑발과 인간은 가질 수 없는 육감적인 몸매.

그리고 매력적인 얼굴까지.

정신계 능력을 사용하는 존재는 모두 아름다운 모습에 대한 강박증이 있는지, 아니면 그렇게 태어난 존재인지는 모르겠지만 세상에서 찾아볼 수 없는 아름다운 모습을 하고 있었다.

"제 마음을 읽었습니까?"

"당연하지. 정신계 정령이 그 정도도 못하면 여기에 있을 자격이 없잖아. 다른 마음도 말해줄까? 네가 옆에 있는 여자랑 무슨 짓을 하고 싶었는지 자세하게 설명해줘? 초롱초롱한 눈을 마주보고 붉은 입술에 입맞춤을 하고 싶고, 봉긋한 가슴에 손을 가져가……."

"그만하세요! 충분합니다."

"그래? 저 여자는 아쉬워하는 것 같은데."

유카리는 잘 익은 사과처럼 얼굴을 붉히고는 내 눈을 제대로 바라보지 못한 상태에서 몸을 배배 꼬고 있었다.

정신계 정령의 능력 때문인지, 아니면 진실로 나를 원하고 있는지는 모르겠지만 그녀의 모습은 사랑스러웠다.

정말 내가 유카리를 좋아하는 걸까?

아니면 정신계 정령의 장난 때문일까?

여기서 답을 찾을 수는 없다. 일단 이곳에서 빠져나가야 내 마음을 확인할 수 있었기에 나는 애써 분위기를 환기시키며 말했다.

"제 마음을 읽었으니 제가 왜 정령의 탑에 왔으며, 그것이 아버지 정령의 의지라는 것을 알고 계실 거라고 생각합니다. 우리를 10층으로 향하는 정령의 문으로 안내해 주시기 바랍니다."

"그럴까? 아직 더 시험해 보고 싶은데. 아무리 네 마음을 읽었다고는 해도 그게 완벽한 진실이라는 사실을 몰라서 말이야."

나는 2층에서 받은 나뭇잎을 그녀에게 보여주었다.

"나무의 의지를 받은 존재에게서 받은 나뭇잎입니다. 이 정도면 충분하지 않습니까?"

"아니야, 그거로도 부족해. 네 본능을 조금 더 건드려 봐야겠어. 얼마 만에 찾아온 인간인데, 이렇게 보내기엔 아쉽잖아."

정신계 정령은 나를 시험해 보고 싶은 생각이 아니었다.

단지 정신력을 막고 있는 내 본능의 댐을 부숴 재밌는 장면을 보고 싶어 할 뿐이었다.

"그만하지. 더 하면 나도 가만히 있지 않겠어."

나는 단호하게 말했지만 장난기가 가득한 정신계 정령을 막기에는 역부족이었고, 정신계 정령은 다시 그림으로 모습을 감추었다.

나는 기운을 일으켜 그림을 향해 방출했지만 벽에 막힌 것처럼 내 기운은 그림에 도달하기 전에 막혀 버렸다.

"팀장님, 저 몸이 이상해요."

자리에 누워 몸을 꼬고 있는 유카리는 안절부절못하고 있는 상황이었다.

그녀보다야 나은 상황이긴 했지만 나도 전신이 간지러웠다.

본능이 점점 이성을 잠식하려고 하고 있다.

그녀는 내 다리를 붙잡고 일어서려고 했지만 떨려오는 몸을 제어하지 못하고 내 품을 향해 넘어졌다.

그녀의 육감적인 몸을 전신으로 느끼게 되었고, 본능이 다시

한 번 강하게 불타올랐다.

나를 빤히 바라보고 있는 유라키의 얼굴에 나도 모르게 손을 가져다 대었고, 조금씩 내 입술이 그녀의 입술을 향해 다가갔다.

분홍빛의 그녀의 입술의 감촉은 어떨까? 부드럽겠지? 느껴보고 싶다.

점점 머리가 하얘지기 시작했다. 내가 왜 이곳에 있는지, 무슨 목적을 가지고 왔는지에 대한 정보가 머릿속에서 사라지기 시작했다.

그녀의 입술이 나를 미치게 하고 있었다.

나는 그녀의 얼굴을 솜사탕을 만지는 것처럼 받들었다.

아직은 이성이 본능을 제어하고 있다.

하지만 그녀가 먼저 내 입술을 향해 달려들었고, 그녀의 입술과 내 입술이 하나가 되는 순간 본능이 이성을 잠식해버려 나는 그대로 본능의 노예가 되어버리려고 했다.

따뜻한 그녀의 입술의 감촉에 내 손은 절로 그녀의 잘록한 허리를 감싸 안았다.

그 순간 고리가 움직였다.

내 몸에 이상 증상이 보이면 고리는 내 의지가 아니더라도 몸을 보호하기 위해 움직인다.

고리의 기운이 몸속을 회전하더니 뿌옇게 변한 내 머릿속을 다시 맑게 만들어 주었다.

이대로는 다시 본능의 노예가 되어도 이상하지 않다.

일단은 유카리부터 어떻게 해야 된다.

나는 그녀의 뒷목을 살며시 쳐 기절시키고는 다시 그림을 향해 소리쳤다.

"이번 시험도 통과한 것 같은데. 이만 아버지 정령을 만나는 정령의 문으로 안내해 주는 게 어떻습니까?"

그림에서 다시 빠져나온 정신계 정령은 자신의 마음대로 움직이지 않은 내가 미운지 입술을 삐쭉 내밀고는 말했다.

"정말 정신력이 강한 인간이네. 그럼 어쩔 수 없지. 옆에 있는 여자를 데리고 이리로 와. 정령의 문으로 안내해 줄게."

나는 쓰러져 있는 유카리를 안고는 정신계 정령의 뒤를 따라 걸어 10층으로 향하는 정령의 문에 도착할 수 있었다.

"아버지 정령을 만나는 인간은 네가 처음일 거야. 아버지 정령이 무슨 의도로 인간을 보고 싶어 하는지는 모르겠지만 무례한 행동을 하면 안 된다. 아버지 정령은 온화한 성격을 가지고 계시지만 한 번 화를 내면 아무도 못 말린다고. 알았지? 그러면 다음에 봐."

절대 다시 보고 싶지 않은 정령이다.

하마터면 본능의 노예가 되어 우리 두 사람에게 씻을 수 없는 상처가 될 뻔했다.

나야 큰 상처가 아니지만 여자인 유카리에게는 큰 상처로 남을 수 있었다.

정령의 문을 통과해 정령의 탑의 마지막 층이자 아버지 정령이라는 존재가 살고 있는 정령의 탑 10층에 도착했다.

정령의 탑 10층은 아무것도 없는 허무의 공간이었다.

바람 한 점 느껴지지 않았고, 온통 하얀색만이 가득한 공간은 마치 정신병동의 병실처럼 느껴졌다.

이곳에서 하루만 보내도 미쳐 버리겠네.

이런 곳에서 오랜 시간을 보낸 아버지 정령이라는 존재도 제정신은 아닐 것 같은데.

여전히 정신을 차리지 못하고 있는 유카리를 안고 걸음을 옮겼다.

어디가 어디인지 구별이 되지 않았지만 일단은 걸었다.

걷다 보면 아버지 정령이라는 존재를 만날 수 있겠지.

흰색 길을 따라 앞으로만 걸어갔다.

아버지 정령이라는 존재가 모든 정령을 대표하는 정령이라면 당연히 강한 기운을 가지고 있기 마련이다.

하지만 주변에서 그 어떤 기운도 느껴지지 않았고, 나는 그냥 그렇게 발을 움직이며 그를 찾았다.

얼마나 걸었을까? 그렇게 많이 걸은 것 같지도 않았지만 다리가 비명을 질렀다.

유카리를 안고 걸었다고는 하지만 이 정도로 피로를 느낄 정도로 나약하지는 않았다.

중력이 인간계와 다르게 적용되나?

힘이 빠진 다리에 새로운 기운을 불어 넣어주기 위해, 고리에게 기운을 빌리기 위해 노크를 했다. 고리는 언제나 나에게 강한 기운을 불어 넣어주었고, 이번에도 고리가 나에게 도움을 줄 거라고 믿어 의심치 않았다.

하지만 고리는 굳게 입을 다문 채로 굳어 있었다.

강대한 기운이 고리 안에 잠자고 있었지만 그 기운을 사용할 방법이 사라진 것이다.

그러는 동안에도 몸에서 기운은 빠져나가고 있었고, 유카리의 무게가 손끝을 타고 느껴지기 시작했다.

나는 고리의 강한 기운에 자신이 있었기에 따로 아이템을 착용하지는 않았었다.

황급히 보관 상자에서 체력 상승 능력이 붙은 아이템을 덕지덕지 착용했고, 그러고 나서야 겨우 몸을 다시 움직일 수 있게 되었다.

"도대체 여기는 뭐 하는 곳이지? 고리의 기운은 물론이고 체력도 순식간에 방전되는 곳이 있다고는 생각도 못 해 봤는데."

이계에서 보낸 시간 동안 고리의 기운이 봉인된 적은 없었고, 고리의 기운은 이제 내 몸의 일부나 다름없었다.

고리의 기운을 사용할 수 없게 되자 눈이 먼 것 같은 불편함이 느껴졌다.

이곳을 빠져나가기 위해서는 걸어야 한다. 목적지를 모르고 이동하는 여정이지만 그래도 걸어야 한다.

가만히 있는다고 해서 해결될 문제는 아니었기에 나는 다시 유카리를 안고 발을 움직였다.

떨어져가는 체력을 천사의 눈물로 채우며 발을 움직였고, 보관 상자에 들어 있는 육포로 허기짐을 달랬다.

그리고 드디어 흰색이 아닌 다른 색의 무언가를 발견하게 되었다.

"저기로 가자."

충분한 수분을 섭취했지만 극심한 체력 고갈로 인해 입이 바싹 말라 있었다.

그래도 희망이 보였다.

목적지가 보였기에 나는 다시 힘을 내서 이동했고, 갈색을 띠고 있는 무언가를 향해 다가갔다.

"이게 뭐지? 설마 이 나무가 아버지 정령은 아니겠지?"

갈색의 나무는 나뭇잎이 하나도 달려 있지 않은 앙상한 가지로만 이루어져 있었다.

하지만 엄청난 크기였다. 뿌리는 정령의 탑 깊숙이 박혀 있었고, 가지는 천장까지 뻗어나가 있었다.

"뭐야! 이 나무가 정령의 탑이잖아!"

갈색의 가지가 정령의 탑으로 향해 있다고 생각했었다. 하지만 자세히 보니 갈색의 가지는 천장으로 갈수록 흰색으로 변해 있었다. 가지들이 모여 정령의 탑 10층을 이루고 있는 것이었다.

얼마나 가지가 커야 정령의 탑을 이룰 수 있는 거지?

내가 걸어온 거리만 보더라도 상당했다. 이 큰 정령의 탑 10층을 나무 하나가 만들었다고 생각하니 경외심까지 들었다.

이 나무가 아버지 정령이라는 확신이 들었다.

이런 능력을 가진 나무가 아버지 정령이 아니라면 어떤 존재가 아버지 정령이겠는가.

"정령의 문을 열어 우리를 부른 이유를 묻고 싶습니다."

솔직히 아버지 정령이 나를 부른 건지, 아니면 우리가 호기심을 이기지 못하고 정령의 탑으로 들어왔는지는 모른다.

하지만 나는 아버지 정령이 나를 불렀다고 생각하고 있다.

필연 같은 우연은 없다는 걸 이계에서 배웠다.

분명 이 모든 것이 누군가의 의도로 인해 벌어진 일이고, 그럴 가능성이 가장 높은 것은 아버지 정령이다.

내 질문에 나무가 흔들리기 시작한다. 앙상한 가지 하나가 내 손으로 다가왔고, 나는 그 가지로 손을 뻗었다.

손가락 끝에 내려온 가지에서 자연의 기운이 느껴지기 시작했다.

드래곤의 기운과는 다른 종류의 자연의 기운이었다.

나무에서 흘러들어오는 자연의 기운은 내 몸을 타고 머리 위로 오르기 시작했다.

그리고 들려오는 목소리.

귀를 통해 들어오는 소리가 아니라 머릿속으로 직접 들려오는 소리였다.

[나는 정령들의 아버지이자 정령계를 수호하는 정령이다. 이곳까지 오느라 고생이 많았다. 인간계에 정령의 문을 열어 내 부탁을 들어줄 인간을 찾았는데 다행히 능력이 있는 인간이 이곳을 찾아왔구나.]

아버지 정령의 말을 듣고 보니 나를 찾은 것이 아니라 자신의 부탁을 들어줄 인간을 찾고 있었다. 내가 이곳에 온 것은 그의 의지와 더불어 우연이 겹쳤기 때문이었다.

하지만 이것도 필연이다. 인간계에서 가장 강한 인간이 나라고 확신할 수는 없지만 그래도 나는 이계에서 악마의 탑을 정리한 유일한 인간이다.

"무슨 부탁을 하려고 하십니까? 정령의 탑을 만든 존재가 부탁할 것이 무엇인지 상상도 가지 않습니다."

[정령계는 큰 위협을 받고 있다. 인간계가 악마에 의해 공격을 받고 있는 것처럼 정령계에도 오염된 마기에 의해 돌연변이 정령들이 생겨나고 있고, 그 정령들은 더욱 강한 힘을 가지기 위해 정령의 탑을 노리고 있다. 그들은 같은 정령들을 잡아먹고 힘을 키우고 있다. 오염된 정령들을 막아야만 한다. 그러지 않으면 정령계는 소멸된다.]

한마디로 정령계가 위험하다는 말이었다. 하지만 굳이 내가 도와줘야 할 이유는 찾지 못했다.

분명 정령계가 힘든 상황인 것은 맞았고, 마기에 의해 힘을 잃어가고 있었지만 나를 움직이기에는 충분한 이유가 되지 못했다.

"저는 인간입니다. 현재 악마의 탑을 막기에도 벅찬 상황입니다. 제가 어떻게 도움을 주기를 원하십니까? 저 혼자 오염된 정령을 막아달라는 부탁이시라면 저는 거절할 수밖에 없습니다. 저는 한낱 인간에 불과합니다. 정령의 탑 7층에 있는 정령들도 이기지 못할 정도로 약한 기운을 가지고 있습니다."

물론 내가 힘을 되찾는다면 아버지 정령을 제외한 모든 정령을 상대할 정도의 힘을 가지게 되겠지만 지금은 한계가 있었다.

[알고 있다. 하지만 너에게서는 오염된 정령을 막을 수 있는 기운이 느껴진다. 오염된 정령과 비슷한 기운이지만 선한 마음을 가지고 있는 너라면 충분히 오염된 정령을 막을 수 있다.]

나와 비슷한 기운을 가지고 있다?

그렇다면 오염된 정령들도 흡수 계통 기운을 가지고 있다는 말인데.

내가 힘을 되찾기 위해서는 많은 수의 악마를 사냥해 마기의 정수를 흡수하거나 같은 계통의 기운을 가진 악마를 사냥해 기운을 흡수해야 한다.

당연히 전자보다 후자가 효율이 훨씬 좋았고, 빠르게 강해질 수 있다.

하지만 나는 그렇게 하지 않았다. 아니, 전자의 방법도 사용하지 못했다. 내가 많은 수의 악마를 사냥하기 시작하면 악마들은 나를 주목하기 시작할 테고, 그렇게 되면 준비되지 않은 상태에서 악마와의 전쟁이 시작된다.

이계에서도 준비되지 않은 상태에서 항마 전쟁을 벌여 큰 피해를 입었기에 나는 조심스럽게 움직이고 싶었다.

하지만 굳이 악마의 힘을 흡수하지 않고 강해질 수 있다면?

고민할 필요도 없다. 무조건 해야 하는 것이다.

"오염된 정령의 수가 얼마나 되고, 가지고 있는 기운은 어느 정도나 됩니까?"

[오염된 정령 중 가장 먼저 태어난 정령은 너와 비슷한 기운을 가지고 있다. 하지만 다른 정령들은 정령의 탑 6층에서 8층 정도의 기운을 가지고 있다.]

충분히 매력적인 제안이다.

나는 힘을 되찾을 수 있고, 정령계는 오염된 정령을 처리해 안정을 되찾는다.

하지만 아쉬운 쪽은 내가 아니라 정령계였다.

원래 아쉬운 쪽에서 손해 보는 거래를 하는 것이 당연했다.

"그렇다면 저에게 해주실 수 있는 것은 무엇이 있습니까?"

나는 당당히 요구를 했다. 아무것도 해주지 않겠다고 말해도 나는 오염된 정령을 사냥할 생각이긴 했지만 그래도 밑져야 본전인 상황이었다.

[내가 너에게 줄 수 있는 것은 많지 않다. 정령의 힘을 빌릴 수 있는 소환진을 알려주겠다. 오직 너만이 만들 수 있는 소환진이다. 소환진을 무기나 방어구에 그려 넣으면 정령의 탑에 있는 정령 중 선택된 정령이 소환된다. 정령은 소환진이 그려진 무기의 주인의 명령을 따른다.]

생각보다 너무 좋은 제안이었다. 무기의 질이 실력인 세상에서 정령을 소환할 수 있는 무기는 억만금을 준다고 해도 바꿀 수 없었다.

물론 어떤 정령이 소환될지는 모르겠지만, 정령의 탑 9층의 정령이라도 소환된다면 그 무기는 절세보검이 되는 것이나 마찬가지였다.

"알겠습니다. 그렇게 하도록 하겠습니다. 그런데 오염된 정령을 상대하기 위해서는 어디로 이동해야 되는 겁니까? 제가 직접 정령계로 이동해야 되는 겁니까?"

아무리 매력적인 조건을 제시받았다고는 하지만, 홀로 적진으로 들어가는 자살행위를 하고 싶지는 않았다.

[나는 현재 내가 가지고 있는 모든 기운을 이용해 오염된 정령들을 격리해 두었다. 오랜 시간 동안 격리할 수는 없지만 인간의 시간으로 6개월 정도는 오염된 정령들을 격리할 수 있다. 오염된 정령들이 격리되어 있는 지역은 총 세 곳이다.]

정말 고마운 아버지 정령이다. 만약 오염된 정령이 한곳에 있었다면 나는 힘든 전투를 벌여야 했다. 그리고 가장 오래된 오염된 정령은 나와 비슷한 기운을 가지고 있다고 했다.

처음부터 그를 만나기라도 하면 나는 죽을 각오를 해야 된다.

하지만 다른 두 곳에서 차례대로 기운을 흡수한다면 그를 두려워할 필요가 없어진다.

"알겠습니다. 그러면 어떻게 하면 그곳으로 이동할 수 있습니까?"

[이 가지를 받거라.]

새로운 나뭇가지 하나가 내 손에 떨어져 안착했다.

[이 나뭇가지에는 정령의 탑 10층으로 이동하는 정령진이 그려져 있다. 자네가 원할 때마다 이곳으로 올 수 있게 된다. 인간계에 있는 정령의 문은 자네가 돌아가는 순간 사라진다.]

나는 나뭇가지를 품에 잘 넣어 두고는 소환진을 사용하는 법에 대해 물었다.

"정령을 소환하는 소환진을 그리는 방법도 지금 알고 싶습니다."

[소환진은 지금 당장 알려준다고 하더라도 자네가 사용할 수는 없다. 소환진을 사용하기 위해서는 정령력을 가지고 있어야 하는데 정령력을 가지고 있는 인간은 없다. 하지만 오염된 정령을 흡수하게 되면 정령력 또한 흡수할 수 있게 되니 그때 알려주겠다.]

"알겠습니다. 그러면 이만 돌아가고 싶습니다. 저는 괜찮지만, 이 여성분이 힘들어하고 있거든요."

아버지 정령은 자신의 우람한 몸을 흔들었다. 그러자 그 속에 숨어 있던 정령의 문이 튀어나왔다.

"그럼 이만 돌아가 보겠습니다. 최대한 빨리 찾아오겠습니다."

그 말을 마지막으로 나와 유카리는 다시 바깥세상으로 나왔다.

하늘에는 새빨간 태양이 떠오르고 있었다.

"벌써 하루가 지나버렸네."

정령의 탑에서 보낸 시간이 그렇게 오래였다고 생각되지 않았지만 벌써 하루가 지나고 새로운 하루가 찾아왔다.

정령의 문 주변에서 수십 명의 헌터들이 나를 기다리고 있었다.

"돌아오셨습니까, 팀장님!"

"그래, 이제 왔어. 별일 없었지? 정확히 하루가 지난 거 맞지?"

시간의 흐름이 인간 세상과 정령의 탑과 다를 수가 있기에 한 질문이었다.

"그렇습니다. 정확히 20시간이 지났습니다."

"다행이네. 그럼 돌아가자."

헌터들을 데리고 회사로 이동하려고 하는 순간 정령의 문은 힘을 잃고 먼지가 되어 사라졌다.

"정말 정령의 문이 사라졌네. 이제 정령의 탑으로 갈 수 있는 사람은 내가 유일하다는 말이네. 오랜만에 피가 끓는데."

귀찮은 일을 하고 싶지는 않았지만 힘을 되찾는 일이 귀찮을 리 없었다.

나도 사람인지라 강해지고 싶은 욕망이 가슴속에 있었고, 악마와의 전쟁을 준비하기 위해서라도 더 강해질 필요가 있었다.

먼지가 되어 사라지는 정령의 문을 잠시 바라보고는 다시 회사로 이동했다.

내가 너무 강한 충격을 줘서인지, 아니면 극심한 피로 때문인지 유카리는 여전히 정신을 차리지 못하고 있어서 어쩔 수 없이 내 침대에 눕혀 간호를 했다.

그녀가 정신을 차리기 전까지 내가 그녀를 간호한 시간은 2시간 남짓이었다. 그동안 나는 정령의 탑 9층에서 있었던 일들을 회상했다.

정신계 정령의 장난에 휩쓸려 벌인 일이었고, 단지 본능의 노예가 되었다고 생각하고 싶었지만 그녀를 보면 볼수록 빠져들었다.

"여기가 어디죠?"

어렵사리 눈을 뜬 유카리는 눈을 비비며 정령의 탑을 빠져나왔는지 물었다.

"여기는 회사야. 정령의 탑은 빠져나왔으니 걱정하지 마. 고생많았어."

"아니에요. 제가 실수해서 벌어진 일인데. 저 때문에 팀장님이 고생 많으셨어요."

그 말을 끝으로 우리는 한참 동안 서로의 눈을 바라보며 눈으로 대화를 나누었다.

먼저 말을 꺼낸 이는 없었지만 서로의 마음을 어느 정도 알게 되었다.

*   *   *

며칠 동안 나는 오염된 정령과의 전투를 위한 준비를 했다.

혹시나 모를 상황에 대비해 천사의 눈물을 한국에서 공수해 왔고, 정령의 탑 10층에서처럼 고리의 기운을 사용하지 못할 경우를 대비해 높은 등급의 아이템을 착용했다.

고리의 기운과 더불어 아이템을 사용하면 더욱 강한 효과를 보긴 하지만, 익숙지 못한 아이템을 사용하는 것은 오히려 전투에 도움이 되지 않기에 의도적으로 착용하지 않았다. 그러나 만약을 대비하기 위해 보관 상자 안에 잠들어 있는 이계의 아이템을 꺼냈다.

"이제 정령의 탑으로 가도 되겠는데."

오염된 정령과의 전투가 얼마나 지속될지 모르기에, 그리고 장기간 출장을 위해 현수를 찾아갔다.

　오늘도 어김없이 사무실에서 바삐 일하고 있는 현수를 개인 사무실로 데리고 와 일련의 일들을 설명했다.

　"아니, 그 얘기를 왜 이제 하시는 건데요. 일본의 사정이 좋지 않아 천사의 눈물을 공수해간 줄 알았더니 그게 아니었네요! 오염된 정령을 왜 혼자 상대하려고 하시는데요. 그리고 오염된 정령을 흡수하면 고리를 강화시킬 수도 있다고요? 저는요! 저도 고리를 가지고 있잖아요."

　"아! 미처 그 생각은 못 했어. 너도 오염된 정령을 흡수해 고리를 강화시킬 수 있구나. 하지만 위험할 거야. 네가 지금까지 상대해 왔던 몬스터들과는 차원이 달라. 내가 너를 지켜주는 것도 한계가 있는데."

　"그렇다고 언제까지 이렇게 있을 수는 없잖아요. 악마와의 전쟁을 대비하기 위해서라도 제가 강해져야 되잖아요. 언제까지 짐이 되고 싶진 않아요. 오염된 정령과의 전투에서 제가 강해지든지, 아니면 제가 죽든지 해야 돼요!"

　단호한 현수의 말에 나는 곰곰이 생각을 했다.

　악마와의 전쟁을 위해서는 많은 수의 헌터도 필요했지만 강한 힘을 가진 소수의 사람도 필요했다.

　아무리 내가 악마들을 상대한다고 하더라도 몸이 한 개인 이상 한계가 있었고, 현수가 악마를 상대할 수 있을 정도로 강해진다면 전투 효율성이 훨씬 높아진다.

"정말 가고 싶은 거지? 내가 가자고 한 거 아니다."

"알겠어요. 저도 남자라고요. 죽는다고 해도 팀장님을 원망하지 않을 테니까, 걱정 마요."

현수가 나를 원망하지 않는다고 말했지만 만약 그런 일이 생기면 나는 정신이 파괴될지도 몰랐다. 이계에서 많은 동료들을 잃었고, 그 충격이 아직까지 가슴속에 남아 있었다.

더는 동료를 잃고 싶지 않았다. 그랬기에 혼자 모든 것을 해결하려고 했다.

하지만 현수가 강해지면 앞으로 큰 도움이 될 게 분명하기에 위험한 곳에 그를 데리고 갈 수밖에 없었다.

나는 현수를 데리고 근처에 있는 악마의 탑으로 이동했고, 아이템을 이용해 현수와 함께 일본으로 넘어갔다.

"악마의 탑을 자유롭게 이동하는 아이템은 정말 대박이네요. 장거리 이동도 거뜬하다니. 정말 매력적인 아이템이에요."

현수가 내 아이템에 눈독을 들여서 나는 손으로 아이템을 가리키며 말했다.

"하나밖에 없어. 내가 얼마나 힘들게 얻은 아이템인데, 눈독을 들이냐."

"제가 언제 달라고 했어요? 그냥 그렇다는 거죠. 잔말 말고 바로 정령의 탑으로 이동하죠. 어떻게 이동하는지 궁금하네요."

"아! 맞다."

"왜요?"

"정령의 탑으로 이동할 수 있는 아이템으로 나만 갈 수 있는

지, 아니면 다른 사람도 데리고 갈 수 있는지 확인을 안 해봤어."

"해보면 알겠죠."

현수와 나는 아버지 정령이 준 나뭇가지를 동시에 붙잡았고, 나뭇가지에 의지를 불어넣었다.

"다행히 두 명이 동시에 이동할 수 있네요."

"그러게 말이다. 너를 데리고 올 생각이 없어서 미처 확인을 안 해봤어."

"어쨌든 정령의 탑으로 왔잖아요. 그런데 여기는 정말 사람이 살 곳이 못 되네요. 온통 흰 곳에서 어떻게 사는지 몰라요."

현수는 내가 처음 정령의 탑 10층에 왔을 때와 같은 말을 내뱉었다.

"여기서는 고리의 기운을 사용할 수도 없고, 급격히 체력이 떨어지니까 최대한 아이템에 의존해서 체력을 아껴야 할 거다."

나는 이미 경험이 있었기에 착용한 아이템의 능력을 살려 움직였고, 현수 또한 그런 방식으로 체력을 아끼며 걸었다.

처음에는 억겁같이 길었던 시간이었지만 다시 아버지 정령이 있는 곳에 도착하는 데는 생각보다 오래 걸리지 않았다.

"와, 이렇게 큰 나무가 있다니. 영화에서도 이런 규모의 나무를 본 적이 없어요. 얼마나 오랜 세월을 견뎌야 이렇게 커지는 거죠?"

"나도 모르지. 하지만 분명 우리보다 수백 배는 더 살아왔겠지."

한참이나 아버지 정령을 구경하는 현수를 두고 나는 나무로 다가갔다.

"약속을 지키러 왔습니다."

내 말이 끝나기도 전에 나무는 흔들리더니 나뭇가지 하나가 내 손을 향해 내려왔다.

나는 이미 경험이 있기에 손을 먼저 뻗어 나뭇가지가 더 편하게 내려앉을 수 있도록 도왔다.

[다른 사람을 데리고 왔군. 자네보다는 약한 기운이지만 오염된 정령의 기운을 흡수할 수 있어 보이는 사람이군.]

"그렇습니다. 제 제자라고 생각하시면 됩니다. 모든 준비는 끝났습니다. 바로 오염된 정령이 살고 있는 지역으로 이동하고 싶습니다. 아! 그리고 가장 약한 오염된 정령들이 살고 있는 지역으로 가고 싶습니다."

[오염된 정령이 살고 있는 곳은 총 세 곳이다. 정령계에서 버림받은 땅에 격리되어 있지. 가장 약한 오염된 정령이 살고 있는 지역은 죽음의 정령이 머물다 간 땅이다. 그곳으로 이동시켜 주겠다.]

"부탁드립니다."

현수는 혼잣말을 하는 것처럼 보이는 나를 미쳤다고 생각하고 있는지, 나를 멍하니 바라보고 있었다. 나는 그런 현수를 반대쪽 손으로 불렀다.

"혼잣말하는 거 아니니까 얼른 와. 바로 오염된 정령이 사는 곳으로 이동하자."

현수가 나무 곁으로 다가오자 나뭇가지 하나가 현수의 손으로 떨어졌다.

[이제 이동한다네. 부디 오염된 정령에게 안식을 주기를 바라네.]

아버지 정령의 의지에 따라 나뭇가지에서 빛이 나오기 시작했고, 그 빛은 나와 현수의 몸을 감싸 안았다.

빛이 온몸을 감싸자 나는 허공에 뜨는 기분이었다. 이내 시야가 순식간에 흐려졌다.

*   *   *

나와 현수는 오염된 정령이 사는 장소로 도착했다.

죽음의 정령 뭐시기 라는 지역의 이름을 미처 다 외우지는 못했지만 그건 별로 중요한 일이 아니었기에 그냥 넘어갔다.

"기분이 어때?"

나는 긴장감을 숨기지 못하는 현수에게 말을 걸었다. 입을 여는 것만으로도 긴장감은 해소되기 마련이다.

"이렇게 무거운 공기는 처음입니다. 마치 물속에 있는 기분이네요. 그래도 정령의 탑 10층보다야 가볍지만요."

"그렇지. 나도 미처 느끼지 못했네. 정령의 탑 10층이 워낙 무거운 공기를 가지고 있잖아. 그럼 슬슬 움직여 볼까."

사방에서 우리와 같은 기운을 가지고 있는 정령의 기운이 느껴졌다.

확실히 아버지 정령이 거짓말을 한 것은 아니네.

그런데 참 신기하단 말이야. 딱 한 번 인간계에 정령의 문을 열었고, 정령의 문을 통해 오염된 정령을 처리할 사람을 원했는데 어떻게 내가 그 정령의 문을 발견하고 들어갔는지 참 신기해.

우연을 믿지는 않지만 희박한 확률인 것은 분명했다.

"팀장님, 오염된 정령이 얼마나 있어요? 저는 아직 느껴지지가 않네요."

고리를 가진 지 얼마 되지 않았기에 현수는 아직 고리의 기운을 활용하는 능력이 떨어졌다. 하지만 여기에 있는 수많은 오염된 정령이 현수의 고리를 강화시켜 줄 것이다.

"정확하게는 나도 모르겠네. 최소 50마리는 넘어 보이네. 여기서 가장 약한 정령이 너와 비슷한 기운을 가지고 있으니 정말 조심해서 움직여야 된다."

"알겠어요. 쥐 죽은 듯이 다닐게요."

"그런 마음가짐을 잃지 말라고."

우리가 도착한 곳을 중심으로 그래도 가장 적은 수의 오염된 정령이 있는 위치를 찾아 이동했다.

두 마리의 오염된 정령이 무리에서 떨어져 놀고 있는 장소였다.

"우리는 언제까지 이곳에 있어야 되는 거지? 나는 빨리 다른 정령의 기운을 빨아들이고 싶다고. 너, 기억나? 처음 정령을 흡수했을 때 느꼈던 희열감을?"

"그렇고말고, 나는 어머니의 배 속에서 어머니의 기운을 흡수했다고. 어찌나 달콤하던지."

패륜도 이런 패륜이 없었다.

태아가 의도적으로 어미를 죽이기 위해 기운을 흡수했다는 말에 이마에 혈관에 새겨졌다.

"현수야, 움직이자. 내가 처리할 테니까, 너는 최대한 조심스럽게 움직여라."

"알겠어요."

두 마리의 오염된 정령은 그렇게 강한 기운을 가지고 있지 않았다.

악마의 탑에 비교하면 겨우 6층 정도에 서식하는 마족과 비슷한 기운이었다.

나는 은신 망토를 착용하고 최대한 고리의 기운을 억제하며 정령에게 다가갔다.

그러고는 단숨에 정령 두 마리의 목을 움켜잡았다.

"캑캑!"

제대로 말도 하지 못하는 정령의 목줄을 그대로 터뜨려버렸다.

목이 떨어졌지만 단숨에 죽지는 않았다. 나는 정령의 가슴에 손을 집어넣어 기운이 뭉쳐 있는 곳을 찾아 더듬었다.

악마들은 마기를 보관하기 위해 마기의 정수를 몸에 가지고 있었다.

정령들도 자신의 기운을 보관하기 위한 무언가를 가지고 있을 가능성이 높았다.

"찾았다!"

역시 마기의 정수와 비슷한 것이 정령의 몸속에 있었다.

작은 구슬이었지만 그 안에는 정령력과 흡수 계통의 마기가 뒤섞여 있었다.

"현수야, 이제 나와도 돼."

주변의 지형으로 근방을 엄폐한 뒤 현수를 불렀다.

"얼마나 강한 기운인가요? 이걸 흡수하면 단번에 팀장님처럼 강해질 수 있어요?"

"이거 완전 사기꾼이네. 고작 이거 하나로 나와 대등해지려고 하냐. 못해도 이런 구슬 수십 개는 흡수해야 나와 비슷해질 거다. 일단 흡수하는 방법을 알려줄게. 먼저 고리를 개방해 봐."

현수는 자리를 깔고 앉아 고리를 개방했다.

아직은 고리를 완전히 제어할 능력이 없었기에 정신을 집중해야 했다.

"이제 고리의 기운을 모두 손바닥으로 모아 봐."

현수는 잘 움직이지 않는 고리의 기운을 손바닥으로 모으기 위해 안간힘을 썼다. 10분 정도가 지나서야 서서히 고리의 기운이 손바닥에 모이기 시작했다.

나는 현수의 손바닥 위에 오염된 정령의 정수를 올려주었다.

"이제 고리의 기운으로 정령의 정수를 감싸 안아봐."

이미 죽은 정령의 정수라 굳이 파괴할 필요가 없었기에 쉽게 흡수가 가능했다.

살아 있는 악마나 정령의 정수를 흡수하기 위해서는 정수에 구멍을 뚫어야만 했다.

현수는 처음이라 기운을 움직이는 게 익숙하지 않았음에도 정령의 정수를 기운으로 감싸 안는 데 성공했다.

이제는 현수가 할 일은 끝이 났다.

고리의 기운이 정령의 정수를 감싸 안는 순간 고리는 새로운 기운을 감지하게 될 것이고, 고리는 본능적으로 정령의 정수를 흡수하기 위해 움직인다.

나는 현수가 정령의 정수를 흡수하는 동안 옆을 지켰다.

혹시 모를 상황을 대비해야 했다.

기운을 흡수하는 동안은 완전히 무방비 상태가 되어버리기에 지금 작은 충격만 주어도 큰 피해를 입게 된다.

손톱보다 조금 큰 정령의 정수였지만 현수는 워낙 작은 고리를 가지고 있었기에 2시간이 지나서야 정령의 정수를 흡수할 수 있었다.

정신을 차린 현수는 강해진 고리를 느끼며 즐거워했다.

"정말 고리가 강해졌어요. 이렇게 충만한 기운이 고리에 있다니, 믿기지가 않아요."

"이제 시작이야. 지금보다 훨씬 강해질 거야. 그럼 나도 흡수를 해볼까나."

"그것도 저 주시는 거 아니었어요?"

"정확히 반반. 나도 먹고살아야 될 거 아니냐."

현수가 강해지는 것도 중요했지만 나도 기운을 되찾아야 했다.

오염된 정령으로 얼마나 많은 기운을 회복할 수 있는지는 모르겠지만 그래도 최대한 많은 기운을 회복해야 했다.

나는 아쉬운 표정으로 정령의 정수를 바라보는 현수의 이마에 꿀밤을 먹이고는 정령의 정수를 흡수했다.

나는 현수와 달리 강한 고리를 가지고 있었고, 정수를 흡수한 적이 많았기에 순식간에 흡수를 마칠 수 있었다.

내 고리는 간에 기별이 가지 않는다는 듯이 투정을 부렸다.

고리의 기운이 조금 강해지긴 했지만 예전에 비하면 여전히 터무니없이 부족한 양이었다.

"나는 그렇다 쳐도, 현수 너는 정령의 정수를 흡수하는 시간이 너무 오래 걸려. 이러다가는 몇 달 동안 여기서 지내야겠어. 그리고 정령의 정수를 흡수하기에는 너무 불안정한 곳이야. 일단은 사냥부터 하고, 회사로 돌아가서 흡수 작업을 진행하자."

"알겠어요. 그러면 저는 계속 숨어 있으면 되죠?"

"이제 1인분은 해야 되지 않겠냐. 공짜만 좋아하면 30 되기 전에 M 자 탈모 걸린다. 정령의 정수를 하나 흡수했으니 이제 방어는 가능할 거야. 그리고 지금처럼 무리를 벗어난 정령을 위주로 사냥할 거니까 그렇게 위험하지도 않을 거야."

"알겠어요. 저도 숨어 지내는 취미는 없다고요. 그리고 빨리 취소해요."

"뭘 취소하란 말이야?"

"M 자 탈모 걸린다는 말이요!"

M 자 탈모란 말에 너무도 민감하게 반응하는 현수였다.

가족 중에 M 자 탈모를 가진 사람이 있나 보네.

그러면 취소를 해줘야지.

탈모인의 아픔을 건드리는 건 반칙이니까.

"취소! 자라나라, 머리, 머리!"

오염된 정령의 정수를 하나 흡수한 현수였기에 더는 숨어 있
지 않아도 되었다.

물론 내가 소수의 오염된 정령을 유인해서 사냥했기에 가능했
다.

아직 강해진 자신의 기운을 제대로 사용하지 못하는 현수는
사냥을 통해 기운에 익숙해지고 있었다.

오염된 정령의 정수를 모으는 데 집중했지만, 그래도 현수는
지금의 기운으로는 위험했기에 틈나는 대로 정수를 흡수했고,
이제는 오염된 정령 두세 마리 정도는 가볍게 상대할 정도가 되
었다.

10마리가 넘는 오염된 정령을 처리했고, 이제는 오염된 정령들
도 우리의 존재를 알아차렸다.

조심스럽게 움직인다고는 했지만 빠르게 줄어드는 수에 위기
감이 드는 것은 당연했다.

"이제는 진짜 조심스럽게 움직여야 한다. 아직 남아 있는 오염
된 정령이 40마리는 넘어. 그리고 강한 놈도 하나 있고. 아무리
네 기운이 강해졌다고는 하지만 아직은 오염된 정령 5마리도 동
시에 상대하지 못하니까, 절대 방심하면 안 된다."

"저도 제가 아직 약한 건 알고 있어요. 너무 걱정하지 마세요."

우리는 숨어서 육포로 간단히 허기를 채우며 다음 전투를 대비했다.

가까운 곳에서 7개의 기운이 느껴졌다.

7마리면 조금 많은 수이긴 했지만 현수도 강해졌고, 나 혼자서도 충분히 상대가 가능한 수였기에 고민 없이 오염된 정령이 모여 있는 곳으로 이동했다.

"내가 5마리를 맡을 테니까. 네가 우측에 있는 2마리를 맡아라."

우리는 작전 같지도 않은 작전을 구상하고는 바로 움직였다.

일단 내가 먼저 시선을 분산시켜야 했다.

무리에서 가장 바깥으로 빠져나와 있는 오염된 정령을 향해 고리의 기운이 잔뜩 묻어 있는 검을 배 속으로 직접 넣어주었다.

오염된 정령들은 자신의 동료 한 마리가 정수를 뺏긴 상태에서 바닥에 쓰러져 소멸되자 모두 나를 향해 기운을 발휘했다.

마기가 섞여 있지만 정령은 정령인지라 자연계 기운도 섞여 있었다.

하지만 두 가지 기운은 섞이지 못하고 서로의 기운을 갉아먹고 있다.

이렇게 두 가지 기운을 동시에 가지고 있는 동안은 이도저도 아닌 상황이 되어버리고 제대로 힘을 사용하지 못하게 된다.

나를 향해 자연계 기운과 마기를 섞어 방출하는 정령들의 공격을 이리저리 피하며 오염된 정령의 수를 줄여나갔다.

이 정도로 우쭐댈 수는 없다. 이계에서 이런 정령보다 훨씬 강한 악마를 상대로 몇 번이나 전투를 벌여봤으니 고작 오염된 정령을 손쉽게 이긴 건 당연한 일이다.

하지만 당연한 일을 하지 못하는 사람도 있다.

"현수야, 고작 2마리를 상대하면서 아직도 다 처리 못 했어?"

"팀장님, 말만 하지 말고 좀 도와주세요."

현수는 2마리의 오염된 정령들과의 전투에서 우위를 취하고 있긴 했지만 결정타를 넣지 못하고 있었다.

아직은 기운을 사용하는 것에 익숙하지 못하다는 증거였다.

고생을 좀 해봐야 실력이 늘지.

나는 이번 전투는 도와주지 않을 생각이다. 현수는 너무도 안정적인 상황에서 전투를 하는 것을 즐겼고, 악마의 탑에 처음 들어갔을 때의 초심을 잃은 지 오래였다.

사라진 전투 본능을 일깨우기 위해서는 위험한 상황에서 전투를 해야만 된다.

"정말 안 도와주실 겁니까? 제가 죽으면 회사에 큰 타격이라는 걸 알고 있잖아요!"

현수의 말에 나도 모르게 기운을 일으켰지만 억지로 다시 기운을 고리 안으로 집어넣었다.

이런 협박에 넘어가면 안 되지.

사실 그렇게 위험한 상황도 아니었다. 단지 현수가 엄살을 떨고 있는 것이다.

지금만 봐도 2마리의 오염된 정령의 공격을 피하면서 입을 놀려 말하고 있는 것이다.

"전투에 집중해. 말할 정신이 있으면 그 정신으로 공격을 하겠다.

"에이씨!"

현수의 입에서는 상스러운 말이 튀어나왔고, 현수의 움직임은 전보다 확연히 빨라졌다.

분노로 인해 고리의 억제력이 약해졌고, 그가 생각하는 것보다 더 많은 양의 기운이 고리에서 빠져나왔다.

현수의 빨라진 움직임에 당황한 오염된 정령들은 미처 방어를 하지 못하고 현수의 공격에 대응을 제대로 하지 못했고, 특히 한 마리는 현수의 공격에 목이 비틀려 덜렁거렸다.

한 마리가 공격 불능 상태에 빠지자 홀로는 현수를 감당하기 벅차진 오염된 정령은 동료의 뒤를 따랐다.

"수고했어. 그런데 너무 오래 걸린 거 아냐? 가지고 있는 기운을 활용해야지. 정수를 나눠준 의미가 없는 것 같은데."

"아니, 처음부터 잘하는 사람이 어디 있어요. 팀장님은 처음부터 잘하셨어요?"

"나는 당연히 잘했지."

이계에서의 일을 현수가 확인할 수 있을 리 없기에 나는 마음 놓고 과거를 왜곡했다.

사실 현수는 나보다 더 빠르게 기운에 익숙해지고 있었다.

이건 다 스승이 잘난 덕분이지.

절대 현수가 잘나서가 아니라 내 교육이 맞춤식 주입교육이라 가능한 일이다.

"안 되겠다. 일단 정수를 하나 더 흡수해라. 아무리 기운을 활용하지 못한다고 하더라도 기운을 압도적으로 많이 가지고 있으면 나아지겠지."

현수는 별다른 말을 하지 않고 정수를 하나 더 받아들이고는 오염된 정령의 정수를 흡수했다. 현수의 고리는 이제 다음 단계로 진화하기 위한 준비를 거의 마친 상태였다.

이제 회사로 돌아가 기운을 갈무리하고 조금 더 기운을 흡수한다면 다음 단계의 고리를 가질 수 있게 될 것이다.

현수는 이전보다 빠르게 기운을 흡수했고, 우리는 바로 다음 상대를 찾아 움직였다.

아직 남아 있는 오염된 정령의 수는 꽤나 있었지만 이곳에 있는 오염된 정령의 리더 격인 정령을 아직 만나지 못했기에 쉴 시간은 없었다.

"저기 있는 놈이 리더로 보이네요."

현수의 시선이 향하고 있는 곳에는 다른 정령보다 배는 더 커 보이는 오염된 정령이 있었다.

얼마나 동족을 흡수했는지 배가 산만하게 나온 오염된 정령은 탐욕으로 가득했다.

그의 주변을 10마리가 넘는 오염된 정령이 호위병처럼 지키고 있었다.

다른 오염된 정령은 처리가 끝났다.

이제 리더 격인 정령과 그의 호위병만 처리하면 이곳은 완전히 정화되는 것이다.

"내가 리더를 상대할 테니, 너는 다른 오염된 정령들을 상대하라. 오래 걸리지는 않을 거니까, 목숨 걸고 싸우지 말고 그냥 시선만 끌어."

"알았어요. 저도 목숨 걸고 싸울 생각은 없었어요."

"그런 말을 너무 쉽게 하는 거 아냐? 빈말이라도 목숨 걸고 막아보겠습니다, 라고 해야 되지 않냐?"

"제가 왜요? 목숨이 가장 중요하다고 매번 말하는 누군가에게 세뇌당해서 저는 절대 그런 행동을 하지 않아요."

"그래, 다 내 잘못이다. 빨리 움직이기나 하자."

현수와 말씨름을 해서 이득을 볼 생각은 이미 버렸기에 현수의 말을 흘려보내고는 자리에서 일어났다.

우리가 모습을 드러내자 사나운 기운을 일으키는 정령들.

그리고 배가 산만한 정령은 우리를 내려다보기까지 했다.

다른 정령들이 자신을 떠받들어주니 자만심이 튀어나온 배처럼 풍만해진 정령이었다.

상대를 보면서 행동해야지. 너는 특별히 지옥 하이 패스권을 끊어주마.

현수가 먼저 움직였다. 현수는 고리에서 기운을 끌어내 몸을 강화시켰고, 남은 기운으로 오염된 정령들을 자극했다.

순수해서인지, 아니면 참을성이 약해서인지 가벼운 도발에도 쉽게 넘어온 오염된 정령은 모두 현수를 향해 달려들었다.

이제 혼자가 된 오염된 정령의 리더를 향해 나는 망설임 없이 움직였다.

사실 현수가 다른 오염된 정령들을 유인하지 않아도 충분히 상대가 가능했다.

하지만 이왕 현수를 데리고 온 김이라 그를 사용할 생각이었다.

사람이 일을 해야지. 놀면 뭐 하겠냐.

뚱뚱한 배 때문에 제대로 발을 움직이지 못하는 거대 정령은 내가 다가오지 못하게 하기 위해 강한 오염된 자연계 기운을 방출했다.

기운을 사용하는 법을 전문적으로 배우지 못했는지 기운이 매우 어설프게 날아왔다.

나에게 기운이 집중되지도 않았고, 다른 능력을 가지고 있지도 않았다.

그냥 강대한 기운으로 상대를 압살하려는 단순 무식한 공격법이었다.

이래서 스승이 중요하다니까. 현수도 내가 없었으면 거대 정령처럼 무식한 방법으로 기운을 사용했겠지.

"못 배운 게 부끄러운 건 아니지만, 너는 좀 부끄러워해야 될 것 같다. 그렇게 강한 기운을 가지고 있으면서 고작 한다는 공격이 그런 거냐. 그리고 가진 능력도 없으면서 나를 위에서 내려다 봐? 너 좀 맞자."

나는 고리의 기운을 손바닥으로 모아 거대 정령의 기운을 뚫으며 거대 정령을 향해 다가갔다.

내가 접근하는 것을 막기 위해 더 많은 기운을 쏟아내는 오염된 정령이었지만 단순한 방법으로 나를 막을 수 없었다.

산전수전 다 겪었는데, 이런 단순한 공격이 나에게 통할 리가 만무했다.

슬라임처럼 통통 튀는 거대 정령의 배를 가볍게 두드렸다.

기차 옆자리에 변태 중년 남성에게 성추행을 당한 것처럼 거대 정령은 화들짝 놀랐지만 거대한 배 때문에 제대로 내 손을 피하지 못했다.

위기를 느껴서일까?

거대 정령은 온몸으로 기운을 방출하기 시작했고, 그 기운은 지금까지 느껴본 것 중에 가장 강했다.

이번 공격은 나도 살짝 긴장해야 했다.

"그래, 발악 정도는 하게 해줘야겠지. 하지만 발악하는 만큼 고통의 시간이 길어진다는 것만 알아 두라고."

나는 고리의 기운을 몸으로 돌려 문양을 활성화시켜 육체의 능력치를 올렸고, 기운을 몸 위에 한 겹 더 둘렀다.

이계에서 내가 가장 존경하는 기사에게 배운 기술이다.

오러를 통해 몸을 방어하는 절대 방어 기술을 나는 고리의 기운으로 사용할 수 있었다.

거대 정령은 입으로 더러운 불의 기운을 나에게 쏟아내기 시작했다.

단순히 기운을 방출하는 것만으로는 나를 막지 못한다는 것을 너무 늦게 깨달은 거대 정령이었다.

이전에 이런 공격을 했다면 그래도 내 옷깃 정도는 태울 수 있었겠지만 이제는 너무 늦어버렸다.

기운으로 보호하고 있는 옷은 거대 정령이 만들어낸 불길에 전혀 영향을 받지 않았고, 나는 불길을 뚫고 거대 정령의 입으로 날아올랐다.

발에 강한 힘을 주어 땅이 울릴 정도로 발을 굴렀다는 것이 맞는 표현이지만, 다른 사람이 볼 때 나는 날고 있는 것 같을 것이다.

불길의 끝에는 거대 정령의 마른입이 있었다. 불길을 쏟아내어서 메마른 건지, 아니면 원래 건조한 입을 가지고 있는지는 모르겠지만 어쨌든 생각보다 끈적하지 않은 환경이라 나는 몸을 쉽게 움직일 수 있었다.

어떻게 공격을 하면 고통에 발악하게 만들 수 있을까?

일단은 불길부터 막는 게 우선이었다.

나야 상관없다지만, 이 눈먼 불길에 현수가 피해를 입을 수도 있으니까.

불길은 거대 정령의 정수를 통해 배 속에서 만들어지고 있었고, 나는 거대 정령의 목구멍을 막아버릴 생각이다.

현수는 상상조차 하지 못할 정도로 고리의 기운은 활용성이 높다.

넓은 구멍을 막기 위해서는 고리의 기운으로 벽을 만들면 된다.

하지만 단순히 기운으로 벽을 만드는 것은 효율이 매우 낮다. 쓸데없이 많은 기운을 소모할 필요는 없다.

나는 천천히 몸에서 기운을 끌어내어 조금씩 회전을 시켰다.

기운으로 만들어진 회오리는 강한 바람을 반대 방향으로 만들어내기 시작했고, 거대 정령이 만들어내는 불길은 입 밖이 아니라 몸속으로 되돌아갔다.

"크아아앙!"

거대 정령이 고양이처럼 앙칼진 비명을 질렀다.

내가 입안에 있는 걸 알면 그래도 예의상 혀는 움직이면 안 되는 거 아냐?

거대 정령이 비명을 지르느라 그의 혀가 내 머리를 살짝 스치고 지나갔다.

상당히 더러운 기분에 나는 오랜만에 검을 꺼내었다.

이계에서 가지고 온 이 검은 관통력과 절삭력에 특별한 능력을 가지고 있었다.

거기다 내 기운까지 함유하게 된 검은 내 기분을 더럽게 만든 거대 정령의 혀를 가볍게 잘라내었다.

혀가 사라지면 더러운 기분이 가실 거라고 생각했지만 반대의 상황이 되었다.

거대 정령은 혀가 잘리면서 더러운 액체를 뿜어냈다. 나는 그 더러운 액체를 피하기 위해 더욱 빠르게 검을 휘둘렀다.

"옷 더럽혀질 뻔했잖아. 세탁비를 줄 것도 아니면서 말이야!"

거대 정령의 입 밖으로 나와 가장 먼저 한 말이다.

거대 정령은 이미 자신의 기운에 한 번, 그리고 내 검에 다시 한 번 큰 피해를 입은 상태라 더는 생명의 기운을 뿜어내지 못했다.

"현수야, 이제 마무리하자!"

나는 거대 정령의 시체를 그대로 두고 현수를 돕기 위해 움직여 빠르게 오염된 정령들을 정리했다.

드디어 오염된 정령의 서식지 한 곳을 정화시켰다.

이제는 즐길 시간이다. 회사로 돌아가 이곳에서 수집한 오염된 정령의 정수를 흡수해 힘을 키울 수 있다.

우리는 콧노래를 부르며 쓰러진 오염된 정령의 가슴을 갈라 정수를 꺼내고는 회사로 돌아갔다.

Chapter 2

정령과 아이템

워낙 많은 양의 오염된 정수였기에 그 기운을 제대로 흡수하기 위해서는 일주일 이상의 시간이 걸렸다. 나야 이미 경험이 있었고, 고리도 많은 기운을 받아들일 준비가 되어 있었기에 하루도 걸리지 않아 20개가 넘는 오염된 정령의 정수를 흡수할 수 있었지만 현수는 새로운 길을 개척해 나가야 했기에 꽤나 오랜 시간이 걸렸다.

그래도 이번 기회를 통해 현수는 한 단계 더 강한 고리를 가지게 되었고, 나 또한 지금 가지고 있는 고리에 많은 양의 기운을 보충할 수 있었다.

한 번만 더 사냥을 나가면 나 또한 고리를 강화시킬 수 있게 된다.

"빨리 움직이자고, 이러다가 해 지겠다."

아직 남아 있는 오염된 정령의 서식지는 두 곳이다.

비타민 같은 정수를 더 구할 수 있는데 머뭇거릴 이유는 없다.

현수는 내 재촉에 아이템을 더 빠른 속도로 착용했다.

확실히 강해졌단 말이야.

거의 나 혼자 사냥했다고 봐도 무방하지만 나의 넓은 마음으로 오염된 정령의 정수 소유권 절반을 현수에게 넘겨주었다.

억만금이 있다고 하더라도 구할 수 없는 오염된 정수다.

물론 나와 현수처럼 고리를 가지고 있는 사람에게만 필요한 오염된 정수이긴 하지만 어쨌든 귀한 물건인 건 틀림없다.

이렇게 귀한 오염된 정령의 정수를 줬으면 고맙다는 말은 한 번 정도 해야 되는 거 아냐?

그렇게 생각하며 현수를 기다렸고, 현수는 아이템과 짐을 다 챙기고는 내 앞으로 걸어왔다.

"감사합니다."

"응?"

"지금 얼굴에 생색내고 싶다고 적혀 있어서요."

"너무 티 났냐?"

"네."

"흠흠. 그래, 얼른 가자. 우리가 오염된 정령 서식지 한 곳을 정화했다고는 하지만 여전히 두 곳이 남아 있어. 아버지 정령이 오염된 정령을 서식지에 봉인하고 있지만 얼른 해결해 줘야 정령들도 편히 지낼 거 아냐."

"그리고 우리도 강해지고 말이죠."

"정답!"

나와 현수는 아버지 정령이 준 아이템을 이용해 다시 정령의 탑 10층으로 이동했고, 거기에서는 우리를 목 빠지게 기다리고 있는 아버지 정령이 우리를 반겼다.

우리가 도착하자 가지부터 들이밀며 대화를 요청하는 아버지 정령이었다.

[오염된 정령 소식지 한 곳을 정화해 주어서 고맙다. 덕분에 다른 두 곳의 봉인을 더욱 단단하게 할 수 있는 여유가 생겼다. 하지만 나에게 남은 힘이 얼마 남지 않았다. 빨리 두 곳의 서식지를 정리해야 한다.]

마치 사채 빚을 독촉하는 업자처럼 재촉하는 아버지 정령이었다.

덩치에 맞지 않게 급한 성격을 가지고 있네.

하긴 정령계를 더럽히는 오염된 정령을 하루라도 빨리 소멸시키고 싶겠지.

"다른 곳으로 이동을 부탁드립니다. 가장 강한 오염된 정령이 있는 곳은 마지막으로 상대하고 싶습니다."

[알겠다. 바로 이동시키겠다.]

*   *   *

아버지 정령의 힘을 빌려 우리는 다시 오염된 정령의 서식지로 이동했다.

이번에는 좀 과격하게 움직여 볼까나.

저번과 크게 다르지 않은 기운이 모여 있는 서식지였다.

나도 그렇고, 특히 현수가 눈에 띄게 기운이 강해진 만큼 숨어서 사냥할 필요성이 사라졌다.

아버지 정령이 재촉하는 소리를 다시 듣기도 싫으니 한 방에 쓸어버려야겠어.

"현수야, 준비되었지?"

"전투는 저번처럼 하실 거죠?"

"아니, 너도 이제는 치열하게 전투하는 법을 경험해 봐야지."

"그게 무슨 소리세요? 언제는 안전제일이라면서요?"

"다 상황에 따라 다른 거지."

당황스러워하는 현수는 내 행동을 막지 못했고, 나는 기운을 목청에 실어 소리를 질렀다.

"역겨운 냄새만 가득한 오염된 정령들아! 어서 튀어나오지 못해!"

내 목소리를 듣고 반응하는 기운의 수는 60개 정도였다.

충만해진 고리를 시험하기에는 충분한 양이다.

"알아서 살아남아라. 나는 리더로 보이는 정령을 먼저 처리할 테니까."

"팀장님……."

현수는 나를 탓하고 싶어 했지만 사방에서 들어오는 오염된 정령들이 만드는 파도에 반쯤 열린 입을 다시 닫아야 했다.

"그럼 살아서 보자."

그대로 나는 몸을 날려 가장 강한 기운을 뿜어내고 있는 오염된 정령을 향해 달려갔고, 현수는 무기를 꺼내 다가오는 오염된 정령을 상대하기 시작했다.

역시 고리의 기운이 강해지니 오염된 정령을 상대로 어렵지 않게 전투를 벌이네.

잘하면서 겁먹기는.

물론 오염된 정령을 상대로 작은 실수라도 한다면 큰 위험이 닥칠 수도 있다.

하지만 언제까지 온실 속에서 자라는 화초로 둘 수는 없다.

현수에게 고리의 기운을 심어 줄 때 다짐한 것이 있다.

나는 현수를 낙상매로 키우겠다고 다짐했다.

낙상매는 온실 속의 화초가 아니라 야생의 거친 바람을 이기고 살아남아야 한다.

현수가 오염된 정령들을 상대로 열심히 몸을 움직이는 동안 나는 가장 강한 오염된 정령을 찾았다.

저번에도 그러더니 어떻게 오염된 정령은 강한 기운을 가지고 있으면 덩치부터 키우는지 모르겠네.

오염된 정령은 다른 정령을 잡아먹으며 힘을 키웠다. 그중 가장 강한 녀석은 많은 정령을 집어삼켰다는 뜻이다.

그렇게 집어삼킨 정령의 기운을 제대로 소화하지 못하고 몸속에서 놀리고 있는 오염된 정령은 기운을 소화하기 위해 가장 먼저 덩치를 키워야 했다.

덩치가 커지면 강한 힘을 사용할 수는 있지만 기동력이 떨어진다.

지금도 전력의 반도 사용하지 않은 공격을 미처 피하지 못하는 오염된 정령이었다.

"너도 입에서 불을 쏠 생각이야? 이미 경험해 봐서 그런 공격은 사양할게."

오염된 정령의 배 속에 있는 기운이 울렁거리기 시작한다.

정령력을 이용해 자연계 공격을 사용할 준비를 하고 있는 것이다.

나는 만화영화 속의 주인공이 아니다. 악당이 필살기를 사용하는 동안 가만히 기다려 주는 착한 주인공이 아니라 사냥꾼이다.

사냥감의 작은 틈을 집요하게 후벼 파는 그런 지독한 사냥꾼.

배 속의 기운을 사용하기 위해 집중하고 있는 오염된 정령의 몸에 나는 관통력이 뛰어난 검을 이용해 작은 구멍을 뚫었다.

덩치에 비하면 큰 상처는 아니었지만 고통은 그대로 전해졌을 것이다.

그리고 그 구멍을 통해 내 기운이 스며들어갔다.

오염된 정령의 몸속으로 들어간 고리의 기운은 동네를 누비는 조폭처럼 오염된 정령의 몸속에 시비를 걸었다.

가판대를 뒤집어엎는 것처럼 오염된 정령의 기운을 흔들어 놓았고, 정령력이 모이고 있던 배 속은 진탕이 되어 버렸다.

필살기는 강한 공격력을 가지고 있지만 그만큼 많은 기운을 사용해야 했고, 그 기운이 몸속에서 폭발하게 되면 끔찍한 상황이 닥친다.

물론 그걸 바라고 오염된 정령의 몸속에 내 기운을 밀어넣었다.

"펑!"

귓가를 시원하게 만들어 주는 폭발음이 들려왔다.

벌써 끝이야?

가장 강한 오염된 정령이었기에 다른 정령의 정수보다 훨씬 크기의 정수를 가지고 있었고, 나는 폭발 속에서도 정수를 놓치지 않고 챙겼다.

사실 오염된 정령의 정수 절반의 소유권을 현수에게 주었다고는 하지만 일단 나부터 강해지는 것이 우선이어서 가장 많은 기운을 가지고 있는 정수는 내가 흡수했다.

현수도 내가 가장 강한 정수를 가지고 있다는 것을 알고 있었지만 다른 오염된 정령의 정수를 흡수하는 것만으로도 벅찬 상황이었기에 별다른 말은 하지 않았다.

"생각보다 너무 빨리 끝내 버렸네. 조금 가지고 놀 걸 그랬나."

뒤를 돌아보았다. 열심히 전투를 벌이고 있는 현수와 오염된 정령들이다.

땅을 흔드는 폭발에도 열심이었다.

조금 구경을 해볼까.

위험한 상황에서 도와줘야 기억을 하는 법이지.

나는 보관 상자에서 육포를 꺼내 질겅질겅 씹으며 현수와 오염된 정령들의 전투를 지켜봤다. 멋모르고 나에게 달려드는 오염된 정령을 한 손으로 상대하면서 말이다.

50마리에 가까운 정령들의 둘러싸여 있는 현수였지만 내 눈에는 양이 가득한 목장에 들어온 호랑이의 모습이었다.

문제는 호랑이가 자신이 호랑이라는 사실을 모르고 있다.

악마의 탑에서 몬스터를 사냥했다고는 하지만 아직 현수에게는 공격성이 부족했다.

일반인에 비하면 공격성이 뛰어나다고 볼 수 있겠지만 현수는 일반인이 아니라 헌터였다.

악마와의 전쟁에서 나와 함께 선봉에 서야 했기에 상대를 분위기만으로 압도할 수 있는 위압감이 필요했다.

위압감은 기운만 강해진다고 해서 커지는 것이 아니다.

수많은 전투를 경험해야만 키울 수 있다.

현수는 확실히 전투 센스는 뛰어난 편이다.

지금도 사방에서 들어오는 오염된 정령의 공격을 가볍게 피하며 오염된 정령의 수를 줄여 나가고 있다.

하지만 너무 소극적이다. 가지고 있는 기운을 제대로 활용하지 못하고 한 번에 너무 많은 기운을 사용하고 있다. 저렇게 해서는 오염된 정령을 다 처리하기도 전에 기운이 소진되고 만다.

그렇게 전투는 계속되었고, 오염된 정령의 수는 절반으로 줄어들었다.

하지만 현수는 급격히 지쳐가고 있었다.

숨이 차는지 배가 아닌 입으로만 숨을 쉬고 있었고, 움직임도 처음에 비해 많이 느려졌다.

고리의 기운과 문양 덕분에 어렵지 않게 피해내던 오염된 정령의 공격이 이제 현수에게 상처를 입히기 시작했다.

현수는 오염된 정령의 공격에 상처를 입으면 입을수록 처절하게 움직였다.

입에서 피를 토하며 오염된 정령의 배 속에 검을 찔러 넣는 현수의 행동은 자연스러웠다.

"이제 슬슬 도와줄까. 교육은 충분한 거 같으니."

이제 내가 나설 차례였다.

이미 한계를 지나친 현수였고, 더 심한 상처를 받으면 위험한 상황이었다.

나는 씹던 육포를 바닥에 뱉고는 현수를 향해 달려갔다.

현수를 둘러싸고 있는 오염된 정령들에게 나는 고리의 기운을 방출했다.

갑자기 강한 기운이 자신들에게 다가오자 위기감을 느낀 오염된 정령들은 황급히 현수의 주변에서 멀어졌다.

"생각보다 잘하네. 하면 잘하면서 약한 척을 하고 그러냐."

"팀장님, 이게 약한 척하는 걸로 보이세요? 조금만 늦었으면 정말 저승 구경할 뻔했어요."

"어쨌든 살았으면 된 거 아냐? 조금 쉬고 있어. 뒷정리는 내가 알아서 할 테니까."

현수는 후들거리는 다리를 지탱하지 못하고 자리에 주저앉았고, 나는 그런 현수를 두고 오염된 정령들을 정리했다.

아직 많은 수의 오염된 정령들이 남아 있었지만 겁을 집어 먹은 상대였기에 토끼를 사냥하는 야수의 기분이 들었다.

숨어 있는 오염된 정령까지 모두 사냥하고 나자 그제야 현수는 체력을 회복하고는 나를 향해 다가왔다.

"천사의 눈물이 고맙지? 어떤 약이 이렇게 빨리 상처를 회복시켜 주겠냐."

"그러게요. 정말 눈물 나게 고맙네요."

우리는 다시 회사로 돌아왔다.

현수는 이번 전투에서 한계를 느꼈기에 회사로 오자마자 오염된 정령의 정수를 흡수하는 데 집중했고, 나 또한 오염된 정령의 정수를 흡수하며 하루를 보냈다.

현수가 없는 한국이었기에 내가 직접 회사의 간부들과 통화를 하며 상황을 살폈다.

현수가 워낙 회사를 깔끔하게 만들어 둬서 그런지 한국에는 별다른 문제가 생기지 않았다.

"이제 오셨어요? 여기 현재 일본의 상황을 요약한 정리본이에요."

사무실에서 오랜만에 일 같은 일을 하고 있을 때 유카리가 찾아왔다.

왠지 모르겠지만 나는 그녀의 얼굴을 똑바로 쳐다볼 수가 없었다.

입술을 맞춘 사이여서 그런가? 그리고 그 일이 내 의지가 아니라 본능에 이끌려 한 행동이어서 더욱 그녀를 똑바로 볼 수가 없었다.

서로의 마음을 확인했다고는 하지만, 진도를 더 나가지는 않았기에 여전히 그녀를 보는 것만으로도 떨렸다.

하지만 유카리는 이전보다 더욱 친근하게 나를 대했고, 가벼운 스킨십도 먼저 시도했다.

지금도 서류를 나에게 넘겨주면서 의도적으로 내 손을 잡고 놓아주지 않고 있었다.

"언제 또 정령의 탑으로 가세요? 시간이 남으시면 저랑도 시간을 보내주세요."

귀여운 얼굴로 이런 말을 하는데 거부할 남자가 있을까? 있으면 이성에 대한 관심보다 동성에 더 관심이 많은 남자일 게 분명하다.

"이번 일만 끝나면 한동안 바쁠 일이 없어. 그때가 되면 하루 종일 같이 있어 줄게."

유카리는 그제야 내 손을 놓아주며 미소를 지어 주었다.

"빨리 그때가 오면 좋겠네요. 서류에 적어 뒀지만, 팀장님이 서류를 잘 보지 않는다는 것을 알고 있으니 말로 설명해 드릴게요. 현재 일본 정부와 우리 회사의 주도하에 벌이고 있는 농업 부흥 사업은 매우 안정적인 곡선을 그리고 있어요. 그리고 정부는 더 많은 생존자들을 찾기 위해 노력하고 있어요. 우리 회사도 생존자들을 찾는 일에 동참하는 게 좋을 것 같아요. 여전히 많은 일본인이 우리 회사의 목적을 오해하고 있는 상황이니까요."

"그래? 아직도 그렇단 말이지. 얼마나 더 정성을 들여야 되는지 모르겠네."

"상처를 입은 사람들이니까요. 그래도 우리 회사에 마음을 열고 있는 사람이 늘어나고 있어요. 이번에 대대적으로 새로운 직원들이 입사를 했어요. 몇 달만 지나면 일본의 국민 기업이 될 수 있어요."

"국민 기업? 그렇게까지 되고 싶은 생각은 없는데."

한국 회사가 일본의 대표 기업이 되는 상황은 그려 보지 않았지만, 유카리는 꼭 그렇게 만들겠다는 굳은 의지를 가지고 있었기에 그런 그녀를 말릴 수는 없었다.

오염된 정령의 서식지는 이제 한 곳이 남았다.

하지만 이전처럼 쉽게 생각하고 그곳으로 갈 수는 없었다.

가장 강한 마기를 가지고 있는 정령이 그곳을 지키고 있었고, 아버지 정령이 온 힘을 다한 결계에 무리를 줄 정도의 기운을 가지고 있는 녀석이었기에 만반의 준비를 다하고 그곳으로 가야 했다.

나와 현수는 이전에 얻은 오염된 정령의 정수를 모두 흡수하는 데 성공했다.

현수는 고리를 한 단계 더 진화시키는 데 성공했고, 나 또한 한계를 넘어선 기운을 흡수해 고리를 진화시킬 수 있었다.

이계에서 가장 강했던 기운에 비하면 여전히 부족한 기운이었지만 최상위급 악마가 아니라면 충분히 상대가 가능한 기운을 가지고 있다.

이제 만날 오염된 정령이 얼마나 강한 기운을 가지고 있는지 정확히 파악할 수는 없었지만, 그래도 아버지 정령을 통해 대충을 알아내었고, 충분히 상대가 가능하다는 결론을 내렸다.

"팀장님, 이제 출발해야 될 시간이에요."

현수는 확실히 달라졌다. 고리에서 나오는 충만한 기운을 통해 자신감을 얻었고, 이제는 나보다 더 오염된 정령의 서식지로 가고 싶어 했다. 강해진 기운을 시험해 보고 싶은 마음에서 말이다.

"그래, 가야지. 바로 이동하자."

아버지 정령이 준 아이템을 이용해 정령의 탑 10층으로 이동했고, 길지 않은 시간을 걸어 아버지 정령이 있는 장소에 도착했다.

아버지 정령은 이전보다 더 힘든 모습으로 우리를 기다리고 있었다.

오염된 정령 서식지 두 곳을 정화시켰지만 남은 한 곳에 있는 오염된 정령이 힘을 키우고 있었기에 결계를 유지시키는 데 많은 기운을 사용해야 했고, 아버지 정령은 급속도로 메말라가고 있었다.

우리를 반기듯이 내려오는 가지도 금방이라도 떨어져나갈 것처럼 메말라 있었다.

[오염된 정령의 기운이 점점 강해지고 있다. 내가 결계를 유지할 수 있는 시간이 길지 않다.]

"지금 당장 정화시키고 오겠습니다. 갔다 와서는 약속을 지키셔야 합니다. 정령력을 이용해 아이템을 만드는 방법을 꼭 알고 싶거든요."

[약속한다. 그럼 바로 이동시켜 주겠다.]

아버지 정령은 말할 힘도 아끼고 싶었는지 우리를 바로 마지막 남은 오염된 정령 서식지로 이동시켰다.

도착한 그곳은 확실히 다른 곳과 분위기가 달랐다.

"이거 꼭 유령의 집에 온 기분이네요. 그래도 다른 곳은 식물들이 주변을 꾸미고 있긴 했는데 여기는 온통 죽어 있는 식물뿐이네요."

"그러게 말이야. 확실히 강한 놈이야."

벌써부터 살결을 따갑게 하는 오염된 정령의 기운이 느껴졌다.

현수도 오염된 정령의 기운을 느꼈는지 고리를 개방해 문양을 활성화시켰다.

다른 곳의 서식지에는 많은 수의 오염된 정령이 있었고, 한 마리의 리더가 그 무리를 이끌었다. 하지만 이곳은 오직 한 마리의 오염된 정령만이 있었다.

일반적인 정령뿐만 아니라 자신과 같은 기운을 가지고 있는 오염된 정령까지 모두 흡수해 버린 것이다.

"이거 생각보다 힘든 전투가 되겠어. 이 정도의 기운이면 상위급 악마보다 더 강한 기운이야."

물론 오염된 정령의 능력을 기운의 양으로만 판단할 수는 없다.

오랜 세월 서열 다툼과 전투로 자신의 마기를 적절하게 활용할 수 있는 방법을 알고 있는 악마에 비해 오염된 정령은 전투를 통해 강해진 것이 아니라 동료들의 기운을 흡수해 강해졌다. 그리고 제대로 된 전투를 치르지도 않았기에 아직은 기운을 활용하는 방법에 대해서 무지했다.

그렇기에 오히려 악마에 비해 쉽게 사냥이 가능하다.

만약 오염된 정령이 자신의 기운을 활용할 수 있는 방법을 찾는다면 힘든 전투가 되겠지만 그렇게 되기까지는 많은 시간이 필요했다.

"이번 상대는 쉬운 놈이 아니니까, 현수 너는 최대한 몸을 보호하면서 시선만 끌어. 나머지는 내가 알아서 할 테니까."

"알겠어요. 오염된 정령이 생각보다 급한 성격을 가지고 있나 본데요. 벌써 우리를 향해 다가오기 시작해요."

오염된 정령의 방대한 기운이 점점 우리를 향해 다가오고 있다.

빠르지 않은 속도로 다가오고 있는 걸로 보아 다른 서식지에 있는 리더와 마찬가지로 기운을 소화하기 위해 몸을 키운 게 분명했다.

"공룡도 아니고, 뭐 저렇게 큰 놈이 다 있냐."

이계에서 많은 형태의 몬스터를 상대해 본 경험이 있지만 지금처럼 덩치가 큰 몬스터는 매우 드물었다.

얼마나 많은 정령을 흡수했는지 아파트 7층 높이의 덩치를 가지고 있는 오염된 정령이었다. 다리는 퇴화가 되었는지, 아니면 거대한 몸에 묻혀 보이지 않는지 다리를 이용해 걸어오지 않고 몸을 튕기며 이동했다.

"그럼 제가 먼저 시선을 끌어 볼게요. 뒤를 부탁드려요."

현수는 자신의 기운을 최대한 끌어내 몸을 보호하며 오염된 정령을 향해 달려갔고, 오염된 정령은 현수의 모습을 발견함과 동시에 몸에서 기운을 방출해냈다.

다른 오염된 정령들은 마기에 오염된 정령력을 제대로 사용하지 못해 오직 입으로만 기운을 방출할 수 있었지만 이번 정령은 몸으로도 기운을 방출할 수 있었다.

오염된 정령의 배가 거하게 울렁거리자 주변의 공기가 뜨거워졌다.

마치 사막의 한가운데 있는 것처럼 온도가 높아졌고, 피부가 말라가는 것이 느껴졌다.

이게 저 정령의 능력이란 말이지.

수분을 증발시키는 능력.

생명체는 생명을 유지하기 위해서는 수분이 필수적이다. 특히 인간은 대부분이 물로 구성되어 있는 생명체였고, 수분이 없으면 제대로 움직일 수가 없다.

벌써부터 입은 말라갔다.

그래, 너무 쉽게 끝나면 아쉽지. 이런 능력이라도 가지고 있어야 상대할 맛이 나는 거 아니겠어.

현수를 향해 기운을 집중시키고 있는 오염된 정령이었다.

오염된 정령의 기운을 고리의 기운으로 방어하고 있기는 했지만 모든 기운을 방어할 수는 없었고, 현수는 빠르게 지쳐가고 있었다.

탈수 증상은 사람을 가장 지치게 만든다.

빨리 움직여야겠어.

나는 현수에게 기운을 집중하고 있는 오염된 정령의 뒤로 돌아갔다.

마치 거대한 빵처럼 부풀어 오른 오염된 정령의 뒤태가 보인다.

강한 기운을 소화하기 위해 몸을 부풀렸다고는 하지만, 방어력이 절대 약하지는 않을 것이 분명했다. 검에 기운을 밀어 넣는다고 하더라도 오염된 정령의 피부를 뚫고 내 기운을 밀어 넣는 일은 쉽지 않다.

하지만 굳이 구멍을 만들 필요는 없다. 이미 있는 구멍을 사용하면 손쉽게 내 기운을 오염된 정령 안으로 밀어 넣을 수 있다.

어디 좋은 구멍 없나?

오염된 정령의 몸을 스캔하기 위해 기운을 오염된 정령의 몸 전체에 흘려보냈고, 오염된 정령의 몸을 자세히 알아낼 수 있었다.

오염된 정령은 정확히 6개의 구멍을 가지고 있었다.

숨을 쉬기 위한 콧구멍 2개와 소리를 듣는 귓구멍 2개, 그리고 다른 정령을 잡아먹거나 기운을 방출하기 위한 용도로 사용되는 입, 그리고 마지막으로 배설을 위한 구멍.

다른 구멍들은 얼굴에 집중되어 있어 접근이 어려웠지만 마지막 구멍만은 가장 아랫부분에 위치했기에 접근이 용이했다.

이거 더러운 꼴을 보고 쉽지는 않았는데, 다른 방법이 없으니 어쩔 수가 없네.

마지막 구멍은 가장 아랫부분에 위치하고 있었기에 당연히 땅과 붙어 있었다.

저 구멍에 접근하기 위해서는 땅을 파고 다가가는 방법뿐이었고, 나는 기운을 이용해 빠른 속도로 땅을 파고들어갔다.

일반적으로 땅을 판다는 행위는 흙을 파서 다른 곳으로 이동하는 것이겠지만, 나는 기운을 이용해 땅에 균열을 만들어 내가 이동할 수 있는 구멍을 만들었다.

그렇게 만든 구멍을 통해 몸을 밀어 넣었고, 오염된 정령의 마지막 구멍을 향해 길을 만들었다.

그리고 고리의 기운을 내비게이션 삼아 오염된 정령의 마지막 구멍이 있는 장소에 도착했고, 망설임 없이 빠른 속도로 땅을 빠져나와 살짝 열려 있는 구멍을 향해 몸을 집어 던졌다.

구멍에 다가가는 순간 더러운 악취가 코를 괴롭혔고, 나는 코를 한 손으로 막으며 계속해서 구멍으로 들어갔다.

자신의 몸으로 이물질이 들어갔다는 것을 느낀 오염된 정령은 나를 밀어내기 위해 몸을 떨었지만 나는 검을 오염된 정령의 몸에 박아 넣어 균형을 유지하고는 그대로 고리의 기운을 오염된 정령의 몸속으로 집어넣었다.

이미 오염된 정령의 몸속으로 들어와 있는 상태였기에 고리의 기운이 뿌리를 내리는 것은 거침이 없었고, 고리의 기운은 오염된 정령의 몸속에서 회오리를 만들어내기 시작했다.

몸속에서 생긴 회오리를 막을 방법이 없는 오염된 정령은 자신의 몸이 회오리에 의해 상처를 입는 것을 지켜만 볼 수밖에 없었고, 그렇게 속이 부서진 오염된 정령은 균형을 잃고 바닥으로 쓰러졌다.

이렇게 있다가 오염된 정령이 폭발이라도 하면 큰일이지.

얼른 나가야겠다.

들어온 구멍을 탈출구로 삼아 몸을 날려 빠져나왔고, 얼마 지나지 않아 오염된 정령은 폭주한 기운을 주체하지 못하고 폭발했다.

나는 탈진해 있는 현수의 앞을 가로막으며 기운으로 장막을 만들어 폭발을 대비했다.

"이제 끝났네. 덩치만큼이나 뒤끝이 심한 놈이었어."

"그러게요. 생각보다 쉽게 끝나기는 했는데, 오래 상대했으면 어떻게 됐을지 모르겠어요. 피가 마르는 느낌을 난생처음 받아 봤어요. 사막 한가운데 있는 기분이었어요."

"그것도 다 좋은 경험이야. 네가 언제 사막을 가보겠어. 이렇게나마 간접적으로 체험하는 거지."

"다시는 그런 경험을 하고 싶지 않네요."

우리는 간단한 감상평을 서로 나누고는 오염된 정령의 정수를 챙겨 다시 정령의 탑으로 돌아갔다.

회사로 돌아가지 않고 정령의 탑으로 간 이유는 받을 것이 있었기 때문이다.

이미 오염된 정령의 정수를 흡수해 많은 양의 마기는 물론이고 정령력까지 가지게 되었고, 그 정령력을 사용할 방법을 배우기 위해 아버지 정령을 만나야 했다.

[고맙다. 오염된 정령이 사라진 정령계는 이제 이전의 모습으로 돌아갈 수 있게 되었다.]

더는 결계를 유지하지 않아도 되었기에 아버지 정령은 빠르게 원래의 모습으로 돌아가고 있었고, 바싹 말라 있던 가지에는 생기가 돌았다.

정령계의 일은 나에게 중요하지 않지. 나는 정령력을 이용해 아이템을 제작하는 방법이 더 중요하다고.

"정령력을 이용해 아이템을 제작하는 방법에 대해 알려주시기 바랍니다."

정확히 말하면 아이템에 정령 소환진을 그리는 방법에 대해 알고 싶었다.

정령을 소환할 수 있는 아이템, 생각만 해도 대박이었다.

[정령을 소환할 수 있는 소환진을 알려주겠다.]

아버지 정령은 가지 하나를 땅으로 내려보내 소환진을 그렸다.

생각보다 복잡하지 않은 문양으로 구성되어 있는 소환진이었기에 머리가 나쁜 나도 충분히 기억할 수가 있었다.

하지만 혹시나 하는 마음에 나는 아버지 정령이 그린 소환진을 내가 가지고 있는 검에 따라 그려 넣었다.

"소환진을 그렸습니다. 그럼 이제 어떻게 하면 되는 겁니까?"

[정령 소환진은 오직 정령력을 가지고 있는 존재만이 활성화시킬 수 있다. 너희들은 정령력을 가지고 있기에 충분히 소환진을 활성화시킬 수 있다. 소환진에 손을 올리면 소환진은 스스로 너희들이 가지고 있는 정령력을 받아들여 활성화가 된다.]

생각보다 쉬운 방법에 나는 바로 검에 그려 넣은 정령 소환진에 손을 올렸다.

하늘색으로 빛나기 시작하는 정령 소환진이었다.

하지만 정령이 바로 소환되지는 않았다. 다른 주문이나 특별한 방법이 더 필요했다.

[소환진이 활성화되면 이제 정령을 소환할 수 있게 된다. 능력에 따라 다르기는 하겠지만, 한 마리의 정령을 소환하기 위해서는 많은 정신력이 필요하다. 너희들은 모르겠지만 내가 알고 있는 일반 사람의 정신력으로는 하급 정령 한 마리를 30분 동안 소환할 수 있는 것이 한계다.]

전쟁이 아니라 악마의 탑에서 전투를 벌인다면 30분이면 충분했다.

"그럼 어떻게 정령을 소환할 수 있는 겁니까?"

[정령을 소환하려면 소환진에 피를 떨어뜨려야 한다. 피를 통해 정령은 정령계의 문을 열고 인간계 혹은 다른 장소로 소환된다.]

나는 그대로 손끝에 상처를 내 피를 맺히게 한 뒤, 그 피를 소환진에 떨어뜨렸다.

그러자 소환진은 다시 하늘색으로 빛나기 시작했고, 그 빛의 중앙에서 작은 정령 한 마리가 소환되었다.

"삐! 삐이이이!"

말을 하지 못하는 걸로 보아 하급 정령이었다.

[바람의 하급 정령이 소환되었다. 하급 정령이지만 바람을 이용하는 능력을 가지고 있다.]

바람의 하급 정령으로 무슨 일을 할 수 있을까?

"네가 낼 수 있는 가장 강한 힘으로 바람을 만들어줄래?"

바람의 하급 정령은 내 명령에 따라 정령력을 쏟아붓기 시작했고, 곧이어 생각보다 강한 바람이 나를 덮쳤다.

몬스터에 큰 피해를 입힐 정도의 능력은 아니었지만, 잠시 동안 몬스터의 균형을 뺏을 정도의 바람은 되었다.

그리고 소환진을 통해 소환되는 정령은 랜덤이다.

하급 정령이 아니라 상급 정령이 소환된다면 악마의 탑 공략은 한결 수월해진다.

현수도 나와 같은 생각을 하고 있는지 소환진을 바라보며 의미를 알 수 없는 미소를 지었다.

*　　　　*　　　　*

드디어 일본에서 한국으로 돌아왔다.

안정화된 일본에서 내가 할 일은 딱히 없었고, 유카리가 워낙 열정적으로 일을 했기에 내가 귀찮은 일은 없었지만 어쨌든 내 고향은 한국이었다.

다시는 해외로 가고 싶지 않아.

그리고 나 혼자 한국으로 온 것은 아니었다. 일본 정부와 회사의 연결 고리 역할을 하고 있는 유카리가 나를 따라 한국으로 왔다.

그녀가 일본을 떠나는 것을 말리는 사람이 한둘이 아니었지만 확고했기에 그녀를 붙잡을 수가 없었다.

물론 나도 약간의 입김을 더했다.

이제야 겨우 썸의 단계를 넘어가고 있는데 장거리 연애를 하고 싶지는 않았다.

한국에서 본격적인 유카리와의 즐거운 시간을 보내려고 하는 순간, 현수는 나를 급히 불러내 브리핑을 하기 시작했다.

분명 내가 쉬는 모습에 배알이 꼴려서 브리핑 자리를 만든 게 분명했다.

"우리 회사의 성장은 비정상적으로 빠릅니다. 물론 이런 성장이 있었던 것은 창업주님의 공격적인 투자가 뒷받침되었기 때문입니다."

나뿐만 아니라 회사 간부들도 있는 공식 석상이었기에 현수는 정중한 어투로 브리핑을 시작했다.

회의장에 있는 모든 사람들이 지금의 회사를 있게 해준 것이었다.

그들이 처음 회사에 입사하게 된 이유는 생존 때문이었지만 지금은 회사의 성장을 진심으로 원하고 있었기에 현수의 브리핑을 집중해서 듣고 있었다.

여기서 대충 듣고 있는 사람은 나 말고 없네.

그래도 자세는 바로 하고 현수의 말을 듣긴 했다.

"현재 한국은 완벽히 자급자족이 가능한 식량을 보유하고 있을 뿐만 아니라 많은 양을 중국과 러시아에 수출하고 있습니다. 운송비가 워낙 많이 들어 실질적인 손질은 크지 않지만 그래도 우리 회사가 가장 먼저 시작한 사업이나 다름없는 농업이 흑자를 보고 있다는 것이 중요합니다. 그리고 롱구스 판매는 매월 엄청난 상승 곡선을 그리며 팔려 나가고 있습니다. 새로운 디자인과 기능을 추가한 것이 매우 효과적이었습니다."

현재 우리 회사의 수익 구조는 천사의 눈물과 롱구스가 많은 비중을 차지하고 있었다.

경매장을 통하거나 머챈트에게 많은 양의 아이템을 판매하고 있었지만 대량 생산이 가능한 롱구스를 판매하는 것에 비하면 낮은 수익이었다.

하지만 이제는 달라진다. 이미 아이템을 대량 생산할 수 있는 구조는 완성되어 있었고, 많은 양의 아이템을 보유하고 있다. 거기에 정령을 소환할 수 있는 소환진까지 더해지면 아이템의 가격은 못해도 5배 이상은 상승하게 될 것이다.

"지금 당장 우리 회사를 위협하는 회사나 국가는 없습니다. 한국 헌터 협회가 우리 회사에 매우 우호적인 성향을 가지고 있으며, 한국에 있는 모든 회사들은 우리 회사와 직간접적으로 관련이 있기 때문에 우리에게 반감을 가지고 있는 회사는 없습니다. 롱구스가 유통됨에 따라 국가 간의 교류가 다시 활발히 시작되었지만, 예전처럼 쉽게 이동할 수는 없기 때문에 국가 간의 분쟁은 없는 상황입니다. 미국에서 우리가 만든 동력원의 기술 협조를 강압적으로 요구하고 있지만 우리에게 직접적으로 무력을 행사할 수 없기에 큰 문제가 되지 않습니다."

모든 것이 청신호였다. 회사가 성장함에 따라 대한민국도 동반 성장을 하게 되었고, 이제는 배고픔에 허덕이는 국민들도 없어졌다. 물론 여전히 빈부 격차는 심하게 났지만 그래도 굶어 죽지는 않는 상황까지 온 것이다.

우리 회사가 가지고 있는 자본을 이용한다면 빈부 격차를 한 번에 크게 줄일 수 있지만 그럴 수는 없다.

악마와의 전쟁을 준비하기 위해서는 많은 자본이 필요했고, 지금은 국가의 발전이나 국민의 복지보다 우리 회사가 강해지는 것이 우선이었다.

"중국 흑룡회에서 꾸준히 많은 조직원들을 우리에게 보내주고 있습니다."

우리 회사의 가장 큰 비즈니스 파트너는 흑룡회였다.

중국에서 판매되는 천사의 눈물과 롱구스 판매의 독점권을 흑룡회에 주었고, 식량 사업을 위한 거름도 판매하고 있었기에 흑룡회는 우리와 좋은 관계를 유지하고 싶어 했다.

이전이었다면 이런 이점을 살려 많은 것을 요구할 수 있겠지만 지금은 흑룡회에게 요구할 수 있는 것이 딱히 많지 않아서 우리는 많은 조직원을 가지고 있는 흑룡회에게 인력을 요구했다.

그것도 헌터가 될 자질을 가진 조직원으로 말이다.

흑룡회는 광활한 영토를 가지고 있는 중국을 실질적으로 지배하고 있어서 당연히 많은 파벌 싸움이 벌어진다. 지금도 파벌 싸움이 벌어지고 있을지도 모른다.

많은 파벌 싸움에는 당연히 승자와 패자가 나뉘게 된다.

승자는 흑룡회의 지지를 받으며 권력을 누릴 수가 있지만 패자는 모든 것을 내려놓고 마지막을 기다려야 한다.

흑룡회가 그런 사람들과 우리를 연결해 주는 것이다.

현재 우리 회사가 보유하고 있는 헌터의 수는 만 명에 가까웠다.

일개 회사가 가지고 있는 헌터의 수치고는 많았지만, 악마와의 전쟁을 대비한 것치고는 적은 숫자였다. 하지만 흑룡회와 일본의 도움이 있다면 헌터의 수를 5만까지 채울 수 있게 된다.

여전히 부족한 수이긴 하지만 빠른 속도로 헌터의 수가 늘고 있었기에 악마와의 전쟁이 시작되면 10만 대군을 채울 수 있을 것이다.

"현재 우리 회사는 한국에서만 활동하기에는 너무 규모가 커져버렸습니다. 물론 다른 국가들에게 우리 회사의 물건들을 판매하고 있긴 하지만 한계가 있습니다. 특히 중간 상인들이 너무 많은 마진을 남기고 있습니다."

원래 유통은 중간 다리가 많아지면 많아질수록 가격이 높아진다.

특히 지금은 교통수단이 마땅치 않기에, 중간 상인들은 원가에 우리에게 물건을 구입해 자신의 나라로 돌아가 10배가 넘는 마진을 남기고 있었다.

물론 그들의 노력을 생각한다면 잘못되었다고 말할 수는 없지만, 우리 회사의 입장에서는 아쉬울 수밖에 없다.

상생도 중요하지만 폭리를 취하는 사람들과의 상생을 굳이 고려할 필요는 없다.

"우리 회사가 더 성장을 하기 위해서는 중요 국가에 지부를 만들어야 됩니다. 물론 많은 문제가 발생하겠지만 이후를 생각한다면 유통의 중간 다리로 사용할 수 있는 지부가 꼭 필요합니다."

현수가 브리핑을 할 동안 한 마디도 하지 않았던 임원진들이 여러 국가에 지부를 만들어야 한다는 현수의 말에 반응을 했다.

"지부를 만드는 것이 중요하다는 것은 알겠지만 다른 국가에 지부를 만드는 것은 쉽지 않을 것일세. 중국이야 흑룡회가 우리 회사에 우호적이라서 가능하겠고, 일본은 무주공산이나 다름없었기에 우리 회사의 지부를 만들 수 있었지만 다른 국가들이 우리를 우호적으로 볼 거라고 장담할 수는 없지 않은가."

"저도 그렇게 생각하고 있습니다. 많은 시행착오가 예상됩니다. 하지만 구더기 무서워서 장 못 담그는 일이 생겨서는 안 됩니다. 지금 당장이야 이대로 가만히 있어도 회사가 성장하겠지만, 성장 곡선이 언제 밑으로 내려갈지 모릅니다. 우리가 독점하고 있는 물건을 다른 국가에서 만들기라도 한다면 우리의 매출은 한순간에 반 토막이 나고 맙니다."

현수가 우려하는 것은 우리가 독점적으로 판매하고 있는 천사의 눈물과 롱구스였다.

그 두 가지 물건은 우리 말고는 만들 수 있는 능력을 가진 회사나 국가가 아직 없다.

하지만 언제까지 우리만 만들 수 있을 거라고는 말하지 못한다.

"그렇다면 지부를 어떻게 운영할 생각인가? 일단 우리의 지부를 만들 국가에 협조 요청도 해야 될 것이고, 사람도 파견해야 될 것이 아닌가."

"그렇습니다. 일단은 한국과 지리적으로 가까운 곳부터 시작할 생각입니다. 중국의 흑룡회에는 이미 언질을 해놓았기에 어렵지 않게 지부를 만들 수 있습니다. 흑룡회에서 천사의 눈물과 롱구스 판매의 독점권을 가지고 있기에 큰 수익을 올릴 수는 없겠지만, 아이템 판매는 가능하기에 적지 않은 수익을 올릴 수 있습니다. 중국 다음으로 러시아와 동남아 지역에 지부를 건설할 생각입니다. 아직 경제 발전이 제대로 되지 않고 있는 동남아 지역에서 큰 수익을 기대할 수는 없지만, 인도와 중동을 연결하는 다리 역할을 하기 위해서는 필수적으로 지부를 건설해야 합니다. 그리고 러시아는 유럽으로 넘어가기 위한 다리가 되어 줄 것입니다."

현수의 계획은 엄청났다. 지금은 근처 국가에 지부를 건설하지만, 차후에는 세계 모든 곳에 우리 회사의 지부를 만들 생각이었다.

지부가 유지되기 위해서는 수익이 발생해야 한다.

황금알을 낳는 거위의 배를 째기 위해 각국의 이권을 가지고 있는 권력자들이 지부를 삼키기 위해 덤빌 것이 분명하기에 최소한의 안전장치가 필요했다.

헌터를 파견하거나, 그 나라의 헌터 회사 혹은 헌터 협회와 연계를 해야 했다.

그렇게 하기 위해서는 당연히 천문학적인 금액이 필요했고, 배보다 배꼽이 더 커질 경우가 생길 수도 있다.

하지만 나는 현수의 생각에 동의했다.

나는 회사의 성장보다 악마와의 전쟁에 중점을 두고 생각했다.

본격적인 전쟁이 시작되면 세계는 악마와의 전쟁에 국력을 집중해야 하고, 당연히 좋은 아이템과 물자를 필요로 한다.

그들이 어디서 아이템과 물자를 구입할 수 있겠는가?

물론 각국이 보유하고 있는 헌터들을 이용해 악마의 탑에서 아이템을 구하고 있긴 하지만 우리가 판매하는 아이템에 비하면 저급이었다.

하지만 우리 회사의 지부가 있다면 어떻게 되겠는가?

그 나라에 우리 회사의 지부가 있고, 그 국가의 헌터들이 우리 회사의 아이템을 가지고 있다면 자연적으로 그 나라의 무력이 상승하게 된다.

물론 가진 자가 아이템을 독점하겠지만, 악마와의 전쟁이 시작되면 가진 자는 생존을 위해 어쩔 수 없이 무기를 풀어야 했다.

대부분의 임원들은 현수의 의견에 부정적이었다. 여기서 내가 현수의 말에 힘을 실어줄 필요가 있었다.

현수가 눈치를 주고 있기도 했다.

"저는 찬성합니다. 회사의 성장을 위해서는 공격적인 투자가 필수입니다. 물론 어떤 국가에서는 큰 적자를 낼 수도 있지만, 그 정도는 충분히 감수할 능력을 우리 회사는 가지고 있습니다. 그리고 그 힘은 여러분들이 우리 회사에 주었습니다."

뜬금없이 감사의 인사를 했지만 내 말은 회의장의 분위기를 가라앉히기에 충분했다.

"처음 우리 회사가 어떤 모습으로 시작했는지 기억하시는 분들이 계실 겁니다. 아무것도 없는 회사에 사람들이 모여들고 우리는 공격적인 투자를 통해 회사를 이렇게 성장시켰습니다. 우리는 항상 도전하는 마음으로 사업을 했습니다. 그리고 우리는 새로운 모험을 시작할 시기가 되었습니다. 현재에 안주하는 건 우리 회사의 이미지와 맞지 않습니다. 다들 그렇게 생각하지 않습니까? 모험은 언제나 즐거운 일이지 않습니까."

임원들은 회사의 주축인 나와 현수가 지부 건설에 찬성하는 입장을 취하자 별다른 말을 하지 않았다. 그만큼 우리를 믿고 있는 것이었다.

"최 팀장과 강 이사가 하는 일이니만큼 잘하겠지. 우리는 그냥 우리의 할 일만 집중하면 될 것 같네."

연구소장님의 말에 다른 임원들도 동의했다.

"내가 얼마나 더 살지는 모르겠지만, 우리 회사가 전 세계로 뻗어 나가는 모습을 보고 죽고 싶네."

임원들의 동의하에 우리 회사는 전 세계에 지부를 뿌리내리는 작업을 시작했다.

*   *   *

가장 먼저 지부가 설립된 곳은 중국 상하이였다.

흑룡회에서도 우리와 가장 우호적인 관계를 가지고 있는 남부 지부가 있는 곳이기도 했고, 교통적으로도 요충지였기에 상하이에 지부를 만들기로 했다.

흑룡회에는 우리의 의도를 잘 설명했고, 그들에게 손해가 갈 일은 없었기에 지부가 만들어지는 동안 많은 도움을 주었다.

하지만 모든 곳이 중국처럼 우리에게 우호적이지 않았다.

러시아의 경우는 중국과 매우 달랐다.

추운 기후 때문인지, 아니면 넓은 대륙을 가지고 있기 때문인지 폐쇄적인 성격을 가지고 있는 러시아는 우리 회사의 지부가 자신의 땅에 세워지는 것을 원하지 않았다.

하지만 롱구스와 천사의 눈물이 얼마나 중요한 아이템인지 알고 있었기에 지부가 만들어지는 것을 반대할 수만은 없었고, 적절한 뇌물에 지부의 건설을 허가받을 수 있었다.

러시아의 헌터 협회는 중국의 흑룡회만큼 헌터를 보유하고 있지는 않았지만 워낙 육체적으로 우월한 러시아인의 특성상 고급 헌터들을 많이 보유하고 있었다.

물론 우리 회사의 헌터에 비하면 실력이 부족했지만 우리를 제외한다면 양질의 헌터를 많이 보유하고 있는 몇 되지 않는 국가였다.

우리는 러시아 헌터 협회에 롱구스와 천사의 눈물을 무상으로 공급해 주는 조건으로 지부의 안전을 약속받았다.

러시아 헌터 협회가 도둑으로 돌변해 공격해 오지 않는 이상 러시아 지부의 안전은 걱정하지 않아도 되었다.

하지만 문제는 그게 끝이 아니었다.

러시아에 우리 지부가 생긴 지 한 달 만에 새로운 문제가 생겨 버렸다.

러시아는 추운 국가였기에 식량 생산량이 현저히 부족했고, 워낙 넓은 영토를 가지고 있는 나라였기에 러시아 정부가 지배력은 크지 않았다.

러시아 헌터 협회와 공조를 하면 지부의 안전이 걱정되지 않는다고 생각했지만 그게 아니었다.

러시아는 헌터 협회와 비슷한 규모의 사기업 형태의 헌터 집단이 있었고, 그 숫자를 합치면 러시아 헌터 협회의 수를 앞섰다.

서로를 경쟁 상대로 보는 집단들이었고, 서로를 침략하며 부족한 식량과 생필품을 채워 생활하는 그들에게 우리 지부는 길바닥에 떨어진 황금으로 보인 것이다.

헌터 협회에 안전을 약속받고 있다고는 하지만 게릴라 형식으로 지부를 침략하고 빠지는 그들을 러시아 헌터 협회에서 제대로 방어해 주지 못했고, 러시아에 판매할 1차 물건 대부분을 그들에게 약탈당했다.

러시아 헌터 협회에 지부의 안전을 전적으로 맡긴 상태였기에 지부에는 최소한의 회사 헌터들만 상주하고 있었고, 그들만으로는 백 단위가 넘는 러시아 헌터들을 막을 수가 없었다.

헌터의 능력을 가지고 있고, 하는 일이 헌터와 비슷하기에 헌터라고 부르지만 러시아에서 그들을 부르는 이름은 하이에나였다.

생존을 위해 썩은 시체를 노리는 그들의 행위가 꼭 하이에나와 닮았기 때문에 붙은 애칭이었다.

"러시아에서 하이에나들에게 받는 피해가 생각보다 너무 큰데. 이런 식이면 러시아 지부를 철수해야 될 판이야."

현수도 러시아에 대한 자세한 정보를 확인한 다음 러시아에 지부를 설립했지만 하이에나들이 이토록 집요하게 우리 지부를 공격할 거라고는 예상하지 못했다.

"러시아 헌터 협회에 뇌물을 아무리 줘도 딱히 우리 지부를 보호할 생각을 하고 있지 않아서 이런 일이 생긴 거예요. 한국이라는 소국의 회사가 돈을 주니 받긴 받았지만 딱히 적극적으로 도와줘야 할 이유를 모르는 거죠."

롱구스가 활발히 유통되고 있다고는 하지만 여전히 국가들 간의 정보는 예전보다 폐쇄적이었고, 당연히 한국의 발전에 대해 자세히 알지 못하는 러시아였다.

단순히 운 좋게 여러 개의 아이템을 발명했다는 정도로만 우리를 평가하고 있었다.

만약 우리가 가지고 있는 헌터들의 힘이 러시아 전부와 싸워도 이길 정도라는 것을 알았다면 이런 행동을 하지는 않았을 것이다.

"그래서 어떻게 할 건데? 이대로 당하고만 있을 거야, 아니면 러시아 지부를 철수시킬 거야?"

"그럴 수는 없어요. 유럽으로 나아가기 위해서는 러시아 지부가 꼭 필요해요. 러시아 지부를 포기하면 유럽으로 가는 길이 복잡해져요. 하이에나들을 처리하고 러시아 헌터 협회에 우리 회사의 힘을 보여줘야지요."

"러시아에 헌터들을 보낼 생각이야? 지부는 그 나라의 헌터 협회와 공조해 안전을 확보한다는 계획은 어떻게 되는 거야? 우리 헌터들이 계속 러시아 지부에 상주할 수는 없잖아. 그리고 이런 문제가 계속해서 발생할 건데, 모든 지부에 우리 회사 헌터들을 대량으로 파견 보내면 너무 효율이 떨어지잖아."

헌터들은 강한 힘을 가지고 있고, 당연히 많은 일을 할 수 있다.

하지만 가장 기본적인 업무는 악마의 탑을 공략해 몬스터의 사체와 아이템을 수집하는 것이다. 회사의 수익 대부분이 롱구스와 천사의 눈물에서 나오고 있다고는 하지만 악마와의 전쟁을 대비해 아이템을 수집하고 몬스터의 사체를 통해 재료를 수집하는 일을 멈출 수는 없다. 사실 많은 돈을 버는 행위는 헌터들을 육성하기 위해서였지, 헌터들을 육성해 많은 돈을 벌려고 하는 것은 아니다.

주객이 전도가 되는 상황이 발생하면 안 되는 것이다.

"팀장님의 생각을 저도 알고 있어요. 하지만 이대로 지부를 포기하는 건 너무 아까워요. 우리 회사의 지부가 있어야 다른 국가들도 악마와의 전쟁에 대비를 할 수가 있죠. 지금처럼 아이템 판매를 우리나라에서만 하는 건 너무 효율이 떨어져요. 브리핑 때도 말했듯이 회사가 성장하기 위해서는 세계로 뻗어나는 다리를 만들어야 돼요."

"그러면 일단 급한 불부터 끄자, 이거지?"

"급한 불을 끄는 건 물론이고 불씨도 완전히 꺼버려야죠. 우리 회사가 그 정도 능력은 있잖아요. 러시아 하이에나들을 소탕하고 러시아 헌터 협회가 우리 힘을 확실히 인지할 수 있을 정도의 인원을 파견해야겠어요."

현수는 나를 보면서 말을 했고, 나는 알 수 없는 불안감이 느껴졌다.

그리고 정확히 일주일이 지나고 나서 현수는 통보 형식으로 나에게 말했다.

"준비는 다 되었어요. 500명의 헌터들을 준비시켜 놓았고, 추용택 씨가 헌터들을 인솔할 거예요."

"추용택이라면 믿을 수 있지. 군인 정신으로 무장한 추용택이라면 충분히 헌터들을 잘 인솔 할 거야. 그럼 오늘 출발하는 거야?"

"네, 오늘 출발해요. 500명이 이동할 수 있는 버스도 정비를 끝내 놓았고, 이제 팀장님만 버스에 타시면 돼요."

"응? 나보고 버스를 타라고? 그냥 인사는 회사 강당에서 해도 충분하잖아."

"무슨 소리세요. 러시아가 얼마나 위험한 곳인데, 헌터들만 달랑 보낼 생각이세요? 설마 헌터들을 소모품 정도로 생각하고 있는 건 아니시죠?"

"내가? 나는 한 번도 헌터들을 소모품이라고 생각한 적 없어. 다 내 가족 같은 사람들인데. 너 오늘 말 좀 심하게 한다."

"정말 가족같이 생각하고 계신 거 맞죠? 그러면 가족들이 위험한 곳으로 가는데 팀장님이 따라가는 게 맞죠. 그렇다고 해서 팀장님에게 전적으로 해결하라고는 안 할게요. 악마의 탑에서 실전 경험을 쌓았다고는 하지만, 국가 간의 전쟁은 상하이에서 한 번밖에 없잖아요. 헌터들이 위험할 때만 움직여 주시면 돼요."

"잠깐만. 이런 말은 미리 해줘야 되는 거 아냐? 나 하나도 준비 안 했다고."

한창 유카리와 진도를 빼고 있는 상황에서 러시아로 가라는 말은 꼭 군대로 재입대하라는 말처럼 들렸다.

내가 한국에 있는 꼴을 보면 배가 아프기라도 한 건가?

왜 나를 못 보내서 안달인지 모르겠네.

"유카리 씨한테는 제가 이미 말해뒀어요. 유카리 씨가 팀장님한테 말 안 했나 보네요."

"응? 유카리한테도 말했다고?"

"그럼요."

뒤통수가 아려왔다.

이래서 믿을 사람 하나도 없다는 말이 나오는 거구나.

*   *   *

우리 회사에서 개발한 동력원으로 움직이는 대형 버스는 개량에 개량을 더해 시속 200㎞가 넘는 속도를 유지하며 안정적으로 주행이 가능했다. 물론 비행기를 타고 가는 것보다는 느렸지만 러시아까지 가장 빠르게 이동하는 유일한 수단이었다.

우리 회사에서 만드는 교통수단을 흑룡회와 머챈트에게 소량 판매하고 있긴 했지만 그들에게 파는 물건들은 개량하기 전의 물건들이었다.

지금 우리가 타고 있는 버스는 모든 부품이 몬스터의 단단한 뼈와 가죽으로 만들어져 있었고, 문양까지 새겨져 있었다.

차량이 빠른 속도를 내기 위해서는 저항을 줄여야 한다.

많은 종류의 저항이 있지만 가장 중요한 것은 무게였다.

100명이 넘는 사람이 탈 수 있도록 만들어진 버스는 사람이 타는 것만으로도 무거웠기에 차체의 무게를 줄여야만 속도를 증가할 수 있었다.

일반적으로 차량의 뼈대와 몸체는 고장력강이라는 단단한 철판으로 만들어진다.

하지만 철판은 태생적으로 무거울 수밖에 없다. 그에 철판을 대신하거나 보완할 수 있는 재료들을 우리 연구진들이 끊임없이 연구했고, 몬스터의 뼈를 이용해 철판의 무게의 절반 정도밖에 나가지 않는 재료로 차량을 만드는 데 성공했다.

그냥 무게만 적게 나가는 것이 아니다.

무게를 적게 나가게 하려면 지붕을 뜯어버리고, 옆을 열어버리면 된다.

차량은 속도가 전부가 아니라 사람을 보호할 수 있는 강도가 있어야 한다.

몬스터의 뼈로 개량한 재료들은 철판과 비슷하거나 더 높은 강도를 가지고 있었고, 성형성도 나쁘지 않았기에 더 가벼운 속도와 안정성을 가질 수 있게 되었다.

그리고 승차감도 나쁘지 않다.

대형 세단 같은 승차감은 아니지만 일반 승용차와 비슷한 승차감을 가지게 되었다.

승차감의 향상도 당연히 악마의 탑에서 나오는 재료들로 해결했다.

충격 완화 효과가 있는 슬라임과 비슷한 몬스터들의 부산물을 이용해 바퀴에서 올라오는 떨림을 잡았고, 장인들이 새겨 넣은 보호의 문양 덕분에 더욱 높은 승차감을 가지게 되었다.

우리 회사의 기술의 전부가 들어 있는 차량을 자랑스럽게 보고 있을 때 추용택이 말을 걸어왔다.

"러시아 지부가 멀지 않았습니다. 10분 정도면 도착합니다."

러시아에 있는 우리 회사 지부의 위치는 현수와 많은 학자들이 고민해서 선정했다.

러시아 지부는 유럽으로 가는 다리 역할을 하기 위해 만들어지긴 했지만 러시아에 우리 물건을 판매하는 거점이기도 했다.

당연히 물건을 팔기 위해서는 많은 사람들이 살고 있는 곳에 지부를 열어야 했고, 현재 러시아에 가장 많은 인구가 있는 도시는 모스크바였지만 유럽과 가까운 도시였기에 우리나라와의 거리가 너무 멀어 모스크바에 지부를 설립하지는 않았다.

우리나라와 가까우면서 인구수가 많은 도시는 이르크추크가 유일했다.

몬스터가 침범하기 전에는 공업 도시로 각종 기계와 식료품을 생산하던 곳이었다.

현재 20만 명에 가까운 사람들이 모여 사는 도시였다.

고작 20만 명이라고 생각할 수도 있지만 생존자가 많지 않은 러시아에서 한 도시에 20만 명이나 사는 것은 기적이나 다름없었다.

그리고 모스크바 주변을 제외하면 가장 많은 헌터들과 부호들이 사는 도시이기도 했다.

하지만 러시아 헌터 협회의 본점이 있는 모스크바와의 거리가 멀기 때문에 하이에나들이 가장 활발히 활동하는 도시였다.

"생각보다 그렇게 많이 파괴되지는 않았네요. 몬스터들도 추운 곳은 싫어하나 보네요."

"그렇게 보이십니까? 제 눈에는 사람이 사는 도시처럼 보이지 않는데요."

"너무 한국에만 있어서 그런 게 아닐까요? 일본을 못 봐서 그래요. 일본은 완전히 구석기 시대로 돌아가 있었다고요."

이르크추크는 다른 도시와 마찬가지로 식량을 구하기가 쉽지 않았지만 그래도 굶어 죽는 사람은 없어 보였다.

러시아 동부의 행정 문화의 중심지답게 많은 사람들이 오고 갔고, 상행위를 통해 도시가 굴러가고 있었다.

"이제 도착했습니다."

추용택의 지시에 따라 회사 헌터들은 버스에서 내렸고, 나도 그들을 따라 버스에서 내려 우리 회사의 지부가 있는 곳으로 들어갔다.

"참 가관이네."

지부를 보고 가장 먼저 든 생각이다.

내가 오기 전에는 어떤 모습을 하고 있는 건물이었는지 모르겠지만, 현재 내 눈에 보이는 지부는 다 쓰러져가는 건물에 사람들이 옹기종기 모여 지내는 것에 지나지 않았다.

러시아 지부는 우리가 온다는 소식을 들었기에 지부장으로 파견 가 있는 총무부 직원과 그를 보호하는 헌터들이 마중 나와 있었다.

현수가 인정한 몇 안 되는 총무부 직원인 배정환은 큰 꿈을 가지고 러시아 지부로 자진해서 파견을 갔다.

확신을 가지고 온 러시아지만 하이에나의 침략에 모든 물건을 약탈당해 거지꼴을 하고 있는 배정환의 얼굴은 몇 달 사이 몇 년은 늙어 보였다.

"팀장님, 오셨습니까. 죄송합니다."

롱구스를 통해 러시아 지부의 상황을 들었지만 이 정도로 열악할 줄은 몰랐다.

"이런 곳에서 지내고 있던 거야? 회사에서 적지 않은 금액을 지원해준 걸로 알고 있는데. 이런 건물을 인수했어?"

"아닙니다. 회사의 자금을 지원받은 만큼 도시에서 가장 좋은 건물을 인수했었습니다. 하지만 하이에나들에게 약탈을 당해 불타 버려 지금은 이곳에서 재정비를 하고 있습니다."

여기서 그를 더 추궁해 봐야 달라지는 것은 없었다.

타지로 나와 고생을 하고 있는 사람이었고, 그가 얼마나 마음고생을 했는지 보지 않아도 느껴졌기에 나는 그냥 그의 어깨를 두드려줬다.

"고생이 많았어. 이제 우리가 왔으니 새로 시작해야지."

배정환은 우리가 오기만을 기다리고 있지는 않았다.

"초라하지만, 일단 안으로 들어가시죠."

나는 배정환의 안내를 받아 쓰러지기 일보 직전인 건물로 들어갔고, 회사 헌터들은 차량에 싣고 온 천막을 꺼내 임시 숙소를 만들었다.

"현재 상황을 간략히 설명해 봐. 현수를 통해 듣긴 했지만, 자네에게 직접 들어야 상황을 정확히 알 수 있을 것 같아."

배정환은 가볍게 헛기침을 하고는 지금의 상황에 대해 설명했다.

"처음 러시아로 왔을 때만 하더라도 하이에나들이 우리를 공격하지 않았습니다. 러시아 헌터 협회의 보호를 공식적으로 받고 있는 상황이었기에 우리를 노리지 않은 것이지요. 하지만 우리가 본격적으로 물건을 판매하기 시작하자 러시아 헌터 협회를 무시하고 우리를 침략하기 시작했습니다. 현재 피해액은 80억에 달합니다."

80억이 큰돈이긴 했지만, 우리는 그 금액을 러시아 지부가 정착할 수 있도록 투자를 했다. 물건을 팔아 수익을 내는 것보다 자리를 잡는 것이 우선이었기에 고가의 물건보다 금액이 크게 나가지 않는 물건들을 위주로 실어 보내 많은 금액을 쥐어주었다.

하지만 그 모든 것을 하이에나에게 약탈당해 버렸다.

Chapter 3

불길한 징조

러시아의 하이에나들은 러시아 헌터 협회가 적은 이 도시 주변을 거점으로 삼고 활동하고 있었다.

현재 러시아에 있는 하이에나 집단은 정확히 파악하지는 못하고 있지만 대략적으로 10개 이상의 집단이 있다고 알려져 있다.

그중 규모가 큰 하이에나 집단은 총 3개였고, 그중 하나가 이르크추크를 거점으로 삼고 있었다.

배정환의 설명을 들은 나는 의문이 하나 들었다.

"누가 했는지 알고 있는 상황인데, 왜 러시아 헌터 협회에서 움직이지 않은 거지? 돈을 받았으면 최소한의 도리는 해야 되잖아. 누가 했는지도 알고 있고, 그들이 어디를 거점으로 삼고 있는지도 알고 있는데 왜 아무런 조치도 취하지 않은 거지?"

"처음 지부의 안전을 약속받기 위해 30억이 넘는 돈과 물건들을 러시아 헌터 협회에 가져다줬습니다. 하지만 말과는 다르게 전혀 우리를 보호할 생각을 하지 않았습니다."

"받을 것만 받고 모른 척했다는 거지?"

"그렇습니다. 약탈을 당한 이후 여러 번 러시아 헌터 협회에 도움을 요청했지만 아무런 행동도 보이지 않았습니다. 그리고 이제는 우리와 만나주지도 않고 있습니다."

"이거 참, 우리를 제대로 무시하고 있네. 하여튼 알았어. 우리가 하이에나들에게 약탈당한 물건과 돈을 가지고 올게. 러시아 헌터 협회는 그다음에 처리하자고."

우리 물건과 돈을 약탈한 상대는 하이에나였지만 러시아 헌터 협회도 일부 책임이 있다고 볼 수 있다. 돈을 받고 거래를 했고, 러시아 헌터 협회는 일방적으로 약속을 파기한 것이나 다름이 없다.

우리 회사와 한 약속을 무시해도 된다고 판단했겠지.

하지만 매우 좋지 않은 판단이었다는 것을 확인시켜 줄 필요가 있었다.

배정환과 대화를 마치고 건물 밖으로 나가자 구수한 향기가 흘러나왔다.

이미 천막 조립을 마친 헌터들이 가지고 온 배낭에서 식량을 꺼내 음식을 만들고 있는 것이었다.

500명의 인원이 동시에 먹을 수 있는 음식을 만들고 있었기에 당연히 음식 냄새는 사방으로 퍼졌고, 제대로 식량을 먹지 못했던 러시아 주민들이 슬그머니 모여들기 시작했다.

하지만 무장을 하고 있는 헌터들을 상대로 음식을 달라는 말을 하지 못하고 그냥 지켜만 보고 있었다.

"어떻게 합니까? 우리가 가지고 온 식량들을 저들에게 나눠 줄까요?"

"식량은 충분하지?"

"그렇습니다. 혹시나 모를 상황을 대비해서 많은 식량을 가지고 왔습니다."

헌터들 개인이 가지고 온 식량과 버스에 실린 식량만으로도 충분히 일정을 소화할 수 있다.

게다가 내 보관 상자 안에는 우리 헌터들이 몇 달은 충분히 먹을 수 있는 식량이 들어 있었기에 식량은 부족하지 않았다.

"그럼 일단 가지고 온 식량을 배식해 줘. 간단히 먹을 수 있는 음식으로 배급하는 게 좋을 거야. 한국에서 어떤 일이 생겼는지 알지? 괜히 많이 퍼주면 호구로 본다고. 그래도 우리 지부가 있는 도시에 있는 사람들이고 ,좋은 이미지를 심어주는 건 필요하니까 식량을 나눠 주는 게 나쁘지는 않지."

"알겠습니다. 간단히 먹을 수 있는 식량들을 선착순으로 배급해 주도록 하겠습니다."

선착순은 평등하지 못하다. 식량을 간절히 원하는 사람 대부분은 몸이 아프거나 제대로 움직이지도 못했다.

여기에 왔다는 것은 그래도 움직일 힘은 남아 있다는 뜻이었다.

하지만 우리가 여기를 지배할 것도 아니기에 깊게 생각할 이유는 없다.

식량을 배급한다는 소문을 듣고 많은 사람들이 집을 나와 우리가 있는 막사로 모여들었지만 모든 사람에게 식량을 나눠 줄 수는 없었고, 늦게 찾아온 사람들은 식량을 배급받지 못했다.

당연히 그들은 우리에게 식량을 달라고 요청하며 목소리를 키웠지만, 500명의 헌터들이 동시에 무기를 들어 올리며 강압적인 모습을 보이자 사태는 초기에 진압되었다.

*   *   *

이르크추크에 거점을 두고 있는 하이에나 무리.

자신들을 붉은 늑대라고 부르는 그들은 대부분 군 생활을 했던 사람들로 이루어져 있었다. 모든 군대가 그렇지만 특히 러시아는 강압적인 규율로 유명했다.

신병이 들어오면 가혹 행위와 돈을 요구했다.

우리나라 군대가 가혹 행위와 말도 안 되는 악, 폐습으로 유명하긴 했지만 러시아에 비하면 애들 장난 수준이었다.

러시아의 군인들은 신병이 들어오면 돈을 상납받는 것은 물론이었고, 성적으로도 유린했다. 러시아 군대로 간다는 것은 지옥으로 들어간다는 뜻이나 다름없었다.

매년 3천 명이 넘는 불구자나 사망자가 나오는 러시아 군대를 견딘 사람들이었기에 가장 빠르게 상황을 파악하고 집단을 형성

할 수 있었다.

군대에서 혹독한 훈련을 견딘 그들은 생존을 위해 악마의 탑을 찾아 들어가 아이템을 수집했고, 아이템을 기반으로 민가를 습격하거나 대부호를 상대로 약탈 행위를 했다.

하지만 모스크바 지역에는 러시아 헌터 협회와 사설 헌터 회사들이 많았기에 활동하기에 어려웠고, 붉은 늑대는 이르크추크까지 밀려왔다.

200명이 넘는 헌터들과 500명에 달하는 일반 병사들까지 속해 있는 붉은 늑대 무리는 러시아 헌터 협회의 힘이 제대로 미치지 못하는 이르크추크의 골칫거리였다.

"오늘 새로운 소식이 들어왔습니다. 우리가 약탈했던 카인트 헌터 회사 지부에 새로운 사람들이 들어왔다고 합니다. 500명에 달하는 무장 세력이라고 합니다."

"500명? 적지 않은 숫자군. 하지만 한국에서 온 무장 세력이 우리를 상대로 뭘 할 수 있겠어. 그런 꼬맹이들은 일반 병사 선에서 처리가 가능하지. 그건 그렇고, 500명이나 왔으면 새로운 물자를 가득 싣고 왔겠군."

"그렇다고 합니다. 주민들을 상대로 식량을 보급할 정도로 많은 식량을 가지고 왔다는 정보가 들어왔습니다. 그리고 그들이 착용하고 있는 아이템은 수도에서도 보기 힘든 고가라고 합니다. 지금까지 우리가 약탈했던 모든 물자를 합치고도 남는 가격입니다."

붉은 늑대라는 집단을 유지하기 위해서는 많은 식량과 돈이 필요하다.

결국은 돈이다. 식량은 돈으로 구입할 수 있다.

이들이 약탈을 하는 이유는 돈을 벌기 위해서라고 볼 수 있다.

하지만 러시아에서 약탈 행위를 해 충분한 돈을 벌 수는 없었다. 단순히 지금을 유지하기에도 급급한 금액이었다.

하지만 이번에 들어온 카인트 헌터 회사의 지부는 달랐다.

단 한 번의 약탈이었지만 그 약탈로 3년 동안 약탈해야만 벌수 있는 돈을 벌게 되었다.

아직 아이템과 물건들을 현금화하지 못했지만 약탈한 돈만으로도 식량과 생필품을 구입할 수 있었다. 최소 1년 동안은 약탈을 하지 않아도 지낼 수 있는 환경이 조성된 것이다.

하지만 사람의 욕심은 끝이 없었고, 더 많은 돈을 원했다.

"사냥감이 알아서 입안으로 들어왔는데 씹어 먹어주지 않을이유는 없지. 바로 부대원들에게 전투 준비를 시켜라. 오늘이 끝나면 배가 터지게 고기 파티를 열어준다고 하면 신이 나서 약탈에 나설 것이다."

붉은 늑대의 부대원들은 리더의 말을 신의 말처럼 따랐다. 게다가 고기 파티까지 더해지면 없던 충성심도 생기기 마련이다.

카인트 헌터 회사가 아직 전투 준비를 하지 않은 지금 붉은늑대들은 카인트 헌터 회사의 러시아 지부를 향해 이동했다.

700명이 넘는 부대원이 동시에 움직이는 모습은 절도가 넘쳤다.

발을 맞춰 걷는 그들의 모습에 주민들은 소스라치게 놀라며 집으로 들어가 문을 잠그거나, 그들이 보이지 않는 곳으로 몸을 피했다.

                    *   *   *

"하이에나가 우리를 향해 다가오고 있습니다."

대부분의 헌터는 막사에서 정비를 하고 있었지만, 조를 나눠 정찰을 하고 있는 헌터들을 통해 우리 지부를 약탈했던 하이에나가 다가오고 있다는 정보가 들어왔다.

우리가 움직이기 전에 먼저 찾아온다는 거지.

나쁘지 않지.

"모든 병력을 무장시키세요."

내 명을 기다리고 있던 추용택은 지시가 떨어지자 모든 병력들에게 아이템을 착용시킨 뒤 하이에나가 다가오고 있는 거리에 집결했다.

든든한 모습의 헌터들이지만 전투는 언제나 많은 피가 흐르기 마련이다.

그 피가 우리의 피가 되어서는 안 된다.

아무런 피해 없이 전투가 끝날 가능성은 높지 않았지만 그래도 피해는 최소화해야 한다.

그리고 피해를 최소화하기 위해서는 내가 적극적으로 움직여야 했다.

"우리의 목적은 우리 지부를 보호하고, 우리를 먼저 공격한 적을 섬멸하는 것입니다. 불필요한 피해를 원하지 않습니다. 한 명이라도 목숨을 잃는다면 한국으로 돌아가서 위용욱 교관의 지옥 훈련을 약속드리겠습니다."

위용욱의 이름이 내 입에서 나오자 헌터들은 긴장하기 시작했다.

그만큼 위용욱은 헌터들에게 피하고 싶은 이름이었다.

"제가 먼저 하이에나의 수를 줄이겠습니다. 제가 신호를 하면 헌터들을 투입해 주세요."

추용택은 내 실력을 정확히는 모르지만 악마의 탑에서 내 확약을 봤기에 나를 믿었다.

홀로 적진을 향해 가겠다는 나를 추용택은 막지 않았다.

"조심하십시오. 팀장님이 부상을 입는 모습이 상상은 가지 않지만, 그래도 적의 수가 많습니다."

"저는 걱정하지 마세요. 금방 신호를 줄 테니 헌터들을 준비시켜 두세요."

추용택은 걱정스러운 표정으로 나를 지켜봤고, 나는 그의 시야에서 빠르게 사라졌다.

멀리서 다가오는 기운이 느껴졌다.

일반인보다 조금 강한 사람이 대부분이었지만 그래도 헌터라고 불릴 정도의 실력을 가지고 있는 사람의 수도 꽤 되었다.

하지만 헌터의 능력을 가지고 있는 사람의 수는 우리 회사의 헌터들보다 적었다.

군이 내가 나서지 않는다고 하더라도 우리 회사의 헌터들만으로 충분히 승리할 수 있다.

하지만 더 쉬운 방법이 있다면 사용하지 않을 이유가 없다.

"처음으로 정령을 사용해 볼까나."

고리의 기운을 사용한다면 하이에나들을 한 번에 도륙할 수 있지만, 이번에는 정령을 이용해 보기로 했다.

정령의 탑에서 돌아온 직후 나와 현수는 많은 아이템에 정령 소환진을 그려 정령을 소환했다.

소환된 정령은 대부분 하급이었지만 중급 이상의 정령도 가끔씩 소환되었고, 극악한 확률로 상급 정령도 소환되었다.

그리고 내 검에 새겨진 소환진은 극악한 확률을 뚫고 상급 정령을 소환하는 아이템이다.

"정령을 소환하는 방법이 마음에 들지 않는단 말이야. 정령을 소환하는 데 군이 왜 피가 필요한지 모르겠어."

불평을 하면서도 나는 손끝에 작은 상처를 내 소환진에 피를 떨어뜨렸다.

피를 머금은 소환진은 바로 빛을 내며 정령을 소환했다.

"저를 부르셨습니까?"

소환진에서 나온 정령은 피부가 나무껍질로 되어 있는 상급 나무의 정령이었다.

일단 말을 할 수 있다는 점에서 내가 소환한 정령이 중급 이상의 정령이라는 것을 확인할 수 있다. 하급 정령들은 자신의 감정을 말로 표현할 수가 없었다.

지능이 낮아서이기도 했고, 말을 하기 위해서는 많은 정령력이 필요했기에 중급 정령 이상만이 자신의 의사를 말로 표현할 수 있었다.

상급 나무의 정령의 이름은 엔트크였다. 그는 나무의 정령답게 땅과 나무를 이용한 공격이 주를 이루었다.

그의 능력을 실험하기 위해 동네 야산을 쑥대밭으로 만든 것은 비밀 아닌 비밀이었다.

"너와 처음으로 전투를 치르게 되었네. 잘 부탁한다."

상급 정령답게 주변의 기운을 느낄 수 있었고, 전방에서 다가오고 있는 인간의 기운을 감지할 수 있었다.

"저들이 제가 상대할 적들입니까? 어떻게 공격하면 되겠습니까?"

상급 정령은 보통 지능이 높은 존재였다. 하지만 소환진을 통해 소환된 순간 모든 행동은 소환진에 피를 뿌린 사람의 명을 듣게 되어 있다.

물론 정령의 의지에 반하는 행동은 거부할 수 있었지만, 악마나 인간을 상대로 전투를 하는 것은 정령의 의지에 반하는 행동이 아니었기에 전투에 활용할 수 있었다.

"일단 수를 좀 줄여야 될 것 같아. 저들의 발을 묶을 수 있겠어?"

"가능합니다."

상급 정령이 가지고 있는 능력은 인간이 봤을 때는 신과 다름없었다.

작은 야산 하나 정도는 순식간에 사라지게 만들 정도의 능력을 가진 게 상급 정령이다.

하지만 상급 정령을 소환해 사용할 수 있는 정신력을 가진 인간은 많지 않다.

하급 정령의 경우 일반인이 소환했을 때 고작 30분 정도 사용할 수 있다.

일반인보다 정신력이 높은 헌터라고 할지라도 1시간 이상은 사용할 수가 없다.

하급 정령도 그러한데, 상급 정령을 사용하기 위해서는 얼마나 많은 정신력이 필요하겠는가.

일반인이라면 상급 정령을 소환하는 즉시 모든 정신력을 소모해 탈진하고 만다.

오랜만에 인간계로 마실을 나온 상급 정령이 오자마자 바로 돌아가야 한다면 얼마나 아쉽겠는가.

현재 상급 정령을 소환해 사용할 수 있는 정신력을 가진 사람은 나와 현수뿐이었다.

현수는 정신력을 키우는 수련을 제대로 하지 못했기에 고작 10분 정도 상급 정령을 소환할 수 있었지만 나는 달랐다.

이계에서 정식으로 정신력을 향상하는 수련을 받기도 했기에 상급 정령을 원하는 시간만큼 사용할 수 있다.

"그럼 바로 부탁할게."

내 말이 끝나자 상급 나무의 정령은 그대로 땅속으로 몸을 감추었다.

땅속으로 모습을 감춘 나무의 정령의 기운은 하이에나의 발밑에서 느껴졌다.

지반이 약해서인지, 아니면 나무의 정령이 능력이 뛰어나서인지는 모르겠지만 하이에나들이 밟고 있는 땅은 순식간에 균열이 생겨났다.

"지진이라도 일어날 것 같습니다. 땅이 갑자기 갈라졌습니다."

우왕좌왕하는 하이에나들.

하지만 그들은 뒤로 물러나지 않았다. 탐욕에 물들어 있는 인간의 발을 돌리는 것은 불가능에 가까운 일이었다. 고작 땅이 갈라지는 것으로는 탐욕을 막을 수가 없다.

갈라진 땅을 피해 앞으로 걸어가는 하이에나들.

그들은 밟고 있는 땅이 무덤이라는 사실도 모르고 계속해서 이동했다.

나무의 정령은 모든 인원이 자신의 영역으로 들어올 때까지 힘을 감추고 숨어 있었다.

워낙 지능이 높은 상급 정령이었기에 내가 내린 간단한 명령을 이해하고 수행하려고 했다.

모든 인원이 자신의 영역으로 들어온 것을 확인한 나무의 정령은 땅을 흔들었다.

땅이 흔들리자 작은 균열은 입을 벌려 하이에나를 집어삼켰고, 안에는 날카로운 가시가 잔뜩 박혀 있었다.

그렇게 깊지 않은 구덩이로 빨려들어간 하이에나들은 땅에 박혀 있는 뾰족한 나뭇가지에 상처를 입었다. 그래도 정식 훈련을 받은 헌터들은 큰 피해를 입지 않았다.

헌터가 아닌 사람들이야 나뭇가지에 부상을 입거나, 심하면 사망에 이르기까지 했지만 헌터들은 아이템을 이용해 몸을 보호했다.

하지만 갑작스러운 상황에 당황하고 있는 건 다르지 않았다.

"이제 신호를 보내면 되겠네."

이대로 나무의 정령의 힘을 빌려 저들을 처리할 수도 있었지만, 그렇게 하면 우리 회사가 가진 힘을 보여줄 수가 없다.

하이에나를 정리하는 것도 중요했지만, 우리 회사 헌터들의 힘을 보여주는 게 더 중요했다.

나는 주머니에 넣어 두었던 초소형 롱구스를 꺼내 추용택에게 연락을 했다.

"이제 오시면 됩니다."

멀지 않은 곳에서 대기하고 있던 우리 회사 헌터들의 발소리가 들려왔다.

그들은 함정에 빠져 있는 하이에나의 모습에 잠시 머뭇거렸지만 추용택의 외침이 들리자 임무를 수행했다.

"저들이 우리 회사의 지부를 약탈한 하이에나다. 만약 여기서 자비를 보이면 우리 지부는 다시 약탈을 당한다. 모두 최선을 다해 저들을 상대해라."

하이에나는 정상적인 상황에서도 우리 회사의 헌터들을 상대로 이기지 못할 것이다. 지금은 함정에 빠져 있는 상황이었기에 더더욱 상대를 하지 못했다.

처음에는 우리 회사 헌터들을 상대로 공격하려고 했지만, 보이는 것과 달리 자신들보다 훨씬 강한 힘을 가지고 있는 헌터들이라 하이에나들은 목숨을 구걸하거나 도망치기 시작했다.

목숨을 구걸하는 사람의 목숨을 빼앗지는 않았다. 그리고 도망치는 사람도 일부 살려 보내주었다. 우리가 벌인 일을 소문낼 필요가 있었기에 살려준 것이다.

하지만 우리의 손에서부터 살아남은 사람은 많지 않았다.

붉은 늑대의 머릿수를 담당하는 일반인의 경우 나무의 정령이 만든 함정에 대부분 목숨을 잃었고, 나머지는 우리 회사 헌터들의 공격에 구덩이에 빠져 다시는 기어 올라오지 못했다.

불과 하루 만에 러시아에서 제법 규모가 큰 하이에나 한 마리를 잡았다.

그리고 그 소문은 생존자들에 의해 퍼지기 시작했다.

하이에나를 정리하고 지부로 돌아와 우리는 다시 정비를 했다.

쓰러져가는 지부를 이대로 둘 수는 없었기에, 우리는 불타버린 이전의 지부 건물을 정비하며 시간을 보냈다.

"이제 슬슬 연락이 올 때가 되었는데. 생각보다 소문이 느리게 퍼지는 건가?"

지부를 정비하며 일주일의 시간을 보냈다.

그러는 동안 아무도 우리에게 연락을 해오지 않았다. 우리에 대한 소문을 들었다면 다른 곳은 몰라도 러시아 헌터 협회는 연락을 해왔어야 했다.

자신들의 잘못을 인정하고, 앞으로는 이런 일이 발생하지 않도록 노력하겠다는 말 정도는 해야 되는 것이다.

하지만 러시아 헌터 협회는 아직 연락을 해오지 않았다.

소문을 듣지 못했을 리는 없다. 꽤 규모가 큰 하이에나가 죽었다는 소식을 듣지 못할 정도라면 러시아 헌터 협회라는 이름을 달 자격이 없는 것이다.

그렇다면 그들이 연락을 해오지 않는 이유는 하나뿐이다.

여전히 우리를 무시하고 있는 거겠지.

"제가 러시아 헌터 협회에 연락을 해보겠습니다."

배정환은 롱구스를 들어 러시아 헌터 협회에 연락을 하려고 했지만 내가 그의 손을 막았다.

"아니야, 그냥 둬. 잘못은 우리가 한 게 아니라 러시아 헌터 협회가 했는데 우리가 먼저 연락을 하긴 그렇잖아."

"그러면 어떻게 하실 생각이십니까?"

"소문을 듣지 못했다면 직접 보여주는 방법밖에 없잖아."

아직 내 말뜻을 제대로 이해하지 못한 배정환은 어정쩡한 표정을 짓고 나를 따라 나왔고, 나는 추용택과 회사의 헌터들이 모여 있는 막사로 이동했다.

"이제 슬슬 다시 움직일 때가 된 것 같네요. 러시아 헌터 협회에서 우리의 존재를 인정하지 않고 있는 것 같아요."

"알겠습니다. 바로 준비시키도록 하겠습니다."

역시 오랜 시간 회사에서 일한 추용택이었기에 내 말을 단번에 알아들었다.

추용택은 헌터들을 무장시키고는 대형 버스에 태웠다. 나 또한 버스를 탔다.

"저도 버스에 탈까요?"

배정환은 우리가 러시아 헌터 협회 지부로 간다는 것을 알아차리고는 자신이 어떻게 해야 하는지 물었다.

"지금껏 러시아 헌터 협회와 연락을 한 사람이 자네잖아. 당연히 타야지. 앞으로도 러시아 지부를 담당할 거잖아."

버스에 탄 사람 중 유일하게 헌터가 아닌 사람이 배정환이었다.

그는 전투에 익숙하지 않았기에 버스 안의 전투적인 분위기를 어색해했다.

우리 회사 지부와 가장 가까운 러시아 헌터 협회 지부는 차를 타고 1시간 정도 이동해야 했다.

미리 연락을 하지 않고 온 것이기에 러시아 헌터 협회의 헌터들은 우리의 등장에 아이템을 착용하고 급히 건물 밖으로 뛰어나왔다.

"배정환 씨, 무슨 일로 찾아왔습니까?"

배정환이 하이에나의 문제로 여러 번 러시아 헌터 협회 지부를 찾아왔었지만 러시아 헌터 협회 지부는 매번 그와의 만남을 거부했었다.

하지만 많은 헌터를 대동하고 찾아온 배정환을 만나지 않을 방법은 없었다.

"일단은 물러서 있어. 내가 먼저 정리하고 나서 자네가 맡으면 될 거야."

이런 흉흉한 분위기에 익숙하지 않은 배정환이었기에 제대로 대화가 될 리 없었다.

나는 배정환을 대신해 러시아 헌터 협회 동부 지부를 담당하는 사람에게 다가갔다.

"안녕하쇼. 한국에 있는 카인트 헌터 회사 헌터부 이사를 맡고 있는 최진기요. 우리가 찾아온 건 다름이 아니라 거래 불이행에 따른 손해배상을 받고 싶어서인데, 손해배상을 어떤 방식을 해줄 생각이요?"

통역 아이템을 통해 내 목소리가 동부 지부장에게 전달되었다.

우리를 무시하고 있는 러시아 헌터 협회였기에 예의를 차리고 싶지 않았다.

"손해배상? 우리가 왜 그쪽에게 손해배상을 해야 됩니까? 계약서에 의하면 우리는 카인트 헌터 회사의 러시아 지부를 돕겠다고 했지, 하이에나의 모든 공격을 막아준다고는 하지 않았습니다."

"그렇게 말할 줄 알았어요. 그러면 러시아 헌터 협회에서 우리 지부에 무슨 도움을 줬는지 한번 들어보죠."

"우리는……."

말을 잇지 못하는 지부장이었다.

당연했다. 도와준 것이 있어야 말을 하지. 아무런 도움을 준 적이 없기에 할 말이 없는 것이다.

"아무것도 없다고 생각하면 되겠죠? 그러면 우리가 줬던 돈과 물건을 돌려받아야겠네요. 우리 회사가 기부를 많이 하긴 하지만, 그래도 거지에게 막 퍼줄 정도로 돈이 남아도는 건 아니거든요."

"지금 우리를 보고 거지라고 했습니까?"

"그럼 뭐라고 생각하는데요? 돈을 받고 아무것도 안 했으면 거지나 다름없지 않나? 아니면 사기꾼이라고 불러줄까요? 사기꾼 아니면 거지인데, 빨리 둘 중 하나를 골라요. 그래야 우리가 어떻게 행동할지 결정을 하니까."

얼굴을 붉히며 화를 내고 있는 지부장이었지만 자신들보다 훨씬 많은 우리 회사의 헌터로 인해 섣불리 움직이지 못했다.

그래도 지부장이라 이거지.

하긴 이 정도의 자리까지 올라왔으니 상황을 파악하는 능력이 어느 정도는 있겠지.

"지금 당장 돈을 돌려주든지, 아니면 정식으로 사과를 하고 재발 방지를 약속하든지 둘 중 하나를 택하세요. 정확히 1시간을 드리죠. 그 안에 답을 주지 않는다면 강제로 손해배상을 청구하도록 하죠."

나는 한발 물러나 헌터들이 있는 곳으로 돌아왔고, 헌터들은 내 지시에 따라 잠시 휴식을 취했다. 그런 우리의 모습을 바라본 동부 지부장은 황급히 건물 안으로 들어갔다.

아마 러시아 헌터 협회장이나 높은 사람에게 연락을 하겠지.

그들이 어떤 결정을 내릴지는 보지 않아도 예상이 된다.

붉은 늑대를 처리한 우리의 능력을 알면서도 연락하지 않았으니, 당연히 이 정도 무력시위가 통할 리 없다.

내 생각은 정확히 적중했다.

"우리 러시아 헌터 협회는 사과를 하지 않겠습니다. 우리의 잘못은 없다고 결정을 내렸습니다. 하이에나의 공격에 피해를 입은 것은 유감스럽지만, 그건 우리의 책임이 아닙니다. 지금 당장 돌아가지 않는다면 우리 러시아 헌터 협회는 카인트 헌터 회사를 적으로 간주하도록 하겠습니다."

적반하장도 유분수지. 이런 식으로 나온다 이거지.

내가 생각했던 것보다 조금 더 과격하게 나오는 러시아 헌터 협회였다.

여전히 전쟁을 머릿수로 하는 거라고 생각하고 있나 보지.

그리고 영토가 작은 한국은 무시해도 된다고 생각하나 본데, 잘못된 결정이라는 걸 확실히 보여줘야겠어.

"모든 헌터들은 들어라. 러시아 헌터 협회 동부 지부를 우리가 장악한다."

배정환은 황급히 내 소매를 잡아끌며 말했다.

"무슨 생각이십니까? 동부 지부를 장악한다니요. 그냥 무력시위만 하는 거 아니었습니까? 앞으로 여기서 사업을 하려면 헌터 협회와 우호적인 관계를 유지해야 합니다."

"우호적인 관계? 그건 동등한 입장에서나 가능한 거지. 지금 러시아 헌터 협회는 우리를 개무시하고 있는데 우호적인 관계가 말이나 되냐. 조공을 바치는 소국쯤으로 우리를 생각하고 있으니, 다시는 그런 생각을 하지 못하게 해주고 나서 우호적인 관계를 생각해도 늦지 않아."

나는 추용택을 바라보며 고개를 살짝 움직였고, 추용택은 헌터들을 데리고 러시아 헌터 협회 동부 지부를 향해 돌진했다.

붉은 늑대보다 훨씬 적은 헌터를 보유하고 있는 동부 지부가 우리 회사 헌터들의 공격을 막아낼 가능성은 없다.

포기를 했는지, 아니면 헌터 협회를 믿는 건지 동부 지부는 딱히 반항을 하지 않고 제압됐다.

"뒷감당을 어떻게 하려고 이러는지 모르겠지만, 러시아 헌터 협회에서 가만있지 않을 것이다!"

동부 지부장은 붉게 충혈된 눈으로 악을 썼다.

"어떻게 할지는 내가 앞으로 보여줄게. 기대해도 좋아."

*   *   *

동부 지부에서 연락이 오지 않으면 러시아 헌터 협회는 우리가 무력으로 동부 지부를 장악했다는 것을 알게 될 것이다. 아니면 우리가 공격하는 순간 동부 지부의 누군가가 헌터 협회에 연락을 했을 수도 있다.

그들은 우리를 제압하기 위해 많은 헌터들을 급히 보내올 것이다.

그렇게 되면 전쟁이다.

동부 지부 정도는 쉽게 장악할 수 있었지만 러시아 헌터 협회

전체와 전투를 벌이는 것은 지양해야 한다.

그렇다면 어떻게 해야 할까?

방법은 간단하다. 내가 직접 러시아 헌터 협회로 가 몸의 대화를 시도하면 되는 것이다.

동부 지부를 순식간에 장악했다는 것만으로도 우리 회사의 전력이 약하지 않다는 것을 알고 있을 것이다.

하지만 머리로는 이해했다고 해도 행동을 단번에 바꾸기에는 자존심이 상하겠지. 나는 그 자존심을 살짝 꺾어주기만 하면 된다.

영토가 넓은 러시아였기에 동부에서 헌터 협회가 있는 모스크바로 가는 길은 상당히 멀었다. 모스크바에 있는 악마의 탑에는 가보지 못했기에 나는 야수의 형태로 변해 날아갔다.

야수의 형태에서도 고리의 기운을 사용하는 데는 전혀 문제가 없었기에 나는 날개에 기운을 불어넣어 엄청난 속도로 날아 이틀 만에 모스크바에 도착할 수 있었다.

확실히 수도는 수도였다.

동부와는 다르게 높은 건물들이 멀쩡한 모습을 하고 있었고, 많은 사람이 보였다.

대부분의 사람이 허름한 옷을 입고 있긴 했지만, 수행원을 이끌고 다니는 부호의 모습도 어렵지 않게 찾아볼 수 있었다.

"헌터 협회가 어디에 있으려나."

헌터 협회이니만큼 가장 강한 기운을 가진 사람이 있는 곳을 찾으면 된다.

하지만 내가 워낙 강한 기운을 가지고 있었기에, 내 기준에서는 러시아 헌터들이나 일반인이나 큰 차이가 없었다.

그래도 정신을 집중해 기운을 살펴 러시아 헌터 협회가 있을 만한 장소를 찾아내었다.

*　　　*　　　*

모스크바에 있는 헌터 협회는 러시아의 심장으로 자리매김하고 있었다.

넓은 영토를 가지고 있으며 아시아와 유럽을 관통하는 국가인 러시아는 항상 세계 최고의 군대를 가지고 싶어 했다.

막대한 경제력을 바탕으로 군사력을 키운 미국을 따라잡지 못한 러시아였지만 지금은 달랐다. 몬스터의 침공이 그들에게 기회를 주었다.

그리고 러시아는 그 기회를 잡기 위해 모든 헌터 육성과 아이템 수집에 국력을 투자했다.

뛰어난 기술력이 무용지물이 된 지금이야말로 미국을 넘어선 군사 강국이 될 수 있는 기회라고 생각한 러시아였고, 헌터 협회는 그런 러시아의 중심이었다.

러시아는 한눈에 들어오지 않을 정도로 넓은 부지를 헌터 협회로 사용하고 있었는데 그 안에서는 만 명이 훌쩍 넘는 헌터들과 지망생들이 훈련하고 있었다.

"이러니 우리를 무시했겠지. 수만 명의 헌터와 지망생을 가지고 있으니 미국을 제외한 모든 국가를 밑으로 본다 이거지."

충분히 그런 생각을 할 규모의 헌터 협회였다. 하지만 러시아는 우리 회사의 존재를, 그리고 나의 존재를 제대로 파악하지 못하고 있었다.

아무리 많은 헌터를 보유하고 있다고 하더라도 달라지는 건 없다.

악마의 탑 4층도 제대로 공략하지 못하는 헌터들이 많아 봤자 숫자만 채우는 꼴밖에 되지 않는다.

내가 이곳에 온 목적은 그런 허황된 꿈에 사로잡혀 있는 사람 중에서 가장 높은 직위에 있는 사람에게 나와 우리 회사의 존재를 각인시켜 주기 위해서였다.

"헌터 협회장이라면 역시 가장 높은 층에서 왕처럼 지내고 있겠지."

권력이 가지고 있는 사람은 항상 다른 사람의 위에서 군림하고 싶어 했고, 당연히 아래가 보이는 최고층을 사무실로 사용한다.

물론 그러지 않는 극소수의 권력자도 있겠지만 워낙 그 수가 적었고, 러시아 헌터 협회의 행보를 보아서는 협회장이 그렇게 남을 생각하는 사람처럼은 보이지 않았다.

전통 방식과 현대의 방식을 절묘하게 사용한 러시아 헌터 협회의 건물 주위에는 많은 수의 경비들이 지키고 있었지만 은신 망토를 착용하고 기운을 이용해 기척을 숨긴 나를 발견하는 사람은 아무도 없어서 나는 동네 마실을 나온 것처럼 편안히 러시아 헌터 협회 본사 건물 안으로 들어갈 수 있었다.

'이거, 눈이 다 부시네.'

처음 들어와서 든 것은 얼마나 돈지랄을 해서 이 건물을 올렸을까, 라는 생각이었다.

건물 안은 러시아 전통 예술품들이 도처에 깔려 있었고, 작은 조각품 하나까지도 돈의 냄새가 물씬 풍겼다.

러시아 국민들은 여전히 배고픔과 싸우고 있는데 가진 사람들은 자신의 욕심을, 혹은 과시를 위해 돈을 아낌없이 사용하고 있었다.

딱히 내가 나서서 그런 사람들에게 훈계하고 싶은 생각은 없었지만 기회가 왔으니 현수와 말싸움을 하며 갈고닦은 내 혓바닥의 내공을 선보일 때가 되었다.

건물의 위층으로 가면 갈수록 강한 헌터들이 입구를 지키고 있었다. 하지만 입구를 지키는 강한 헌터들과는 다르게 그들의 보호를 받고 있는 사람은 배에 기름기가 가득 찬 돼지들이었다.

강한 자가 모든 것을 가지는 세상이라고는 하지만 돈 또한 강함의 척도였고, 지금 헌터 협회에서 헌터들의 보호를 받으며 세상을 즐기며 살고 있는 이들은 돈의 힘으로 이곳까지 온 사람이었다.

그리고 가장 고층에 살고 있는 헌터 협회장은 그들의 정점이었다.

우리 회사 헌터 중에서도 고참에 속하는 헌터들과 비슷한 실력을 가지고 있는 헌터들의 보호를 받으며 양옆에 모델처럼 잘빠진 여자들을 끼고 있는 사람이 보인다.

그가 물기가 가득한 과일을 씹자 과즙이 그의 배에 흘렀고, 옆에 있는 여자들은 손수건이나 천이 아닌 입으로 직접 과즙을 닦아내었다.

영화에서나 보던 장면이었다.

원해서 저런 짓을 하지는 않겠지. 아무리 외모를 보지 않는다고 해도 배가 자신의 가슴보다 더 나온 남자를 좋아하는 여자는 많지 않을 것이다.

그것도 자신보다 두 배는 더 나이 들어 보이는 남자를 말이다.

얇은 천으로 몸을 가리고 있는 여자들의 등이 눈에 들어왔다.

얼핏 보면 모르고 지나칠 수도 있었지만 내 눈은 이미 고리의 기운으로 매와 비슷한 시력을 가지게 되었기에 여자의 등이 자세히 보였다.

울긋불긋한 상처들.

저런 상처를 이계에서 본 적이 있다.

채찍을 이용한 법의 집행이 빈번한 이계에서 저런 종류의 상처를 자주 봤었다.

여자의 등에 저런 채찍 자국이 있다?

한 가지밖에 떠오르지 않는다. 가학적인 행위로 성적 만족감을 얻는 변태.

러시아 헌터 협회장에게 교육을 시켜야 할 사항이 하나 더 늘었다.

"잠시 문밖으로 나가 있거라. 1시간 후에 들어오도록."

음흉한 미소를 지으며 여자의 엉덩이를 두드리는 협회장의 말에 앞으로 무슨 일이 벌어질지 상상이 갔다.

자신의 성적 만족도를 채우기 위해 강제로 여자를 탐하려고 하는 것이다.

러시아 헌터 협회장의 입장에서는 강제가 아닐 수도 있다. 자신의 옆에 있으면 좋은 음식과 옷을 입을 수 있고, 안전도 보장받을 수 있다.

기브 앤 테이크.

여자들은 자신에게 육체적인 행복을 주고 자신은 그런 것을 제공한다.

하지만 내 입장에서는 돼지가 인간을 탐하는 것으로밖에 이해가 되지 않았다.

러시아 헌터 협회장을 지키는 헌터들이 밖으로 나가자 침대가 있는 방에는 나와 발육이 좋은 어린 소녀 2명, 그리고 헌터 협회장만이 남았다.

발육이 매우 뛰어난 소녀 2명의 나체를 볼 기회는 많지 않지만 그래도 늙은 돼지한테 굴욕을 당하는 장면을 보고 싶은 마음은 전혀 없었기에 나는 더 상황이 진행되기 전에 움직였다.

"이제 그만하지."

러시아 헌터 협회장은 갑자기 모습을 드러낸 나를 보고서도 딱히 다급해하지 않았다.

밖을 지키고 있는 헌터들을 믿고 있거나 다른 비장의 수를 가지고 있을 확률이 높았다.

어떤 비장의 수를 가지고 있던 상관하지 않는다. 비장의 수라고 해 봐야 살상력이 높은 아이템을 가지고 있는 정도일 테고, 나는 비장의 수를 가볍게 막아낼 능력이 있다.

"너는 누구냐? 혹시 한국에서 온 놈이냐?"

나는 검은 머리에 황색의 피부여서 당연히 이런 내 모습을 보고 동양인이라고 생각할 수 있다. 그리고 현재 러시아에 들어와 있는 동양인은 우리 회사의 사람이 전부였다. 아직 흑룡회에서 러시아에 진출하지 않고 있는 상황이었으니 말이다.

러시아는 인종 차별자들의 나라라고 단정해 말할 수 있다. 이전에야 돈을 가지고 있는 동양인들을 대우해 주었지만 몬스터 침공이 일어나고 나서는 히틀러가 유태인들을 학살한 것처럼 다른 인종을 청소했다.

인터넷이나 언론 매체가 없었기에 러시아의 인종 학살이 다른 나라에 크게 알려지지는 않았지만 러시아 진출을 위해 러시아에 대한 정보를 파악하면서 그러한 미친 짓을 알게 되었다.

"내가 한국인인 건 맞혔네. 그러면 내가 어디 소속인지도 알고 있겠지?"

"카인트 헌터 회사의 소속이겠지. 그래, 여기에 온 이유가 뭐냐? 혹시 나를 암살하려고 온 것인가? 웃기는군. 혼자서 무엇을 할 수 있다고 생각하나? 아! 일본에 지배를 당할 때 폭탄 테러를 했다고는 어디서 들어 알고 있다. 품에 폭탄이라도 갖고 왔나?"

한껏 나를 내려다보며 깔보는 말투로 입을 나불거리는 러시아 헌터 협회장이었다.

이런 식으로 나오면 나도 예의를 차려줄 필요가 없었다. 물론 러시아 헌터 협회장이 예의를 갖추고 나를 대했다고 하더라도 예의를 차리지는 않았겠지만.

나는 옆에서 어떻게 할지를 몰라 하는 2명의 소녀를 향해 말했다.

"잠시 눈을 가리고 있으세요. 조금 혐오스러운 장면이 연출될 수도 있거든요. 마음 같아서는 방 밖으로 내보내고 싶지만 상황이 조금 그러네요."

소녀들은 내 말을 듣고도 눈을 가리지 못했다.

폭력에 길들여져 있는 소녀들은 러시아 헌터 협회장의 눈치만 살피고 있을 뿐이었다.

일단은 돼지부터 조용히 시키고 작업을 시작해야겠네.

나는 천천히 기운을 끌어 올렸다.

돼지를 사냥하기 위해 기운을 사용할 필요는 없지만, 소녀들을 놀라게 하고 싶지 않았기에 기운을 이용해 돼지를 처리하려고 마음먹었다.

천천히 내 몸을 빠져나온 기운은 러시아 헌터 협회장을 향해 다가갔고, 그는 내 기운이 자신에게 다가오는 것을 전혀 느끼지 못했다.

기운이 러시아 헌터 협회장의 몸을 완전히 감싸 안았다. 이제 작은 신호만 주면 내 기운들이 러시아 헌터 협회장의 몸을 속박하게 된다.

가볍게 올린 손가락 하나에 러시아 헌터 협회장은 단말마의 비명을 지르고는 바닥을 뒹굴었다.

"무슨 짓이냐! 으아아아아!"

목젖이 보일 정도로 비명을 지르는 헌터 협회장이었다. 기운이 몸을 속박하고 있긴 하지만 이 정도로 비명을 지를 정도는 아니다. 단지 몸이 조금 불편할 뿐이다.

고통 때문에 비명을 지르는 것이 아니라 밖을 지키고 있는 헌터들을 불러내기 위한 비명이었다.

"아무리 소리를 질러도 밖에 있는 헌터가 방 안으로 들어오지 않을 겁니다."

소리를 기운으로 막았다. 아무리 비명을 지른다고 해도 방 밖으로 소리가 흘러나가지 않는다.

내가 믿음직스럽게 생긴 건 아니지만, 그래도 내 말을 전혀 믿지 않는 러시아 헌터 협회장은 한참이나 소리를 질렀다.

얼마나 소리를 지르는지 마지막에는 그의 목에서 쇳소리가 흘러나왔다.

오랜 시간이 걸려서야 자신의 비명 소리가 방을 빠져나가지 못한다는 것을 깨달은 헌터 협회장은 그제야 나를 바라보며 말했다.

"무슨 목적이냐? 나를 이렇게 해서 너에게 생기는 이득이 뭐냐."

여전히 딱딱한 말투가 마음에 들지는 않았지만 그래도 대화를 못 할 정도는 아니었기에 나는 더 시간을 끌지 않고 러시아 헌터 협회장의 앞으로 걸어갔다.

"이제는 잠시 눈을 가리고 있으세요. 앞으로 이 돼지가 당신들을 어떻게 하지 못할 거예요."

2명의 소녀는 나와 헌터 협회장의 주변을 벗어나 침대 옆에 몸을 숨겼다.

"제가 왜 여기에 왔는지 몰라서 묻는 건가요? 저는 분명 피해 보상을 받겠다고 말한 것 같은데, 기억력이 좋지 않네요. 이런 사람이 헌터 협회장을 하고 있으니 하이에나를 가만히 두고 보고 있는 거겠죠? 차라리 새로운 사람이 헌터 협회장을 하는 게 러시아에게 좋겠네요. 그리고 우리에게도 좋겠고요."

"무슨 말을 하고 싶은 거냐. 우리가 무슨 잘못을 했다고 그러는가. 하이에나에 의해 피해를 입은 것은 매우 유감이긴 하지만, 우리의 잘못은 아니지 않은가. 하이에나에 피해를 입을 수 있다고 우리는 분명히 말했다네."

"다른 말도 했던 걸로 기억하는데요. 하이에나에 피해를 입을 수 있지만 최대한 막아주겠다는 약속을 말이죠. 그것도 기억하지 못하는 건 아니겠죠?"

"우리는 최선을 다했다네."

"최선? 그 단어의 의미를 알고 말하는 건가요? 우리 회사가 하이에나의 공격을 받을 때 러시아 헌터 협회는 무슨 일을 했습니까? 까놓고 말해서 구경밖에 더 했습니까? 돈과 물건을 그렇게 받아 처먹고 놀고먹으면 직무 유기라고 생각하지 않나요? 아무리 우리가 만만하게 보여도 그렇지, 거래를 했으면 약속을 지키는 게 기본이지 않습니까. 그리고 우리는 당신들이 생각하는 것처럼 그렇게 만만한 상대가 아니기도 하고요."

이렇게 구구절절하게 말을 길게 해도 헌터 협회장이 알아들을 거라고는 생각하지 않는다. 이런 부류의 사람은 직접적으로 고통이 가해져야 말을 알아듣는 이상한 성격을 가지고 있었다.

"우리가 거래를 했다고는 했지만 하이에나 모두를 막는 것은 불가능한 일이네. 최소한의 방어 병력을 데리고 오지 않은 카인트 헌터 회사의 책임을 왜 우리에게 덮어씌우려고 하는 것인가."

역시 책임을 회피하고 있다. 우리가 병력을 추가 파병하지 않은 이유는 러시아 헌터 협회의 약속 때문이었다.

러시아 헌터 협회가 약속하지 않았다면 우리는 러시아 지부를 세우는 일을 뒤로 미루거나 많은 수의 헌터들을 지원했을 것이다.

돈만 노리는 사기꾼의 말을 믿은 것이 잘못이라면 잘못이겠지만, 사기를 당한 사람보다 사기꾼의 책임이 더 크다.

"일단 맞고 시작하죠. 이대로는 대화가 안 될 것 같네요."

사람을 어떻게 하면 고통스럽게 할 수 있는지에 대해 많은 연구를 해왔고, 그 방법을 알고 있었다. 작은 손짓 하나에 죽을 듯이 비명을 지르는 러시아 헌터 협회장이다.

권력이 있는 사람은 자신의 권력을 놓지 않기 위해 노력한다. 조직의 발전은 자신의 권력이 보장되고 난 뒤의 문제다.

러시아 헌터 협회의 도움을 얻기 위해서는 러시아 헌터 협회장이 진심으로 우리 회사 러시아 지부를 관리하도록 만들어야 한다.

러시아 지부를 제대로 관리하지 못하면 자신의 목숨이 위험하다는 경각심을 심어준다면 진심을 다해 우리 지부를 관리하게 된다.

얼굴 빼고는 모든 곳에 시퍼런 멍이 들어 있는 헌터 협회장의 입을 강제로 벌렸다.

"우리 회사에서 천사의 눈물이라는 명약을 만드는 건 알고 있죠? 이번에 우리 지부가 들어오면서 천사의 눈물을 헌터 협회에 선물했다고 알고 있어요. 그런데 우리 회사가 천사의 눈물만 제조할까요? 500명이 넘는 연구원들이 모두 천사의 눈물에만 매달리는 건 인력 낭비나 다름없죠. 우리 연구원들이 만든 새로운 약이에요. 동물 실험은 물론이고, 사람을 대상으로 한 실험도 마친 약이니 안심하고 드세요."

헌터 협회장의 입에 약을 집어넣었다. 그는 입안에 있는 약을 먹지 않기 위해 혀로 약을 자꾸만 밀어내었지만 주먹을 들어 보이자 얌전히 약을 삼켰다.

"이게 무슨 약이냐!"

억지로 약을 삼킨 러시아 헌터 협회장의 질문에 나는 최대한 밝은 표정을 지어 보이며 말했다. 사람을 속이기 위해서는 연기력이 중요하다. 러시아 헌터 협회장이 먹은 약은 사실 일반적인 천사의 눈물과 전혀 다르지 않은 약이다. 일단 신체의 변화가 급변하는 것을 느끼게 하기 위해서는 천사의 눈물이 제격이었다.

하지만 천사의 눈물의 효능은 부상을 치료하는 것이라 러시아 헌터 협회장에게는 전혀 해가 되지 않았다.

하지만 러시아 헌터 협회장은 자신이 먹은 천사의 눈물이 독약이라고 생각하게 해야 했다.

"어때요, 몸이 가볍죠? 몸의 상처도 완전히 사라졌네요. 이번에 우리가 새로 만든 약이에요. 인체 실험을 제외하면 첫 고객이 되시네요. 약의 효능은 천사의 눈물과 다르지 않아요. 아니, 오히려 약효는 천사의 눈물보다 훨씬 뛰어난 약이죠. 약간의 부작용이 있긴 하지만 그래도 전장에서 사용하기에는 적합하답니다."

"부작용이 무엇이냐!"

아직도 자신의 처지를 알지 못하고 나에게 하대를 하는 러시아 헌터 협회장이었지만 일단은 참아주었다.

"고객에게 부작용을 설명해 주는 것이 고객사의 의무겠죠. 일단 이 약의 이름부터 알려드리도록 하죠. 악마의 눈물이라는 이름을 가지고 있는 약이죠. 이름만 봐도 천사의 눈물과 비슷한 효능이 있는 약으로 보이죠? 모든 부상을 단시간에 회복시켜 주고 가지고 있는 육체를 최적의 상태로 만들어 줍니다. 하지만 약효가 끝나면 목숨을 다하게 되죠. 3개월 안에 새로운 악마의 눈물을 복용하지 않는다면 사람이 느낄 수 있는 최대한의 고통을 느끼며 죽게 되는 거죠. 생각보다 부작용이 그렇게 심하지는 않죠? 지금 당장 죽을지도 모르는 전장에서 일순간에 몸을 회복할 수 있고, 6개월이나 더 살 수 있는 약을 원하지 않는 사람도 있을까요?"

효능은 거짓이 아니다. 천사의 눈물의 효능이 그러했으니 말이다.

하지만 부작용은 내가 방금 지어낸 말이었다. 하지만 그 말이 거짓이라고는 전혀 모르고 있는 헌터 협회장이었다.

"지금 나에게 독약을 먹인 것이냐! 러시아와 전쟁이라도 하고 싶다는 거냐!"

"이거 왜 이렇게 극단적으로 나오세요. 비명을 지르시길래 치료약을 준 건데 너무하시네요. 제가 보기 싫으신 것 같으니 저는 이만 가볼게요."

나는 정말 문을 향해 걸어갔고, 헌터 협회장은 다급히 나를 불렀다.

"약은 주고 가라! 이대로 가면 나는 어떻게 하란 말이냐!"

"그건 협회장님 사정이고, 축객령을 받은 손님은 이만 가도록 하죠."

이미 협회장의 몸을 속박하고 있는 기운을 풀어준 뒤였기에 협회장이 움직이는 데는 문제가 없었다. 그는 정말 돼지처럼 네 발로 나에게 기어왔다.

"제발 약을 주고 가게나. 내가 어떻게 이 자리까지 올라왔는데 이대로 죽을 수는 없네!"

바짓가랑이를 잡고 놓아주지 않는 협회장의 어깨를 두드려주었다.

"그렇게까지 하시니 제가 도와드려야죠. 자, 일단 악마의 눈물 한 알을 받으세요. 다른 곳에서는 구할 수 없는 귀한 물건이니까, 정확히 6개월 뒤에 복용하세요. 시간을 착각하면 원치 않게 지옥을 구경할 수도 있으니 복용 시기를 주의하세요."

"완벽히 치료할 방법은 없는 건가?"

완전히 내 말을 믿고 있는 협회장은 눈물까지 쏟으며 애원했다.

"다른 방법이 없는 건 아니지만, 그냥 약을 6개월 동안 복용하는 게 더 쉬운 방법일 거예요. 약효를 완벽히 정화시키기 위해서는 금욕적인 생활이 필요하거든요."

"제발 알려주게나. 몸 안에 폭탄을 안고 살 수는 없네."

"그렇다면 알려드려야죠. 6개월마다 약을 복용하는 건 같은데, 고기를 끊고 여자를 멀리한 상태에서 2년이 지나면 약 효과가 사라집니다. 그런데 가능하시겠어요? 그 몸을 유지하려면 고기 섭취가 필수적일 건데. 그리고 여자를 많이 좋아하는 것이어서 그냥 6개월마다 우리 회사에서 약을 제공받아 수명을 연장하는 게 더 쉬워 보이는데."

"할 수 있다네!"

굳은 표정으로 말하는 협회장은 마치 컴퓨터 앞에서 열심히 쾌락을 느낀 후 현자 타임을 느끼는 고등학생 같았다.

"아! 그리고 2년 동안 약을 제공받아야 될 건데, 만약 우리 지부가 러시아에서 철수하면 더는 약을 제공받지 못할 거예요. 알아서 잘 행동하셔야 할 겁니다. 우리는 이미 하이에나에게 잔뜩 겁을 집어먹었거든요. 우리 지부 근처에 하이에나가 보이면 바로 철수할 겁니다."

"알겠네. 하이에나가 절대 카인트 헌터 회사 지부에 다가가지 못하게 하겠네. 아니지, 대대적으로 토벌을 시작하도록 하겠네."

역시 권력자들은 가지고 있는 것을 놓고 쉽지 않아 했다.

하이에나의 위험성을 인지하고 있으면서도 자신에게 이득이 되지 않는다는 이유만으로 하이에나를 토벌하지 않고 있었던 협회장이 마음을 고쳐먹었다.

*   *   *

"어떻게 된 일입니까? 러시아 헌터 협회에서 사과를 먼저 해왔고, 이전에 약속을 이행하지 못한 사과의 의미로 우리가 약탈당한 물건을 보상해 주겠다고 합니다. 그리고 앞으로 절대 하이에나가 우리 지부를 약탈하지 못하도록 최선을 다하겠다고 합니다. 며칠 전만 하더라도 우리를 무시하던 러시아 헌터 협회가 하루아침에 이렇게 우리에게 우호적으로 다가올 줄은 상상도 하지 못했습니다."

러시아 지부의 지부장인 배정환은 러시아 헌터 협회에서 걸려온 롱구스를 받고는 바로 나에게 달려왔다.

러시아 동부 지부를 무력으로 차지하고 있는 것에 큰 불안감을 느끼고 있던 배정환의 고민이 한순간에 날아가 버렸으니 얼마나 홀가분하겠는가.

"내가 아는 인맥을 이용해서 잘 처리했어. 이제 여기서 철수해도 될 것 같네. 동부 지부도 우리를 돕기 위해서는 열심히 일을 해야 하는데, 우리가 여기를 차지하고 있으면 일을 못 하잖아."

배정환은 여전히 상황을 제대로 파악하지 못해서 우왕좌왕하고 있었지만 내 명령에 따라 복귀 준비를 하는 헌터들을 보며 자신도 짐을 꾸리기 시작했다.

그렇게 우리는 우리의 지부가 있는 도시로 돌아왔고, 도시에서 가장 깔끔한 건물을 무료에 가까운 금액에 인수해 지부를 꾸렸다.

러시아 헌터 협회가 얼마나 진심으로 약속을 이행하는지 확인하기 위해 일부 100명의 헌터들을 러시아 지부에 남겨두었다.

나는 근처에 있는 악마의 탑에 들러 좌표를 설정해 놓았고, 바로 한국으로 이동할 수 있었음에도 다른 헌터들이 힘들게 차를 타고 이동하는 게 마음에 걸려 그들과 함께 대형 버스를 타고 한국으로 이동했다.

러시아 지부의 일을 해결하는 데 2개월이 넘는 시간이 걸렸다.

현수와 롱구스를 통해 계속 서로의 연락을 주고받았지만 현수는 자신이 추진하는 지부에 관심이 많았기에 나와 헌터들을 마중 나와 일련의 사건들을 파악했다.

"러시아 헌터 협회장을 협박했다는 말이네요."

"협박이라고 하니까 내가 나쁜 사람이 된 기분이잖아. 그냥 대화를 통하는 상태로 만든 정도로 하자."

"잘하셨습니다. 앞으로 이런 일이 생기면 부탁드릴게요."

"나보고 또 해외로 나가라고? 사양할게. 나는 향수병을 심하게 느끼는 사람이라고. 한국을 벗어나면 몸에 가시가 돋는 병에 걸려서 말이야. 앞으로는 다르게 해결할 수 있는 방법을 찾자."

"그건 그때 생각하도록 하죠."

음흉한 표정을 짓고 있는 현수를 보니 조만간 또 해외로 갈 일이 생길지도 모른다는 생각이 들었다.

"다른 문제는 없어? 보고를 들어 알고 있지만, 그래도 개인적으로 보고할 일이 있을 것 같은데."

솔직히 큰 의미 없이 한 질문이었다. 하지만 현수의 반응은 내 예상과는 전혀 달랐다.

"팀장님이 오면 말하려고 보고를 드리지 않은 일이 있어요. 지금 당장은 큰 문제가 되지 않는데, 악마의 탑이 조금 달라졌어요."

"달라졌다고?"

러시아 악마의 탑 좌표를 찍기 위해 악마의 탑에 들어가 본 적이 있었지만 그때는 몬스터를 상대하지 않고 그냥 좌표만 파악하고 나왔기에 악마의 탑이 달라졌다는 기분을 전혀 느끼지 못했다.

"악마의 탑 몬스터들이 강해졌어요. 그렇게 크게 강해진 건 아니지만 전체적으로 능력치가 소폭 상승했어요."

"몬스터가 강해지고 있다고?"

이계에서도 이런 적이 없었다. 몬스터는 성장에 한계가 있는 종족이었다. 태어날 때부터 생겨난 마기의 정수 혹은 마기의 양에 따라 힘이 정해지는 몬스터였기에 성장은 불가능했다.

몬스터가 마기를 흡수하는 능력을 가지고 있지 않는다면 말이다.

"아직은 그렇게 크게 강해지지는 않았는데. 조금씩 강해지고 있어요. 직접 확인해 보시죠."

장거리 연애를 하느라 유카리를 보고 싶은 마음이 굴뚝같았지만 악마의 탑에 대한 문제가 우선이었기에 나는 짐을 풀지도 못하고 현수와 함께 악마의 탑으로 들어갔다.

악마의 탑 1층은 딱히 다른 분위기를 풍기지 않았다.

하지만 몬스터를 실제로 만나자 무언가 이상하다는 느낌을 강하게 받았다.

"정말 강해졌네. 아주 살짝 강해지긴 했지만, 몬스터가 성장한다는 말은 처음 들어 보는데."

"그렇죠? 정말 강해졌죠? 악마의 탑 4층에서 부상을 입은 적이 없는 헌터들이 부상을 입기 시작했어요. 그래서 악마의 탑 5층에 들어서지 않고 있어요."

현수와 위용욱이 팀장으로 이끄는 헌터 팀이라면 충분히 악마의 탑 5층을 공략할 능력이 있었다. 현수는 안전을 제일로 여겼기에 무리하게 진입하지 않았다.

"잘했어. 일단은 왜 몬스터들이 갑자기 강해지기 시작했는지 그 이유를 파악해야겠어."

몬스터들이 강해지는 이유는 대충 예상할 수 있다.

몬스터 강화 능력을 가지고 있는 악마나 아이템이 악마의 탑에 나왔거나, 혹은 악마의 탑이 몬스터를 강하게 하고 있을 것이다.

하지만 그 이유를 정확히 찾는 것은 오랜 시간이 걸릴지도 모른다.

특히 악마의 탑이 몬스터를 강하게 하고 있다면 악마의 탑 최고층인 10층에 가야만 이유를 알아낼 수 있다.

하지만 지금 당장 악마의 탑 10층으로 이동할 수는 없다.

오염된 정령의 정수를 흡수하면서 기운을 회복했다고는 하지만 아직은 악마와의 전쟁을 시작하기에는 부족했고, 전쟁을 준비하기 위한 시간도 필요했다.

"일단은 다른 층의 몬스터들도 강해졌는지에 대해 파악할 필요가 있겠어."

우리는 1층의 몬스터를 도륙하며 차례차례 악마의 탑을 공략해 나갔고, 악마의 탑 4층까지의 몬스터들이 강해졌다는 사실을 알게 되었다.

악마의 탑 5층부터는 몬스터와 더불어 마족이 서식하고 있다.

말이 통하지 않는 몬스터와 달리 일부 마족은 대화가 가능했고, 높은 지능을 가지고 있는 마족을 만날 가능성도 있었기에 5층에 진입하기로 결정했다.

만약 5층에서도 답을 찾지 못한다면 처음으로 악마가 서식하는 6층에서 답을 찾아야 했다.

하지만 6층에서도 답을 찾지 못한다면 어쩔 수가 없다.

악마의 탑 7층을 충분히 공략할 능력이 있었지만 7층을 건드리는 순간 악마들은 경각심을 가지게 되고, 전쟁이 가속화될 가능성이 있다.

이유를 찾지 못하고 돌아가야 하는 상황이 발생할 수도 있는 것이다.

약간의 조급증을 가지고 우리는 악마의 탑 5층에 진입했고, 5층의 몬스터들도 확실히 전보다 강해져 있었다.

다른 헌터들은 견디지 못할 공격을 퍼붓는 몬스터들을 사냥하며 마족이 있는 데빌 도어에 접근했다.

데빌 도어의 근처로 이동하자 데빌 도어를 지키고 있는 반인반마의 형태의 마족이 모습을 드러냈다.

"그래도 얼굴은 사람의 형상을 하고 있으니 대화가 가능하겠지?"

사람의 형상과 비슷한 모습을 하고 있는 것에 희망을 걸고 대화를 시도했다.

"안녕하세요!"

낯선 인간이 가식적인 미소를 지으며 인사를 하면 마족은 어떤 반응을 보일까?

당연히 입으로 하는 대화보다 몸으로 하는 대화를 시도하기 마련이다.

"일단 진정 좀 시키고 보자."

콧김을 심하게 뿜어내며 달려드는 마족의 앞발을 나와 현수가 사이좋게 하나씩 나눠 들었고, 무방비 상태로 드러난 남성의 급소를 앞차기로 정확히 가격했다.

급소를 가격당한 마족은 콧김 대신 침을 흘리며 꿈틀거렸고, 나는 마족이 빠르게 진정하도록 하기 위해 몸을 가볍게 주물러 주었다.

마족의 입장에서는 주무르는 느낌이 아니라 맞는 기분이 들겠지만 말이다.

"이제 어느 정도 대화가 가능한 것 같네."

문양이 그려져 있는 쇠사슬로 온몸을 결박당한 마족은 힘이 빠진 상태로 바닥에 누워 있었고, 한없이 침을 흘리는 마족을 위해 물려 둔 천을 마족의 입에서 빼주었다.

입에서 재갈이 빠져나왔지만 입을 열지 않고 있는 마족이다.

"현수야, 아직 대화할 준비가 덜 된 것 같은데, 네가 조금 더 마사지를 해줄래?"

"그럴까요? 제가 아직 마사지를 배운 지 얼마 안 돼서 힘 조절이 불안하긴 한데, 일단 해볼게요."

"대화를 하겠다!"

마족이 다급히 입을 열어 나와 현수는 마족의 몸을 의자 삼아 앉아 본격적인 대화를 시도했다.

"몬스터들이 강해진 이유에 대해서 묻고 싶은데 사실대로 말해줬으면 좋겠어. 마사지 실습을 받기 싫으면 말이야."

마족의 앞에서 열심히 손을 풀고 있는 현수의 모습에 마족은 커다란 눈을 부르르 떨며 다급히 말했다.

"알고 있는 건 전부 말하겠다. 하지만 나는 몬스터가 강해진 이유에 대해서 정확하게는 모른다. 악마 중에 한 명이 몬스터를 강하게 하는 방법을 개발했다는 것 정도만 알고 있다. 그 악마가 누구인지, 그리고 무슨 방법으로 악마를 강하게 했는지는 모르겠다."

마족의 말이 사실일 가능성이 높았다. 하지만 나는 현수에게 가볍게 눈짓을 했다.

"으아아아아!"

마족의 말을 표면 그대로 믿는 건 바보 같은 짓이다. 당연히 적절한 수단이 동반되어야 더 좋은 대답을 들을 수 있다.

"팀장님, 정말 그게 전부인 것 같은데요. 같은 말만 반복하고 있어요."

마족은 진심으로 억울하다는 표정을 짓고 있었다.

"그런가? 마족이 거짓말을 안 하고 처음부터 사실을 말할 수도 있구나. 그러면 이제 그만 죽여. 정보도 제대로 모르는 마족을 살려둘 필요는 없지."

자신을 죽인다는 말에 마족은 잠시 불안감에 몸을 떨었지만 이렇게 고문을 당하는 것보다 오히려 죽는 게 더 낫다고 판단했는지 눈을 감고 마지막을 기다렸다.

현수는 마족에게 최대한 편의를 봐주었다. 단칼에 마족의 목을 자르는 것이 마족에게는 할 수 있는 최고의 편의였으니.

"이제 어떻게 하실 생각이세요? 이대로 7층으로 올라가나요?"

"7층을 가면 더 좋은 정보를 알 수 있긴 한데. 괜히 악마에게 우리의 존재를 알리는 불상사가 생길 수도 있는데, 어떻게 할까?"

"일단 몬스터가 강해지고 있는 이유가 악마의 탑이 아니라 악마 한 마리가 저지른 일이라고 하니 그냥 넘어가는 게 좋을 것 같아요. 몬스터가 강해지는 속도가 빠른 것도 아니고, 우리 헌터들이 성장하는 속도보다 느리니 큰 문제는 되지 않을 것 같아요. 물론 조금 불안하긴 하지만 악마와의 전쟁을 앞당기는 것보다는 나아 보여요."

"나도 그렇게 생각하고 있어. 그러면 회사로 돌아가자. 나도 조금 쉬고 싶어."

마족에게 들은 정보는 매우 단편적이었다. 악마 하나가 몬스터를 강하게 하는 방법을 알고 구현하고 있다.

지능이 뛰어난 악마의 실험일 수도 있었고, 아니면 우리가 모르는 무언가가 숨어 있을 수도 있다. 하지만 우리가 할 수 있는 것은 많지 않았다.

몇 년 후로 예상하고 있던 악마와의 전쟁을 벌이겠다는 계획을 수정해 우리의 전력을 빠르게, 강하게 하는 것이 전부였다.

회사로 돌아온 나와 현수는 앞으로의 계획을 전면 수정하기 위한 회의를 시작했다.

다른 사람들과 함께한다면 더 좋은 의견이 나올 수도 있지만 악마와의 전쟁은 나와 현수만 알고 있어야 하는 극비 사항이었기에 다른 사람을 회의에 참여시킬 수는 없었다.

연구소장이나 유카리라면 좋은 의견을 낼 가능성이 높았지만 어쩔 수가 없었다.

"몬스터가 성장하는 속도가 빠르지 않다고는 하지만 성장의 끝이 어디인지 모르는 상황이니 최대한 빠르게 우리의 전력을 늘려 몬스터를 성장시키는 능력을 가진 악마를 처단해야 해요."

"나도 그 의견에 동의해. 하지만 지금 당장 헌터의 수를 늘릴 방법이 없잖아. 학교에서 졸업생을 내려면 아직 2년이나 남았다고. 뛰어난 학생을 조기 졸업시키고 있다고는 하지만 그 수로는 너무 부족해."

"제가 직접 악마와의 전쟁을 벌여 본 적이 없어서 악마가 얼마나 강한 능력을 가지고 있는지, 그리고 악마가 조종하는 몬스터 군대가 얼마나 조직적으로 움직일지는 모르겠지만 지금 우리가 보유하고 있는 헌터의 수로는 도저히 악마의 군대와 상대가 불가능한 건가요?"

현재 회사의 헌터 수는 1만에 불과했다. 아직도 많이 부족하다.

"전에도 내가 말했잖아 상급 헌터 3만 명이 있어야 겨우 대등한 전투가 가능하다고, 그리고 예비 전력은 배는 더 많이 보유하고 있어야 되고, 흑룡회나 일본의 헌터를 예비 전력으로 사용한다고 쳐도 상급 헌터의 수가 너무 부족해."

"2만 명의 상급 헌터가 더 필요하다는 말씀이네요. 그런데 이번에 정령을 소환하는 아이템을 제작할 수 있게 되었는데 그 아이템도 포함해서 내신 결론인가요?"

"아! 그 생각을 못 했네. 잠시만 생각할 시간을 줘."

상급 헌터가 중급 이상의 정령을 소환해서 같이 전투에 나간다면 분명히 악마의 군대를 상대할 것이다. 하지만 지금 정신력 강화 수련을 따로 배우지 않은 상급 헌터였기에 정령을 소환하는 시간에는 한계가 있다.

최소 정령을 소환하는 시간이 1시간 이상은 되어야 악마와의 전쟁에서 유용하게 사용할 수가 있다.

"가능성이 있어. 하지만 지금 당장은 무조건 우리가 진다고 볼 수 있지. 하지만 상급 헌터들이 정령을 소환하는 시간을 늘린다면 충분히 가능해."

"정신력 수련법을 알고 계시죠?"

정신력 수련법은 알고 있다. 처음 물의 환영을 이용한 아이템을 사용해 여러 명의 분신을 만들기 위해 한 수련법도 있었고, 이계에서 악마의 도움으로 정신력을 수련하기도 했다.

"정신력을 수련하는 게 육체의 수련과는 다르게 성장 속도가 매우 느릴 거야. 정령을 1시간 정도 소환할 수 있는 정신력을 가지려면 최소 6개월 이상 매일같이 수련을 받아야 할 거야."

"6개월이라. 그 정도 시간은 벌 수 있을 것 같네요. 그동안 최대한 정령을 소환하는 아이템을 대량생산해야겠어요. 소환진이 그려진 아이템이 있다고는 하지만 랜덤으로 정령이 소환되니까. 중급 정령 이상을 소환하는 아이템이 더 필요하네요."

6개월의 시간이면 상급 헌터들의 정신력을 강하게 할 수는 있다. 하지만 6개월 후에 바로 악마의 군대와 전쟁을 벌이는 건 시기상조였다.

하지만 정신력 수련을 마친 상급 헌터들을 보유하고 있기만 하다면 몬스터를 강화시키고 있는 악마를 찾아 소멸시킬 준비는 된 것이다.

그 악마를 찾아 소멸시킨다면 우리의 존재를 악마가 알게 되겠지만, 그렇다고 해서 바로 전쟁은 일어나지 않는다.

악마의 탑이 만들어진 이유는 마왕의 부활을 위해서였다. 마왕을 부활시키기 위해서는 악마의 탑에서 죽어나가는 헌터들의 생기가 절대적으로 필요하다.

그리고 악마가 인간계로 강림하기 위해서는 그 생기를 이용해야 한다.

지금은 마왕의 부활을 기다리고 있는 악마들이지만, 우리의 존재가 알려지게 되면 우리를 처리하기 위해 악마가 인간계로 강림할 것이다.

하지만 소수의 악마가 인간계로 강림하는 건 무섭지 않다. 충분히 나와 현수의 능력으로 악마를 사냥할 수 있다.

하지만 인간계로 강림한 악마를 처리하게 되면 마왕의 부활을 위해 악마의 탑에 몸을 숨기고 있는 악마들이 대거 인간계로 넘어올 가능성이 생긴다.

그게 언제가 될까?

사공이 많으면 배는 산으로 간다고 한다. 악마의 탑도 크게 다르지 않다.

큰 목적은 같다고 하더라도 그 속에는 여러 갈래의 가지가 있기 마련이고, 의견이 충돌하게 된다. 의견이 하나로 모이기 위해서는 엄청난 시간이 필요하다.

그 시간 동안 우리는 못다 한 것에 대한 준비를 마치면 된다.

"결론이 나왔으니 바로 헌터들에게 정신력 수련을 시키자. 하루라도 빠르게 몬스터를 강화하는 악마를 잡아야 하잖아."

"바로 준비시켜 놓을게요."

현수도 정신력 수련을 하고 싶어 했다. 현수는 나와 같이 상급 정령을 소환할 수 있는 아이템을 가지고 있었고, 당연히 상급 정령의 소환 시간을 늘리고 싶어 했다.

다른 이유보다 현수가 소환하는 상급 정령은 엄청난 미모를 가지고 있는 물의 정령이라서가 분명했다.

만 명이 넘는 헌터를 나 혼자 수련시키는 것은 불가능한 일이었기에 나는 교관으로 있는 헌터들과 부장 이상의 직위를 가지고 있는 헌터들을 먼저 수련시키기로 했다.

악마의 탑으로 들어갈 수 있는 최대 인원은 4명이었고, 4명의 리더에게 팀장의 직위를 준다.

현수를 비롯한 회사 직원들이 나를 팀장이라고 부르는 건 내 직책과 어울리지 않았지만 처음 현수와 위용욱, 그리고 정기람을 데리고 악마의 탑으로 들어갔기에 나를 팀장이라고 부르고 있었다.

팀장이라는 직책 위에는 과장이 있다. 과장은 3개의 팀의 스케줄을 설정하는 임무를 가지고 있었다. 그리고 그 위에는 부장이 있다.

헌터의 직책이 과장이나 부장이라고 불리는 건 조금 이상하긴 했지만 우리는 군대가 아니었기에 군대식 호칭보다 회사에서 사용하는 호칭을 사용했다.

부장은 세 개의 팀을 운영하는 과장 10명을 관리하는 직책이다.

총 120명의 인원을 자체적으로 운영할 수 있는 높은 직책이다. 웬만한 헌터 회사의 헌터 수와 비슷한 헌터를 움직일 수 있는 권한이 있었기에 엄격한 심사를 거쳐 부장을 임명했다.

부장급의 헌터들과 그들의 위에 있는 교관의 직책을 가지고 있는 현수와 추용택, 위용욱, 정기람이 이번 수련에 참가했다.

80명이 넘는 인원이 체육관에 모였지만, 건물을 여러 번 증축했고, 더 넓은 체육관을 보유하고 있었기에 80명이 수련하기에는 충분하고도 남았다.

"여기에 모인 사람들은 전부 정령을 소환할 수 있는 아이템을 가지고 있습니다. 하지만 중급 이상의 정령을 소환할 수 있다고는 하지만 소환 시간이 너무 짧습니다. 전투에서 정령을 이용하기 위해서는 정령 시간을 늘릴 필요가 있습니다. 오늘부터 저는 여러분들에게 정신력을 강화시키는 법을 알려주겠습니다. 여러분들은 오늘 저에게 수련을 받고 담당하고 있는 팀원들에게 전파해 주기 바랍니다."

헌터들은 육체를 강하게 하는 수련이라면 적극적으로 임한다. 하지만 따분할 수도 있는 정신력 강화 수련을 하고 싶지 않아 하는 헌터가 있을 수도 있다.

하지만 당근을 제시한다면 그런 헌터의 수가 크게 줄어들게 된다.

"매달 정령 소환 대회를 열도록 하겠습니다. 육체나 아이템의 힘이 아닌 오로지 정령을 이용한 전투 대회입니다. 당연히 높은 성적을 낸 헌터에게는 부상이 있습니다. 최고의 성적을 낸 헌터에게는 상급 정령을 소환할 수 있는 아이템이 부상으로 주어지고, 10위권 안에 들어가는 헌터들에게는 부상으로 B급 이상의 아이템을 수여합니다. 그리고 100위권 안에 들어간 헌터에게는 상금이 주어집니다."

이렇게만 부상이 주어진다면 헌터들에게 의욕을 심어줄 수는 있지만 부장급의 간부들이 주도적으로 정신력 수련을 팀원들에게 시킬 방법으로는 부족하다.

"그리고 팀 대항전도 있습니다. 상위권 헌터 팀이 나온 팀장과 부장에게는 B급 아이템과 상금이 수여됩니다. 그리고 부장급에게는 1계급 진급과 동시에 개인 차량을 제공하도록 하겠습니다."

앞의 조건도 좋았지만 마지막 조건에 부장 이상의 간부들은 입맛을 다셨다.

남자라면 차에 대한 욕심이 있기 마련이다. 물론 여자 헌터가 없는 건 아니었지만 아직은 부장 이상의 계급을 가진 헌터 중 여자의 비중은 9:1 정도로 낮았다.

대형 버스를 제외한 교통수단이 전무한 지금, 개인 차량이 생긴다는 건 남자의 욕심을 자극하는 것이었다.

아무리 많이 줘도 구하지 못할 차량을 부상으로 받을 기회가 생긴 지금, 부장들은 서로를 경쟁 상대로 생각하고, 밑의 팀원들을 닦달할 준비를 이미 마쳤다.

의욕이 하늘을 뚫을 정도로 높아진 부장급의 헌터들은 본격적으로 정신력 수련을 시작했다.

"정신력을 강화시키기 위해서는 정신력을 분할하는 능력이 필요합니다. 게임을 해본 사람이 있다면 한 번쯤은 들어본 적이 있는 말일 겁니다. 멀티 테스킹 능력이라는 말을 들어본 적 있으시죠?"

한 번에 여러 가지 일을 하는 능력을 멀티 테스킹 능력이라고 한다.

정신력이 높은 사람일수록 한 번에 여러 가지 일을 수행하는 능력이 뛰어나기 마련이다.

"멀티 테스킹 능력을 강화하는 가장 기본적인 수련법으로는 양손이 다른 일을 하는 방법이 있습니다. 한 손으로는 문학 책을 필기하고, 다른 손으로는 다른 책을 필기하는 방법이 정신력을 강화하기 위해 가장 적합합니다."

이계에 있을 때 내가 직접 실행한 수련법이었다. 이 방법을 알려준 사람은 현자였고, 그는 세상의 모든 지식을 알고 있었다.

말로는 쉬워 보이는 수련이었지만 생각보다 매우 어려웠다.

뇌 수련을 한 적이 없는 사람이 두 종류의 책을 동시에 노트에 적으려면 오랜 시간이 필요하다. 지금도 모든 부장급 헌터들이 제공된 책과 노트에 두 손을 이용해 필기를 하고 있었지만 제대로 글을 적는 사람은 아무도 없었다.

특히 위용욱은 책과 노트를 멀리한 지 오래되었는지 글을 적는 것도 힘들어 보였다.

하지만 내가 제시한 것을 자신의 능력 향상을 위해 포기하지 않고, 그에 대해 노력하는 헌터들이다.

지금 하고 있는 것은 가장 기초적인 수련이다. 다음 단계로 나아가기 위해서는 최대한 빠르게 이 수련을 마스터해야 했다.

Chapter 4

전쟁 반발

정신력 수련 1단계를 마무리한 지 두 달이 지났고, 2단계 수련까지 마무리 단계에 접어들었다. 두 손을 따로 사용하는 1단계 수련과 달리 2단계 수련은 강한 참을성이 필요했다.

강한 환각 증상을 가지고 있는 마모그란트의 위액을 이용한 수련법이었다.

마모그란트의 위액을 섭취하거나 흡입하게 되면 강한 환각 증상을 느끼게 된다.

중독성이 없는 마모그란트의 위액이었기에 큰 부담 없이 헌터들에게 사용할 수 있었다.

환각 증상을 이겨내기 위해서는 당연히 강한 정신력이 필요하다.

위험할 수 있는 수련이었기에 10인 1조가 되어 순차적으로 마모그란트 위액을 흡입했고, 나머지 인원들은 불상사에 대비했다.

헌터들은 하루가 다르게 정령을 소환하는 시간을 늘릴 수 있었다.

그리고 오늘 드디어 약속했던 정령 소환 대전을 시작하게 되었다.

"정령 소환 대전이라니까, 꼭 게임에서나 들을 법한 이름 같네요."

"그렇지? 나도 그렇게 생각하긴 하는데 마땅히 다른 이름이 없잖아."

정령 소환 대전은 개인전과 단체전으로 구성되어 있다.

개인전은 말 그대로 개인의 실력을 평가하는 장이었고, 단체전은 12명이 한팀이 되어 정령을 이용한 진법과 공격법을 평가하는 방식이었다.

오늘을 위해 헌터들은 수련을 해왔다. 물론 개인의 실력을 키우는 수련을 누가 시킨다고 해서 하는 것은 아니었지만 엄청난 크기의 당근이 제시되어 있기에 팀장들과 부장들의 채찍질이 더해져 헌터들은 정령 소환 대전을 준비했다.

치열한 예선전을 뚫고 올라온 16명의 헌터들의 개인전이 먼저 시작되고, 그 후에 여섯 팀의 단체전이 진행된다.

헌터로서의 능력으로는 상위권에 있는 헌터들이 떨어지는 일이 빈번히 발생했고, 다른 헌터에 비해 육체적인 능력이 떨어지는 헌터들이 본선에 진출하기도 했다.

하지만 대부분의 헌터들이 강한 육체적인 능력을 가지고 있는 사람이었다.

건강한 몸에 건강한 정신이 깃든다는 말처럼 육체가 강한 사람일수록 강한 정신력을 가지고 있었다.

물론 예외는 존재했다.

"이설아도 우리 회사 소속이었어?"

오랜만에 불러보는 이름이었다. 헌터 학원에서 같이 수강했던 이설아가 우리 회사 소속 헌터라는 사실을 오늘 알게 되었다.

현수는 이미 알고 있었는지 나처럼 놀라지 않았다.

"모르셨어요? 회사에 여자 헌터가 몇 명이나 된다고 그것도 모르세요. 아! 팀장님이 일본에 가 있을 때 입사했으니 모를 수도 있네요. 이설아를 보셔서 아시겠지만, 여자치고는 독한 구석이 있잖아요. 다른 남자 헌터들을 뚫고 정령 소환 대전 본선에 오른 것만 봐도 대단한 여자죠."

이설아는 거친 황야에 핀 들꽃 같은 느낌이었다. 강한 남자들의 틈바구니에서 살아남았기에 눈가에는 독기가 서려 있었고, 절대 굽히지 않겠다는 의지가 느껴졌다.

정령 소환 대전 본선에 오른 사람 중에 여자는 이설아가 유일했다.

"정령 소환 대전이 시작하네요. 자리로 가죠."

간단한 개회사가 진행된 이후 곧장 대전이 시작되었고, 많은 관중들이 대전을 지켜봤다.

대부분이 우리 회사 소속 헌터들과 직원들이었지만 일반인들도 관람을 허용했기에 헌터 협회 소속 사람들의 모습도 보였고, 관람석 끝자락에서는 동네 주민의 모습도 보였다.

꽤나 넓은 장소에서 진행되는 대전이었지만 생각보다 큰 관심에 관람석이 부족할 지경이었다.

사회 겸 심판을 맡은 현수는 심판석으로 이동해 대전을 진행했다.

"이번 대전은 한쪽의 정령이 소환진으로 돌아가면 패배하는 방식으로 진행됩니다. 소환자는 절대 경기장 안으로 들어갈 수 없습니다. 그러면 대전을 시작하도록 하겠습니다."

이번 소환 대전의 규칙에 불만이 많은 사람이 있었다.

특히 능력이 뛰어난 헌터들은 정령의 힘과 자신의 힘을 더해 대전에 참가하고 싶었지만 그렇게 해서는 정신력을 수련하는 당근으로서는 맞지 않았다.

그렇기에 오직 정령의 운영법만으로 대전이 진행되었다.

강한 정신력과 정령을 이용한 다양한 공격을 사용할 수 있는 사람이 승리할 수 있었다.

경기장 위에 물의 정령과 땅의 정령이 모습을 드러냈다.

둘 다 중급 정령이었다.

헌터들이 정신력 수련을 하는 동안 나와 현수는 정령을 소환하는 아이템을 끊임없이 생산했고, 절반 이상의 헌터들에게 중급 정령을 소환할 수 있는 아이템을 제공할 수 있었다.

여전히 더 많은 중급 정령 이상을 소환할 수 있는 아이템이 필요하긴 했다.

그래도 오늘은 경기를 관람하면서 좀 쉬어야지. 매일같이 기계처럼 아이템을 찍어내는 작업에는 한계가 있다고.

물론 소환진을 그리는 작업은 아이템 제작 공장에서 하긴 했지만, 소환진을 활성화하는 것은 나와 현수만이 가능했기에 대부분의 시간을 아이템 제작 공장에서 보내야 했다.

물의 정령이 먼저 움직이기 시작한다.

물의 정령을 조종하는 소환자의 성격은 불같았다. 물의 정령을 사용하는 사람의 성격으로는 어울리지 않았지만 그의 공격성이 전투에서는 나쁘지 않았다.

처음부터 전력을 다하는 물의 정령의 공격에 땅의 정령은 다급히 몸을 숨었다.

뾰족한 물의 창을 만들어내 땅을 연신 찔러대는 물의 정령의 모습은 마치 삼지창을 들고 있는 물의 신 같았다.

물의 정령의 공격에 자리를 옮겨가며 피하기만 하는 땅의 정령이었다.

땅의 정령을 조종하는 소환자는 모든 정신을 집중해 땅의 정령을 조종하고 있었지만 쉴 틈 없이 공격하는 물의 정령의 공격에 정신을 차리지 못했다.

"이런 식이면 물의 정령이 이기겠네."

방어만 해서는 이기지 못한다. 물론 방어에 특화되어 있는 능력을 가져서 공격하는 쪽을 먼저 지치게 한다면 다르겠지만, 그런 능력을 가진 정령은 아직 없었다.

방어력이 조금 뛰어날 수는 있겠지만 타격을 입히기 위해서는 공격을 하는 것이 먼저였다.

그래도 이대로 경기가 끝나지는 않을 것 같았다.

본선에 올라왔다는 것은 엄청난 경쟁자들을 뚫었다는 뜻이었고, 당연히 비장의 한 수 정도는 가지고 있기 마련이었다.

방어에만 집중하고 있던 땅의 정령의 소환자가 드디어 칼을 꺼내 들었다.

땅의 정령은 물의 정령의 공격을 피하지 않고 몸으로 막아내었다. 흙으로 몸을 감싼 땅의 정령은 강한 방어력을 가지게 되었고, 물의 정령이 만든 창은 땅의 정령의 두꺼운 피부에 큰 구멍을 내긴 했지만 정령계로 귀환시킬 정도의 타격은 아니었다.

물의 정령이 창을 조종하기 위해 멈춘 순간 땅의 정령의 발에서 거대한 바위가 솟아올랐다. 거대한 바위로 보였던 것은 바위가 아니라 흙더미였다.

흙더미는 그대로 물의 정령을 감싸 안았다.

다른 사람의 눈에는 보이지 않겠지만 나는 기운을 이용해 흙더미 안의 상황을 살필 수 있었다. 흙더미를 빠져나오기 위해 물의 정령은 창을 찔러대었지만 창을 찌를 만한 공간이 부족했기에 힘이 실리지 못했다.

점점 좁아지는 공간에 물의 정령은 창을 찌르는 것이 불가능해졌고, 몸조차 가누지 못할 상황이 되었다.

물의 정령의 소환자는 상황을 벗어나기 위해 안간힘을 쓰고 있었지만 흙더미를 부수지 못해 정신력을 다 소모해 버렸다.

기절 직전까지 간 물의 정령의 소환자로 인해 물의 정령은 정령계로 귀환할 수밖에 없었다.

"승자는 강준우입니다. 다음 경기를 진행하기 위해 경기장을 재정비하도록 하겠습니다."

승자에게는 축하가, 패자에게는 격려가 쏟아졌다.

본선 첫째 날에 4명의 승리자가 결정되었고, 다음 날 나머지 4명이 결정되었다.

이설아도 그 8명 안에 뽑히는 파란을 일으켰다.

흔치 않은 냉기의 정령을 소환하는 아이템을 가지고 있는 이설아는, 패도적인 공격으로 상대를 압살해 버렸다.

3일간의 휴식을 취한 뒤 벌어진 2회전은 더욱 치열하게 진행되었다.

하루에 4경기가 펼쳐졌고, 소문을 들은 많은 사람들이 경기장 주변을 찾았다.

스포츠 경기가 사라진 지금, 정령 소환 대전만큼 사람들의 이목을 끌 만한 박진감 넘치는 경기는 없었다. 그리고 다른 스포츠에 비해 보는 재미가 쏠쏠했기에 사람들은 하루 종일 대전에 관한 얘기를 했다.

"생각보다 흥행이 괜찮은데요. 다음 대전은 유료로 진행해도 괜찮을 것 같아요."

"그러게 말이야. 이렇게 관심이 뜨거울 줄은 몰랐네. 정령 소환 대전을 스포츠로 진행해도 괜찮을 것 같아."

아이템 공장에서 만들어내는 엄청난 정령 소환 아이템 중 대부분이 하급 정령을 소환하는 아이템이었다.

중급 이상의 정령 소환진이 그려진 아이템만을 우리 회사 소속 헌터들에게 제공하고 있었기에 하급 정령 소환 아이템은 경매장을 통해 팔거나 흑룡회와 머챈트에게 판매를 했다.

일반 아이템에 비해 비싼 정령 소환 아이템이었지만 없어서 구하지 못할 정도로 인기가 뜨거웠다.

특히 정령 소환 대전이 뜨거운 분위기에 기름을 부어 버렸다.

높은 가격은 물론이고 웃돈까지 주면서 정령 소환 아이템을 구하려고 했다.

준결승전은 더 넓은 자리에서 벌어지게 되었다.

준준결승이 끝나고, 경기장에 입장하지 못한 사람들의 열화와 같은 요구에 따라 회사 헌터들이 직접 경기장 증축에 동원되었고, 10만 명을 수용할 수 있는 경기장이 마련되었다.

편안한 좌석과는 거리가 먼 경기장이었지만 아무도 불만을 표출하지 않았다.

무료로 진행되는 경기이니 당연히 불만이 나올 수가 없었다.

준결승전에 오른 헌터 중 가장 인기가 좋은 사람은 당연히 여성으로서는 유일하게 준결승전에 오른 이설아였다.

냉기의 정령의 패도적인 모습에 사람들은 열광했고, 이설아는 마치 연예인과 같은 인기를 끌었다.

나를 모르는 사람은 있어도 이설아를 모르는 사람은 드물 정도였다.

관람객 중 화가 출신도 있었는지 그녀의 모습이 그려진 그림들이 대거 유통되기까지 했다.

"이설아! 이설아!"

그녀의 경기가 시작되기도 전에 경기장은 그녀의 이름으로 가득 채워졌다.

"이런 분위기에서 이설아가 지기라도 하면 폭동도 일어나겠는데."

"그러기야 하겠어요. 이설아가 직접 경기를 하는 것도 아니고, 정령을 통한 대리전이니까 폭동은 일어나지 않을 거예요. 경기장이 욕으로 가득 찰 수는 있겠지만요."

이설아의 상대는 부장급의 직위를 가지고 있는 헌터 간부였다.

그는 정신력 수련을 나에게 직접 받은 사람으로, 다른 헌터보다 더욱 정신력 수련에 열중했고, 가장 먼저 2단계 수련으로 넘어갔다.

"최 부장도 참 이런 대회는 밑의 사람에게 넘겨줄 만도 한데."

"부상이 장난이 아닌데, 당연히 경기에 직접 참여하고 싶어 하죠. 이설아를 제외한 준결승전 참가자가 모두 팀장 이상의 직책을 가지고 있어요."

나와 간단히 대화를 마친 현수는 준비를 마친 경기장 중앙으로 걸어가 대전을 진행시켰다.

"대전을 시작하도록 하겠습니다. 규칙은 다들 알고 있겠지만, 직접 전투에 참가할 수 없습니다."

현수의 신호에 따라 동시에 정령을 소환하는 이설아와 최 부장이었다.

최 부장의 정령은 불의 정령이었다. 가장 강한 공격력을 가지고 있는 정령은 역시 불의 정령이다.

최 부장은 이설아가 만만하지 않은 상대라는 것을 알았기에, 불의 정령이 경기장에 소환되자마자 빠르게 냉기의 정령을 향해 불의 정령이 달려가도록 조종했다.

냉기의 정령은 불의 정령의 열기를 피하기 위해 하늘로 몸을 날렸고, 불의 정령은 집요하게 냉기의 정령에게 달라붙으려고 했다.

마치 스토커를 피해 달아나는 아름다운 여자의 모습과 같은 냉기의 정령이었기에 사람들은 냉기의 정령을 응원했다.

"스토커는 꺼져라! 우우우우우!"

사람들의 야유가 자신에게 향하고 있다는 것을 알고 있는 최 부장이었지만 멈출 수는 없었다.

이대로 거리를 좁히지 못한다면 냉기의 정령의 패도적인 공격에 속수무책으로 당할 수밖에 없다.

물욕이 많지 않은 성격의 최 부장이었지만 이번 경기에 걸린 부상은 꼭 가지고 싶었다.

불의 정령은 거리를 더욱 좁히기 위해 분열되기 시작했다.

불길로 갈라진 불의 정령의 기운 일부가 냉기의 정령에 다가가는 데 성공했다. 그에 불의 정령의 기운에 닿은 냉기의 정령은 녹아내렸다.

물로 변해 떨어지는 냉기의 정령의 모습에 사람들의 야유는 더욱 거세졌다.

"미안하지만, 이번 경기의 승자는 나라고!"

최 부장은 야유에 대답하기라도 하듯이 소리를 쳤다.

위급한 상황에 빠진 냉기의 정령이었지만 이설아의 표정은 크게 변하지 않았다.

미간에 약간의 주름이 잡히기는 했지만 큰 위기라고 생각하지 않는 듯했다.

불의 정령의 뜨거운 기운에 냉기의 정령이 녹아내렸고, 경기장 바닥은 냉기의 정령이 녹아내린 물로 가득 찼다.

이 정도면 위기감을 느끼기 마련이지만 이설아는 표정의 변화가 전혀 없었다. 아니, 오히려 즐거운 표정을 짓고 있었다.

뭐가 즐거운 걸까? 압도적으로 불리해 보이는 상황에서 저런 표정을 짓는다는 것은 이런 상황을 예상했다는 뜻이다.

이설아의 손이 움직였다. 아이템을 가지고 있으면 굳이 대화 혹은 몸을 움직이지 않고 생각만으로 정령을 조종할 수 있지만 자신도 모르게 손을 움직인 것이었다.

이설아의 손의 움직임을 신호로 냉기의 정령이 불의 정령을 피해 하늘에서 경기장 쪽으로 내려갔다.

불의 정령은 그런 냉기의 정령을 놓치지 않기 위해 빠른 속도로 경기장으로 이동했다.

그 순간 냉기의 정령은 도망을 치지 않고 불의 정령을 향해 달려들었다.

불의 정령은 그런 냉기의 정령의 움직임에 눈먼 고기가 자신에게 다가온다고 생각하고 있었다.

하지만 그건 잘못된 생각이었다.

냉기의 정령이 불의 정령에게 다가가자 바닥을 흥건하게 채우고 있는 물이 날카로운 고드름으로 변해 불의 정령을 향해 달려들어 불의 정령의 모든 부위를 강타했다.

불이 얼음을 녹인다고는 하지만 한계가 있었다. 그리고 날카로움을 장착하고 있는 고드름을 녹이는 것만으로는 피해를 완화시킬 수 없었다.

불의 정령은 고드름을 장신구처럼 주렁주렁 달고 있었다. 장신구의 무게가 무거워서인지 불의 정령의 속도는 현저히 느려졌다.

그리고 조금씩 기운이 약해지기 시작했다.

최 부장은 자신의 정령이 정령계로 강제 귀환되려고 하자 정신을 집중해 불의 정령의 힘을 키우려고 했지만 불의에 기습을 받은 불의 정령을 회복시키기에는 최 부장의 정신력이 부족했다.

"승자는 이설아입니다."

경기는 그렇게 끝이 났다. 관중들은 이설아가 만들어낸 냉기의 정령의 퍼포먼스에 환호했다.

경기장은 이설아의 이름으로 떠나갈 듯했고, 관중은 사이비 교주를 맹목적으로 따르는 광신도들로 변했다.

건설업자들과 헌터들이 경기장을 보수하고 있는 동안 할 일이 없어진 현수는 내가 있는 VIP 관람석으로 왔다.

"이거 완전 스포츠 스타네요. 이설아의 외모가 뛰어난 것도 있지만 이렇게 인기를 끌 줄은 몰랐네요. 연예인 저리 가라 할 정도의 인기예요. 누가 이설아에게 말이라도 걸면 폭동이라도 일어나겠어요."

남자들만 득실거리는 헌터 사회에서 당연히 이설아의 외모에 반해 접근을 시도하는 헌터들이 있었다.

하지만 관중들의 뜨거운 시선에 발을 돌려야 했고, 이설아의 주위에는 아무도 없었다.

고독한 꽃처럼 피어 있는 이설아의 모습에 관중들은 더욱 이설아의 이름을 외치며 환호했다.

"국민적인 스타가 되겠네. 그래도 나쁘지는 않지. 우리 회사의 이미지 상승에 도움이 될 것도 같고."

이전의 시대에서 TV CF에 수십억이 넘는 돈을 투자하는 회사들이 있었다.

많은 돈을 사용하면서까지 광고를 한 이유는 물건을 판매하기 위해서이기도 했지만 회사의 이미지를 상승시키기 위한 목적이 더욱 컸다.

일정 규모 이상의 회사는 제품을 파는 것이 아니라 이미지를 팔았다.

우리 회사의 경우에는 일반인들을 상대로 물건을 판매하지는 않았지만 국민들이 우리 회사를 우호적으로 생각하는 편이었다.

악마와의 전쟁이 시작되면 많은 피해자들이 발생하기 마련이고, 당연히 국민들은 강한 힘을 가지고 있는 우리 회사에 의지하게 된다.

단순히 의지만 한다면 다행이지만 의지를 넘어서 책임을 돌리려고 할 게 분명했다.

그때 국민적인 스타가 우리 회사에 있다면 좋은 방패막이가 된다.

물론 그럴 생각으로 정령 소환 대전을 연 것은 아니지만 이설아의 존재가 우리 회사에 좋은 방패를 제공해 주었다.

"준결승 마지막 경기는 땅의 정령과 정신계 정령의 전투지? 누가 이길까?"

땅의 정령은 강한 방어력을 바탕으로 상대를 조금씩 지치게 만드는 방법으로 준결승까지 올라왔다.

많은 정령들의 땅의 정령의 방어력을 부수기 위해 공격을 했지만 땅의 정령을 조종하는 소환자의 정신력이 뛰어났기에 단단한 땅의 정령을 피부를 부수는 데 성공한 정령은 없었다.

하지만 이번에는 상대가 좋지 않았다.

정신계 정령은 다른 자연계 능력의 정령과는 다른 성향을 가지고 있었다.

정신계 정령이 소환되는 경우는 정말 희박했다.

엄청나게 많은 정령 소환 아이템을 제작했지만 정신계 정령이 나온 경우는 1/3,000도 되지 않았다. 그리고 중급 이상의 정신계 정령이 소환되는 아이템은 두 개 뿐이었다.

하나는 현수가 사용하고 있었고, 다른 하나는 준결승에 오른 박근상 팀장이 가지고 있었다.

헌터들은 당연히 공격적인 성향을 가지고 있었고, 화끈한 힘을 내는 불의 정령을 선호했다.

아름다운 모습을 하고 있는 물의 정령과 나무의 정령을 선호하는 헌터들이 있기도 했지만 어쨌든 대부분의 헌터들은 자연계 정령을 소환하는 아이템을 가지고 싶어 했다.

하지만 박 팀장은 정신계 정령을 소환하는 아이템을 가지고 싶어 했고, 원하는 사람이 적었기에 정신계 정령을 소환하는 아이템을 선점할 수 있었다.

그런 박 팀장의 선택에 많은 헌터들이 아이템을 교체를 권했지만, 박 팀장은 아랑곳하지 않고 정신계 정령을 사용했고, 생각지도 못한 방법으로 경쟁 상대를 제치고 준결승까지 올라왔다.

그가 여기까지 올라올 것이라고 예상한 사람은 많지 않았다.

이설아가 유일한 여성 참가자라고 한다면 박 팀장은 유일하게 비자연계 정령을 사용하는 참가자였다.

"정말 결과를 모르겠네요. 정신계 정령은 공격력이 없다고 봐도 무방하잖아요. 거북이 전략을 사용하는 땅의 정령을 상대로 어떤 방법으로 공격할지 감도 잡히지 않네요. 경기를 봐야 알 것 같아요."

현수는 자신도 정신계 정령을 가지고 있었지만 박 팀장만큼 정신계 정령을 활용할 자신이 없었다.

경기를 통해 박 팀장에게 가르침을 받고 있는 것이나 다름없었다.

물론 정령력을 가지고 있고, 정신력 또한 다른 헌터들에 비해 뛰어난 현수였기에 정령의 힘이 강했고, 오랜 시간 소환이 가능했지만 뒤통수가 아려오게 하는 박 팀장의 정령 운용법에 현수는 박 팀장을 진심으로 대단하다고 생각했다.

경기장 보수가 끝나고 현수가 심판석으로 내려갔다.

"경기를 시작하겠습니다."

현수의 신호에 따라 양측은 정령을 소환했다.

갈색 빛을 내는 땅의 정령과 흰색과 검은색이 조화를 이룬 정신계 정령이 경기장 중앙에 위치했다.

이전 경기처럼 박진감 넘치지는 않았다.

방어 위주의 땅의 정령과 상대의 정신을 공략해야 하는 정신계 정령이었기에 서로 눈치 싸움을 벌였다.

하지만 관중들은 야유를 하지 않았고, 숨죽이고 경기를 지켜봤다.

먼저 움직인 쪽은 땅의 정령이었다. 아무리 방어에 특화되어 있다고는 하지만 흙을 이용한 공격이 가능한 땅의 정령이었다.

땅의 정령은 경기장 안으로 모습을 감추고는 빠르게 정신계 정령을 향해 이동했다.

정신계 정령은 땅의 정령이 자신에게 다가오고 있다는 것을 알았지만 다른 움직임을 보이지 않았다.

땅의 정령은 움직임이 없는 정신계 정령을 잡아먹었다.

거대한 흙더미로 변해 땅의 정령을 그 안에 가둔 것이다. 땅의 정령이 준결승전까지 오르게 한 기술이었다.

많은 정령들이 흙더미를 빠져나오기 위해 노력했지만 실패로 돌아갔다.

땅의 정령을 조종하는 소환사는 정신계 정령을 압박해 강제 귀환시키기 위해 정신을 집중했고, 흙더미는 빠른 속도로 압축되어 갔다.

정령계로 귀환하지 않는다면 슬라임처럼 찌그러져 버릴 것이다.

정신계 정령을 조종하는 박 팀장은 다급한 표정으로 중얼거렸다.

누가 봐도 박 팀장이 좋아 보이지 않는 상황이었다.

박 팀장의 표정을 보고 있던 땅의 정령의 소환사는 승리를 확신했다.

마지막 남은 정신력까지 모두 쏟아내 땅의 정령을 작은 공으로 만드는 데 성공했다.

주먹만 한 크기로 변한 땅의 정령을 봤을 때, 그 안에 있던 정신계 정령이 어떻게 되었는지는 보지 않아도 예상이 가능했다.

현수도 경기가 끝났다고 생각했는지 심판석에서 일어나 경기장으로 걸어갔다.

하지만 그의 입에서 승자에 대한 발표는 나오지 않았다. 사라졌다고 생각했던 정신계 정령이 다시 모습을 드러냈기 때문이었다.

그것도 하나가 아니라 경기장을 가득 채울 정도로 많은 수로 번식한 채였다.

자가 수정이 가능한 것이 아니라면 환영이 분명했다.

그리고 땅의 정령이 모든 힘을 투자해 압축시킨 정신계 정령도 환영의 하나가 분명했다.

많은 수의 정신계 정령에 땅의 정령을 조종하는 소환자는 당황했다.

누가 진짜인지 알 수 없는 상황이었고, 많은 정신력을 이미 소모했기에 공격할 방법이 용이하지 않았다.

하지만 포기할 수는 없는 상황이었다.

냉기의 정령과의 결승전은 땅의 정령이 유리한 부분이 있었고, 이번 경기만 이긴다면 엄청난 부상이 기다리고 있다.

불리한 상황이라고 하더라도 포기할 수는 없었다.

땅의 정령은 거북이 전술을 다시 시도했다.

공격을 해오는 정령이 진짜일 가능성이 높았기에, 때를 기다리며 정신계 정령이 먼저 다가오기를 기다리고 있는 것이었다.

그리고 기다리고 있는 땅의 정령에게 다가가는 정신계 정령 하나가 있었다.

정령은 보통 표정이 드러나지 않지만, 정신계 정령은 광대와 같은 미소를 짓고 있었다. 그러고는 가볍게 발로 땅의 정령을 툭툭 쳤다.

그 순간 땅의 정령은 껍질에 숨어 있던 얼굴을 뽑아내어 정신계 정령을 잡아먹었다.

이전과 같은 방식으로 압축시켜 버릴 생각이었다.

하지만 다른 정신계 정령이 다가와 광대의 웃음을 흉내 냈고, 땅의 정령은 자신이 집어삼킨 정령이 환영이라는 것을 알게 되었다.

그러기를 몇 번 반복했다.

이미 정신력의 한계를 느낀 땅의 정령 소환자는 마지막으로 진짜로 보이는 정신계 정령을 향해 힘을 쏟아내었지만 그 정령도 환영이었다.

소환자는 정신력을 모두 소진해 땅의 정령은 정령계로 돌아갔다.

"승자는 박근상 팀장입니다."

정신계 정령이 모두의 눈을 속여 관중들은 어떤 정령이 진짜인지 궁금했다.

더는 환영을 유지할 필요가 없었기에 박 팀장이 환영을 돌려보내자 경기장 외곽에서 한가로이 누워 있는 정령 하나만이 남았다.

"와아아아!"

신기한 장면을 본 관중들은 이설아에 비할 정도는 아니지만 그래도 큰 환호성을 질러 박 팀장의 승리를 축하했다.

*　　　　　*　　　　　*

준결승이 끝나고 3일 후 결승전이 진행되었다.

많은 사람들은 경기장에 입장하기 위해 준결승전이 끝난 직후 경기장 앞에서 야영을 하는 정성을 보였다.

모든 사람들을 수용할 정도의 경기장이 아니었기에 경기장 밖에서 승자를 기다리는 사람들이었다.

경기가 시작하기도 전에 경기장은 이설아를 환호하는 관중들의 목소리로 가득 찼다.

이미 스타가 되어 버린 이설아를 보기 위해 경기장을 찾은 사람도 있었다.

"이설아가 지기라도 하면 폭동이 문제가 아니겠는데."

"그래도 상대가 박 팀장이라서 다행이네요. 정신계 정령은 그래도 공격적인 정령은 아니니까요. 이설아가 진다고 하더라도 공격적인 장면이 연출되지는 않을 테니까요."

결승전이니만큼 경기장을 찾은 관중들을 위한 작은 이벤트를 열었다.

아이템 공장에서 실수로 만들어진 D급 아이템들을 추첨을 통해 관중들에게 나누어 주었다.

헌터들이 사용하기에는 적합하지 않은 아이템이었지만 일반인들은 제대로 구경도 하지 못한 D급 아이템이었기에 관중들의 반응은 매우 뜨거웠다.

로또나 다름없기도 하겠지.

D급 아이템이라고는 하지만, 문양이 그려져 있는 아이템이었기에 C급 아이템에 상응하는 능력을 가졌다.

아이템 상점에 팔기만 해도 한동안은 일을 하지 않고 놀고먹을 정도의 돈을 벌 수 있다.

추첨으로 인해 경기장은 한층 뜨거워졌고, 드디어 결승전이 진행되었다.

경기장에 들어오는 야생화에 사람들은 자지러지듯이 이설아의 이름을 환호했다.

그에 비해 박 팀장을 응원하는 사람은 많지 않았다.

이래서 외모가 중요하다니까.

실력이 좋으면 뭐 해. 사람은 예쁘고 잘생기고 봐야 한다니까.

박 팀장의 얼굴도 못생긴 편은 아니었지만 이설아에 비하면 꼴뚜기나 다름없었다.

하지만 박 팀장은 이런 반응을 예상하고 있었기에 크게 충격을 받지 않았고, 덤덤한 표정으로 결승전이 시작되기를 기다렸다.

"그럼 바로 결승전을 시작하도록 하겠습니다."

현수의 시작을 알리는 말에 관중들은 목소리를 키웠고, 경기장에 이설아와 박 팀장의 정령이 소환되었다.

누가 승자가 될지는 모르겠지만 이번 경기의 승자는 엄청난 부상을 차지하게 된다.

결승전은 다른 경기와 다른 점은 없지만 이상하리만큼 경기장 안이 긴장감으로 가득했다.

많은 사람들은 이설아의 우승을 원했지만 누가 승리자가 될지는 전혀 모르는 상황이다.

현수가 시작 신호를 보낸 지 한참이나 지났지만 결승전이라는 긴장감에 두 정령은 전혀 움직이지 않았고, 한동안 이상한 대치가 계속되었다.

하지만 역시 먼저 움직인 쪽은 냉기의 정령이었다. 정신계 정령의 이상한 공격 방식을 이전 경기에서 눈으로 직접 본 이설아였기에 정신계 정령이 환영을 만들기 전에 공격할 생각이었다.

냉기의 정령이 만든 냉기의 창이 정신계 정령을 향해 빠른 속도로 날아갔고, 정신계 정령의 가슴 정중앙에 구멍이 생겨났다.

관중들은 이설아의 공격이 성공했다는 것에 큰 함성을 질렀지만 경기장 한편에서 새로 생겨난 정신계 정령의 모습에 다시 입을 닫고 경기에 집중을 했다.

환영을 찌른 냉기의 창을 다시 움직여 새로 나타난 정신계 정령을 향해 던지는 냉기의 정령이었다. 이런 행동이 수십 번이 넘게 반복되었지만 환영만을 찌를 뿐 본체를 공격하지 못했다.

이대로 소모전 방식으로 진행되면 공격하는 쪽이 지치기 마련이다.

이설아는 냉기의 정령의 움직임을 멈추었다.

단기전으로 절대 끝나지 않을 것 같은 경기였기에 체력 안배를 해야 했다.

정신계 정령은 냉기의 정령이 더는 움직이지 않자, 본격적으로 환영을 만들어내기 시작했다.

경기장 안을 가득 채우는 정신계 정령의 모습은 부엌 밑에 숨어 있는 바퀴벌레들처럼 보일 정도였다.

어떤 것이 환영인지, 어떤 것이 진짜인지 알아낼 수 없는 상황.

이설아는 선택을 했다.

냉기의 정령은 이설아의 의지에 따라 하늘 높은 곳으로 날아올랐고, 자신의 몸을 조각내어 수백 개의 냉기의 창을 만들어내었다. 많은 환영을 상대하기 위해서는 많은 창이 필요한 법이었다.

경기장 안에 있는 모든 정신계 정령을 찔러버릴 생각으로 만든 냉기의 창은 중력과 정령력을 이용해 빠르게 아래로 떨어졌다.

우박이 떨어지는 듯한 소리가 경기장에 울려 퍼졌고, 많은 정신계 정령의 환영이 사라졌다.

하지만 여전히 모습을 유지하고 있는 정신계 정령의 모습이 보였다.

많은 냉기의 창으로 공격을 했지만 본체에 타격을 입히지 못했다.

처음으로 지친 기색을 보이는 이설아의 냉기의 정령이었다.

박 팀장은 상대적으로 여유로운 모습을 하고 있었다. 정신계 정령의 환영을 만드는 것에도 많은 정신력이 소모되기는 했지만 딱히 공격을 하거나 방어 행위를 하지는 않았기에 냉기의 창을 만들어내는 이설아보다는 정신력 소모가 많지 않았다.

정신계 정령이 공격력이 강하지 않긴 하지만 공격력이 전혀 없지는 않았다.

예선전은 환영을 이용하지 않고 정신계 정령을 이용한 공격으로 통과한 박 팀장이었다.

정신계 정령은 몸에 있는 검은색과 흰색의 기운을 융합해 핀 포인트 레이저와 비슷한 모양의 빛을 만들어내었다.

그 빛은 강한 의념이 담겨 있었고, 빛에 닿는 대상은 엄청난 감정의 기복에 의해 고통을 겪게 된다.

인간에 비해 감정이 단조로운 정령이라고는 하지만 빛에 영향을 받는 것이었다.

그리고 소환사 또한 정령이 받는 고통을 일정 부분 공유를 하기 때문에 정신력을 극도로 소모할 수밖에 없었다.

정신계 정령이 만들어낸 빛이 냉기의 정령에게 닿자 냉기의 정령은 소리 없는 아우성을 지르기 시작했고, 이설아도 고통을 참지 못하고 인상을 찌푸렸다.

"우우우우!"

이설아가 고통스러워하는 장면을 목격한 관중들은 박 팀장을 향해 동시에 야유를 했지만 박 팀장은 이미 야유에 면역이 되어 있는지 공격을 멈추지 않았다.

냉기의 정령이 고통에 몸부림칠 때마다 녹아내렸다.

인간보다 약간 작은 크기의 냉기의 정령이었지만 지금은 한 손으로 들어 올릴 수 있을 정도의 크기가 되었다.

녹아내린 냉기의 정령의 모습에 정신계 정령은 더욱 강한 빛을 내기 위해 환영을 회수했고, 경기장에는 냉기의 정령과 정신계 정령 하나만이 남게 되었다.

그 순간 당하기만 하고 있던 냉기의 정령이 눈을 치켜떴다.

바닥에 흩뿌려져 있던 물은 급속으로 냉각되기 시작했고, 냉기의 정령의 발을 붙잡았다.

황급히 환영을 만들기는 했지만 냉기에 의해 발이 붙잡힌 정신계 정령의 본체였기에 숨을 수가 없었다.

이설아의 입에서 처음으로 신음 소리가 흘러나왔다.

낚시를 하기 위해 정신계 정령의 공격을 고스란히 받았기에 남아 있는 정신력이 얼마 되지 않았고, 이번 공격이 실패한다면 승리는 박 팀장의 차지였다.

발이 묶인 정신계 정령의 가슴에 커다란 냉기의 창이 날아들었다.

그렇게 빠른 속도는 아니었지만 피할 공간을 막고 있는 냉기의 조각들 때문에 냉기의 창을 피하지 못한 정신계 정령은 가슴에 창이 박혀 정령계로 귀환되었다.

박 팀장은 정령이 귀환되어 정신적인 충격을 받아 바닥에 무릎을 대었다.

그렇게 승자는 결정되었다.

"1차 정령 소환 대전의 승자는 이설아입니다. 다들 큰 박수로 승자를 축하해 주시기 바랍니다."

현수의 말이 시작되기도 전에 관중들은 이설아의 이름을 외치며 박수를 치고 있었고, 그렇게 정령 소환 대전을 통한 스타가 탄생했다.

1대 정령 소환 대전의 우승자인 동시에 범국민적인 스타가 된 이설아였다.

우승의 기쁨을 느끼기도 전에 정신력의 극심한 소모로 인해 이설아는 제대로 걸을 수도 없었다. 이설아의 모습을 더 보고 싶어 하는 관중들이었지만 들것에 실려 나간 이설아였기에 관중들은 아쉬움을 가지고 경기장을 빠져나갔다.

그렇게 하루가 지나고 나는 이설아에게 부상을 수여하기 위해 이설아가 있는 병실을 찾아갔다.

"오랜만이네."

정말 오랜만이었다. 헌터 학원 수강 시절 이후 처음 보는 것이었다.

그동안 무슨 일이 있었는지는 모르겠지만 이설아의 눈빛은 한층 차가워져 있었다.

학원 시절에도 차가운 눈빛이었지만 지금의 차가움은 얼음 여왕의 냉기와 비슷했다.

"오랜만이네요. 카인트 헌터 회사의 팀장이 되었다고 들었어요."

긴 말은 아니었지만 그래도 약간의 반가움이 그녀의 얼굴에 섞여 있었다.

"우리 회사에 다니고 있는지도 몰랐네. 정령 소환 대전이 아니었다면 더 오랜 시간이 걸려서야 네가 있는지 알았을 거야. 정령 소환 대전에서의 우승을 축하해."

겨우 침대에서 일어나 있는 이설아의 앞에 한 장의 종이를 건넸다.

"부상을 선택해야지."

정령 소환 대전의 승자에게는 부상으로 A급 아이템이 부여된다.

A급 아이템은 같은 무게의 황금보다 더욱 비싼 가격이었다. 아이템을 팔면 더는 헌터 생활을 하지 않더라도 살아갈 수 있는 금액을 벌 수 있었다.

내가 건네준 것은 회사가 보유하고 있는 A급 아이템의 명단이었다.

아무 아이템을 줘도 상관은 없었지만, 그래도 안면이 있는 사람이었고, 정령 소환 대전을 빛내준 이설아였기에 아이템을 선택할 권한을 주고 싶었다.

한참이나 아이템 명단을 바라본 이설아는 손가락으로 하나의 아이템을 지목했다.

"이걸 가지고 싶어요."

그녀가 선택한 아이템은 사신의 칼이었다.

절대적인 능력을 가지고 있지만 부작용이 너무 심해 아무도 사용하지 않는 아이템을 그녀가 선택한 것이다.

"이건 왜? 별로 쓸데가 없어 보이는데. 차라리 냉기의 정령과 같이 사용하면 상승 작용이 있는 물 속성 아이템을 가지는 게 어때?"

"아니에요. 이걸 주세요."

결의에 찬 그녀의 눈빛에서 복수라는 글자가 떠올랐다.

사신의 칼은 자신의 생명력을 이용해 한 명의 사람을 평생 고통에 시달리게 하는 아이템이었다.

신체적인 능력을 향상시켜 주는 것도 아니고, 악마의 탑에서 필요한 아이템도 아니었다.

단지 사람을 괴롭히기 위한 아이템이었다.

무슨 이유 때문에 사신의 칼을 가지고 싶어 하는지는 모르겠지만 그녀를 돕고 싶었다.

"누구를 죽이고 싶어? 그렇다면 도와줄게. 이유가 합당하다면 우리 회사의 모든 헌터를 동원해서 도와줄 수 있어."

"제 일이에요. 다른 사람의 도움을 받고 싶지는 않아요."

단호한 그녀의 말에 나는 다른 말을 더 꺼낼 수가 없었다.

"알았어. 그러면 일단 쉬고 있어. 단체전이 끝나고 시상식 때까지 생각을 더 해봐."

개인전이 끝났지만 아직 단체전이 남아 있다.

정령 소환 대전의 꽃은 사실 개인전이 아니라 단체전이었다. 개인전은 정령 하나의 공방이었다면 단체전은 정령들의 호흡과 전략이 빛나는 경기였다.

경기장은 당연히 개인전보다 더욱 큰 장소에서 벌어져야 했고, 개인전을 통해 많은 사람들이 정령 소환 대전을 관람하고 싶다는 것을 알았기에 일정을 조금 뒤로 미뤄 경기장을 증축한 이후 단체전을 시작했다.

예선전부터 뜨거운 관심을 받고 시작한 단체전은 사람들에게 헌터의 직업에 대한 환상을 더욱 심어 주었다.

정령 소환 대전이 시작된 이후 우리 회사에 지원하는 사람의 수가 3배 이상 늘었다. 그리고 정령 소환 대전에 대한 관심은 우리나라에 국한되지 않았다.

가장 관심을 가진 쪽은 역시 중국이었다.

중국 흑룡회는 자신들도 정령 소환 대전을 하고 싶다는 의견을 내보였고, 정령 소환 능력이 있는 아이템을 팔아 줄 것을 요청했다.

일반 아이템에 비해 비싼 가격이 책정되어 있는 정령 소환 아이템이었지만 흑룡회는 거금을 투자해 대량의 정령 소환 아이템을 구입했다.

아직 우리 회사의 헌터들 모두가 중급 이상의 정령을 보유하고 있지 않았기에 하급 정령을 소환할 수 있는 아이템을 판매했다.

그리고 중동 지역에서도 관심을 가지고 대량으로 정령 소환 아이템을 구입해 갔다.

헌터가 사용하기에는 부족한 하급 정령 소환 아이템의 재고는 순식간에 팔려나갔다.

이번 일로 우리 회사는 천문학적인 돈을 벌어들였고, 지부 증설에 가속 페달을 밟았다.

러시아를 넘어 유럽 지역까지 지부를 만들 여건이 되었다.

단체전의 결승은 이설아가 포함되어 있는 조와 박 팀장이 조원으로 포함되어 있는 조가 맞붙었다. 개인전은 이설아가 승리했지만 단체전의 우승 조는 박 팀장이 속한 조가 되었다.

정신계 정령이 만든 집단 환각에 이설아를 제외한 다른 조원들이 모두 속아 넘어가 서로를 향해 공격을 했고, 이설아 혼자서는 많은 수의 정령을 막을 수가 없었다.

그렇게 개인전 우승자와 단체전 우승 조가 결정되었고, 뜨거운 관심을 받았던 정령 소환 대전이 끝났다.

이번 경기의 수혜자라고 한다면 박 팀장을 데리고 있는 민 부장이었다.

민 부장은 자신이 데리고 있는 조가 정령 소환 대전 단체전의 우승 조가 되어 개인용 차량을 지급받았다. 헌터 협회장도 소유하지 못한 개인용 차량을 가지게 된 것이다.

신줏단지 모시듯 차량을 매일같이 어루만지는 그의 모습에 다른 부장들은 얼굴을 붉히며 다음번 경기에 집중했다.

그렇게 정령 소환 대전은 끝이 났지만 우리의 일은 끝나지 않았다.

이설아에 관한 후속 조치가 남은 것이다.

"현수야, 알아봤어?"

현수는 회사의 전반적인 경영에 참여하고 있을 뿐만 아니라 정보 조직을 운용하고 있기도 했다.

경영을 위해서는 많은 정보를 알고 있어야 했기에 현수는 직접 정보 조직을 운용하고 싶어 했다.

"알아는 봤는데 조금 복잡한 사정이 있어요. 이설아가 헌터가된 뒤 나름 규모가 있는 회사에서 그녀를 스카우트했는데 그 회사의 사장의 아들에게 더러운 짓을 좀 당했나 봐요."

"더러운 짓? 성추행이라도 당한 거야?"

"그 정도로 이설아가 꿈쩍이라도 하겠어요? 성추행을 하려고 하던 사장 아들놈의 손목가지를 부셨다고 하네요."

"그러면 끝난 거 아냐? 뭐가 문제야?"

"개자식을 낳은 사람이 호랑이일 리가 없는 게 문제죠. 손모가지가 덜렁거리는 와중에도 이설아에 대한 관심을 놓지 못한 아들놈이 아버지를 졸랐고, 아들이라면 사족을 못 쓰는 사장 놈이 이설아의 집안을 괴롭혔다고 하네요. 그냥 괴롭힌 것도 아니고 처절하게 괴롭혔어요. 사기꾼들을 고용해 많은 빚을 지게 했고, 그녀의 아버지는 죄책감에 스스로 목숨을 끊으려고 고층 건물에서 떨어졌다네요. 겨우 목숨을 부지하기는 했지만, 평생 다리를 쓰지 못하는 상황이라고 하네요."

"천사의 눈물로도 치료가 불가능한 정도야?"

"천사의 눈물이 희대의 명약이긴 하지만, 이미 다리가 잘린 사람의 다리를 재생할 정도는 아니잖아요. 사고 당시 천사의 눈물을 복용했다면 다리가 재생되었겠지만 천사의 눈물을 빚더미에 앉은 집에서 구할 수는 없잖아요. 자신의 아버지가 누구 때문에 저렇게 됐는지 알게 된 이설아는 힘을 키우기 위해 우리 회사로 입사했다고 하네요."

"그 회사에서 이설아를 그냥 보내줄 리는 없잖아?"

"그냥 보내주고 싶지는 않았겠죠. 하지만 우리 회사를 상대로 헛짓거리를 할 수는 없잖아요. 우리 회사가 또 직원 복지 하나는 끝내주잖아요. 일단 회사에서 받는 월급으로 이자를 내고 있는 것 같아 보이기는 하지만, 원금보다 훨씬 커진 이자를 갚아 나가는 것도 벅차 보이네요."

"그러면 사신의 칼을 가지고 사장하고 그 아들놈을 죽이려고 하는 거네."

이제 범국민적인 스타가 된 이설아의 손에 피를 묻히게 할 수는 없다. 더러운 짓은 이미 손을 더럽힌 사람이 하는 것이 맞았다.

정령 소환 대전의 파장은 우리의 생각보다 거세게 다가왔다.

한국은 물론이고, 우리에게 정령 소환 아이템을 구입한 중국과 유럽 일부 지역에서도 정령 소환 대전이 벌어졌고, 좋은 스포츠가 되었다.

스포츠라고는 하지만 일반인은 하지 못하고 오로지 구경만 할 수 있는 진입 장벽이 높은 스포츠인긴 했지만 볼거리가 다른 스포츠에 비해 월등히 앞섰기에 사람들은 열광할 수밖에 없었다. 많은 헌터 회사들이 자신들의 힘을 과시하기 위해 정령 소환 대전에 참여해 그 규모가 더 커지고 있었다.

"생각보다 정령 소환 대전이 인기를 끄네요."

"그래, 나쁘지는 않아. 악마와의 전쟁을 대비해서라도 정령 소환 아이템을 잘 다루는 헌터들이 많이 필요하잖아. 알아서 강해지고 있으니 우리 입장에서는 나쁠 게 없지."

아이템을 적정 가격에 판매해 많은 국가에 배급하는 것을 목적으로 삼고 세계에 지부를 설립했다. 아이템의 가격도 가격이었지만 헌터 양성에 소극적인 헌터 회사들이었었다.

하지만 정령 소환 대전이 붐을 일으키자 적극적으로 아이템을 구입하기 시작했고, 생산량이 부족할 지경까지 찾아왔다.

"그건 그렇다 치고, 쓰레기 청소는 어떻게 되어가고 있어?"

이설아를 괴롭혔던 쓰레기를 청소하기 위한 준비를 현수가 맡았다.

"회사의 이름은 동진 헌터예요. 한국에 있는 모든 헌터 회사가 그렇지만, 우리 연구소에 몬스터 사체를 판매하고 있는 회사 중

하나예요. 중소규모의 헌터 회사지만 헌터 협회와 비슷한 시기에 만들어진 헌터 회사 중 하나예요."

"중소규모라면 몇 명의 헌터를 보유하고 있는 거지?"

"150명가량의 헌터를 보유하고 있어요. 그중 상급 헌터는 30명 정도예요."

"그런 회사를 가지고 갑질을 했다는 거지? 하여튼 사람이라는 게 작은 권력만 가지고 있으면 갑질을 하고 싶어서 난리라니까."

"그러니까요. 이미 준비는 마쳤어요. 우리 회사가 거래를 끊고, 보유하고 있는 헌터들을 우리 회사로 스카우트해 버리면 손발이 잘려나가 버리죠. 그리고 협회 차원에서 도움을 주지 못하게 이미 협회장에게 말을 해놓았어요."

"그것 가지고는 부족하잖아."

사람의 인생을 가지고 놀았던 사람들에게는 그에 걸맞은 고통이 어울렸다.

단순히 회사가 망하는 것으로는 터무니없이 부족했다.

"이설아에게 했던 방식 그대로 돌려줘야죠. 빚쟁이들이 얼마나 지독한 사람들인지 스스로 느껴봐야 정신을 차리겠죠."

"좋은 생각이야. 그러면 바로 시작하자."

이설아의 복수였지만 이설아는 모르게 진행했다. 이설아는 사신의 칼을 부상으로 받고 싶어 할 정도로 스스로 복수를 하고 싶어 했다.

하지만 이설아는 현재 우리 회사의 간판이나 다름없었다.

길을 가다가도 이설아를 발견하면 사람들은 서로 종이와 펜을 들고 사인을 받기 위해 기다란 줄을 만들 정도였다. 이설아의 존재만으로도 우리 회사의 이미지는 좋아졌다.

그런 그녀의 손에 피를 묻히게 할 수는 없었다.

우리가 자신의 복수를 대신해 준다고 해서 고마움을 느끼지 않을뿐더러 우리를 욕할지도 모르지만 그녀의 이미지를 더럽힐 수는 없었다.

*   *   *

동진 헌터 회사의 사장인 위동진은 어제와 다르지 않게 해가 중천에 떠서야 회사에 출근했다.

부전자전이라고 했던가? 그의 아들인 위민수 또한 그의 아버지와 비슷한 시간에 회사에 출근을 했다.

위동진은 세상의 흐름을 잘 타서 성공한 사람 중 한 명이었다. 누구보다 빨리 헌터의 가능성을 발견하고는 헌터 회사를 설립해 부를 축적할 수 있었다. 하지만 그의 아들인 위동진은 별다른 능력이 없었다. 사람을 보는 눈이 뛰어난 것도 아니었고, 육체적인 자질 또한 헌터가 될 게 아니었다. 그렇다고 해서 머리가 뛰어난 것도 아닌 전형적인 아버지의 등골을 뽑아 먹는 기생충이었다.

하지만 기생충을 사랑하는 위동진을 등에 업고 왕처럼 행세했다.

그에게 치욕을 당한 여자만 해도 손에 꼽을 수가 없을 정도로 많았다.

위동진은 출근하자마자 위민수의 사무실을 찾았다.

동진 헌터 회사 헌터 관리부 이사 위민수.

이름뿐인 직책이었지만 사장 아버지를 둔 위민수의 사무실은 다른 사무실보다 더욱 고급스러웠다.

어제 마신 술의 숙취가 가시지 않은 위민수는 아버지가 자신의 사무실을 찾아온 줄도 모르고 소파에 드러누워 잠에 취해 있었다.

"아들, 술 그렇게 마시다가 몸 상해."

"아버지 오셨어요. 아! 머리야."

위민수는 늦둥이였다. 손이 귀한 집안이었기에 나이가 40이 훌쩍 넘어서야 가진 위민수를 위동진은 매우 아꼈고, 그가 가지고 싶어 하는 모든 것을 구해 주었다. 그게 돈이 되었든 여자가 되었든 말이다. 하지만 그가 위민수에게 주지 못한 것 하나가 있었다.

이설아.

그녀만은 생각대로 움직이지 않아 위동진은 마음에 걸렸다.

"아버지, 설아는 어떻게 되었어요? 어제도 설아 생각에 참지 못하고 술을 마셨어요. 빨리 그녀를 제 옆으로 데려오고 싶어요."

이설아가 카인트 헌터 회사로 입사한 직후부터 그녀에 대한 마음을 접은 위민수였다.

그녀를 좋아하긴 했지만 카인트 헌터 회사를 건드릴 수는 없었기에 마음을 접은 것이다. 그리고 그녀가 아니라도 세상에는 여자가 많았고, 욕정을 풀기에는 부족함이 없었다.

하지만 정령 소환 대전에서 그녀의 모습을 보는 순간 위민수는 참을 수 없는 욕정을 그녀에게서 느꼈다. 만인의 스타가 되어 버린 이설아를 자신의 배 아래에 깔고 있는 꿈을 매일같이 꿀 정도로 그녀를 가지고 싶어 했다.

"그만 이설아에 대한 욕심을 버리는 것이 어떻겠니? 아버지가 노력을 하고는 있지만 워낙 접근이 용이하지가 않구나."

"이설아를 제 옆으로 데려오지 못하시면 저는 죽어버릴 거예요. 목을 매달아 죽어 버리든, 옥상에서 떨어져 죽어버리든 할 거니까 알아서 하세요."

보통의 아버지였다면 말도 안 되는 투정을 부리는 아이에게 매를 들겠지만 위동진은 자신의 눈을 찔러도 귀여운 아들에게 매를 들 수 없었다. 아니, 그가 싫어하는 말도 하기 싫어했다.

당연히 꾸중 한 번 듣지 않고 자란 위민수는 인하무인이 되어 버렸다.

"우리 회사에서 빌린 돈을 아직 이설아의 집에서 갚지 못하고 있잖아요. 그걸 미끼로 납치해 버리죠. 일단 순결을 저한테 빼앗기면 고분고분해지기 마련이거든요. 자랑은 아니지만 제가 여자 경험이 많잖아요. 저랑 한번 자면 저를 떠날 수가 없거든요."

위민수는 자신의 테크닉에 자신이 있었다. 하지만 그것은 오로지 위민수만 동의하는 생각이었다.

자신의 테크닉에 여자들이 반한 것이 아니라 한 번 빼앗긴 순결에 반항을 포기한 것일 뿐이었다.

"조금 위험하기는 하지만, 네가 그렇게 원하니 그렇게 해줘야지. 우리 집안 정도면 이설아가 시집을 오기에 부족하지 않지 않느냐."

"그렇죠. 가난한 집안에서 동진 헌터 회사의 며느리가 되는 거면 신분 상승의 꿈을 이룬 거나 다름없죠. 지금은 자신의 처지를 제대로 인지하지 못하고 있어서 반항하고 있지만 일단 저와 시간을 보내면 단번에 마음을 돌릴 거예요."

멍청한 아들과 그런 아들의 생각에 동조하는 아버지.

그들은 스스로 지옥으로 가는 길을 만들고 있었다.

*   *   *

위동진과 위민수는 돈을 갚으러 오겠다는 이설아를 회사에서 기다리고 있었다. 물론 그들의 옆에는 회사 헌터들 대부분이 숨어 있었다.

더러운 계획을 실행하기 위해 회사의 헌터들을 동원한 것이었다.

회사의 헌터들도 오늘 무슨 일이 벌어질지 모르고 있었다. 보안이 생명인 일이었기에 부자는 회사의 헌터들에게도 이설아를 납치하겠다는 계획을 제대로 설명해 주지 않았다.

하지만 회사에서 돈을 받아 생활하는 헌터들이니 자신들의 계획을 따라 줄 것이라고 믿어 의심치 않았다.

"손님이 왔습니다."

"들어오라고 하게나."

위 씨 부자는 드디어 찾아온 이설아로 인해 손을 비비며 문이 열리기만을 기다렸다.

천천히 문이 열리고, 국민적인 스타가 되어버린 이설아가 모습을 드러냈다.

"오랜만에 보는구나. 정령 소환 대전의 우승을 축하하네. 그래도 한때나마 우리 회사에서 일했던 헌터가 정령 소환 대전에서 우승을 했다니, 얼마나 기쁜지 모르겠구나."

위동진의 가식적인 인사에 이설아는 전혀 대꾸를 하지 않았다.

"여기 빌린 돈이 있어요. 한 푼도 틀리지 않으니 확인해 보세요."

사기꾼에 당해 빌린 돈이었다. 헌터의 월급으로는 도저히 갚을 수 없는 금액이었다.

이자는 빛보다 빠르게 불어난다. 10억이 조금 안 되는 금액이 몇 달 사이에 20억 가까이 불어났다.

모든 월급을 이자를 갚기 위해 사용해도 이자를 다 갚을 수는 없었고, 빚은 원금의 두 배가 되었다.

"우리 회사로 돌아온다면 빚을 갚지도 않아도 되는데, 생각이 있는가?"

"없습니다."

단호한 이설아는 돈이 든 가방을 책상에 올려두고는 그대로 사무실을 빠져나가려고 했다.

"이거 오랜만에 찾아왔는데 차라도 한잔하고 가야 되지 않겠느냐."

"필요 없어요."

이설아는 문을 열었다. 하지만 문을 통해 나갈 수는 없었다.

많은 헌터들이 문을 지키고 있었고, 사무실 안에서도 숨어 있던 헌터들이 모습을 드러냈다.

"중요한 손님이니 정중히 모시거라."

이설아는 자신이 함정에 빠졌다는 것을 알고 급히 품에 손을 넣어 정령을 소환하려고 했지만 한발 빠르게 움직인 헌터들에 의해 정령을 소환하지 못했다.

냉기의 정령만 소환할 수 있다면 이런 헌터들 정도는 순식간에 정리가 가능했지만 정령을 소환하기 위해서는 시간이 필요했다.

하지만 동진 헌터 회사 소속의 헌터들이 그 시간을 줄 이유가 없었다.

자신들에게 월급을 주는 사장의 명령을 받든 헌터들은 국민적 스타가 된 이설아의 몸에 손을 대는 것에 작은 죄책감을 느끼긴 했지만 그래도 돈의 노예나 다름없는 월급쟁이였기에 이설아를 막을 수밖에 없었다.

이설아는 두 손이 묶인 상태로 위 씨 부자의 앞에 무릎을 꿇었다.

"이제 나도 명분이 생겼네. 그래도 마지막 기회는 주고 싶었는데, 역시나네."

"무슨 말이냐?"

명백한 비웃음을 날리고 있는 이설아의 모습에 위 씨 부자는 위화감을 느꼈다.

"아직도 내가 이설아로 보여?"

긴 생머리는 점점 줄어들었고, 가냘픈 몸은 남자의 몸으로 변했다.

"나 처음 봐? 나름 유명한 사람이라고 생각하고 있었는데."

"카인트 헌터 회사의 최 팀장!"

"아직도 나를 최 팀장이라고 부르는 사람이 있네. 나랑 친해? 나를 최 팀장이라고 부르려면 나랑 친해야 하는데. 나는 당신을 본 적이 없는데 말이야."

팀장이라는 직책으로 자주 불리기는 하지만 공식적인 직책은 상무였다. 그리고 카인트 헌터 회사의 숨겨진 소유주이기도 했다.

당연히 중소규모의 헌터 회사 사장에게 팀장이라고 불릴 이유는 없다.

나와 현수는 동진 헌터 회사를 어떻게 망하게 할지 궁리하고 있을 때 한 장의 서류를 받았다. 이설아의 앞으로 날아온 빚 독촉장.

빚 독촉장을 받는 순간 우리는 이번 계획을 세웠다.

빚을 받고 그냥 넘어갔다면 회사가 망하는 정도로 끝내줄 생각이었다.

하지만 분명 위 씨 부자는 거기에 만족하지 못하고 이설아에게 위해를 가할 것이 분명하다고 생각했고, 그 생각은 맞아

들었다.

"저자를 죽여라!"

아직도 자신이 유리한 상황에 있다고 생각하는지, 아니면 급작스러운 상황에 정신이 나간 건지 나를 죽이라고 명령을 내린 위동진이었다.

하지만 상급 헌터 30명과 하급 헌터 50명가지고 나를 어떻게 할 수는 없다.

나는 고리의 기운을 사용해 내 손을 묶고 있는 밧줄을 풀어 버리고는 그대로 기운을 발산했다.

기운에 고스란히 노출된 헌터들은 제대로 움직이지 못해 위동진의 명령을 수행할 수 없었다.

"가만히 있어. 아까운 헌터들을 내 손으로 죽이고 싶지는 않으니까. 월급쟁이가 무슨 힘이 있겠어. 위에서 하라는 대로 한 죄밖에 없잖아. 가만히 있으면 우리 회사에서 받아 줄 테니까 걱정은 하지 말고. 오늘 조금 소란스러운 일이 벌어질 것 같으니 빨리 퇴근하는 게 좋을 것 같네. 다들 퇴근하고, 내일 우리 회사로 찾아와. 지금 받는 월급보다 많게 계약해 줄게."

동진 헌터 회사 소속 헌터들은 이미 내 기운에 기가 꺾인 상태였기에 순순히 발길을 돌렸다. 그리고 그들의 결정을 돕는 사람들도 건물 밖에 포진하고 있었다.

200명이 넘는 헌터가 동진 헌터 회사를 감싸고 있었고, 그들의 모습을 확인한 동진 헌터 회사 소속 헌터들은 발길을 돌려 회사를 빠져나갔다.

이제는 위 씨 부자를 제외한 동진 헌터 회사 소속 직원은 한 명도 남지 않았다.

　본격적인 게임은 이제 시작이었다.

Chapter 5

다양한 이유

모든 직원들이 썰물 빠지듯이 빠져나가자 이제야 상황을 인식한 위 씨 부자는 서서히 고개가 아래로 내려가고 무릎은 땅에 가까워졌다.

"우리한테 왜 이러는 건가? 계약서! 그래, 우리는 계약서대로 이행했을 뿐이라고!"

위동진은 허겁지겁 책상 아래로 기어가서는 몇 장의 서류를 들고 돌아왔다.

이설아와 그의 아버지가 작성한 서류는 계약서의 모습을 하고 있긴 했다.

사기와 거짓이 적절히 섞여 있는 사기 계약서가 분명했다.

"보자, 이런 계약서가 효력이 있을까? 내가 금융 쪽에 관한 지식은 없긴 하지만, 복리 이자 70%로 사채 계약서를 내밀면 누가 이해를 할까?"

"서명란을 보시면 이설아와 그의 아버지의 서명이 찍혀 있습니다. 분명 효력이 있는 계약서입니다."

"그래? 그럼 이 계약서를 어떻게 적었는지 내가 한 번 맞혀 볼까? 다른 종류의 볼펜으로 계약서가 작성되어 있네. 처음 이설아의 아버지와 계약했을 때는 이자와 관련된 내용을 누락시켰겠지. 아무리 돈이 궁하다고 하더라도 이런 계약서에 사인을 할 멍청한 사람은 없으니까. 일단 서명을 받은 뒤 추가한 내용이 효력이 있을 리가 없잖아."

"법적으로는 전혀 문제가 없습니다. 공식적으로 인증을 받은 계약서입니다."

나는 법적인 지식에 대해서는 잘 몰랐기에 현수를 쳐다보았고, 현수는 내 의도를 파악하고 곁으로 다가와 계약서를 바라보았다.

"정식으로 인증을 받긴 했네요."

"그런 곳도 있어?"

"네, 있어요. 팀장님이야 세상 돌아가는 것에 관심이 없어서 모르겠지만, 한국 헌터 협회가 발전하고, 우리 덕에 한국의 경제 상황이 좋아지면서 정부가 모습을 조금씩 되찾고 있어요. 정부 주도하에 은행을 만들었고, 한국 금융 은행에서 계약서를 공증해 주기도 해요. 한국 금융 은행 인증이 찍혀 있는 걸로 봐서 인증을 받은 계약서이긴 하네요."

현수의 말에 위 씨 부자의 목소리가 조금 높아졌다.

"우리는 정말 계약서대로 이행했을 뿐입니다. 아무리 카인트 헌터 회사가 한국에서 가장 강한 회사라고는 하지만 법대로 사는 사람을 이렇게 핍박해서는 곤란하지 않겠습니까! 이만 돌아가 주십시오. 이설아에 대한 채무 불이행에 관한 사항은 법대로 집행하겠습니다."

현수는 가만히 위 씨 부자의 말을 듣고 있다가 한 마디를 가볍게 툭 던졌다.

"그런데 사실 이런 계약서는 코에 걸면 코걸이고, 귀에 걸면 귀걸이예요. 아무리 한국이 막장이라고 해도 이런 노예 계약서를 공식적으로 인증해 줄 리는 없어요. 공식적으로 인증을 받았다면 한국 금융 은행의 높은 자리에 있는 사람이 돈을 받고 인증해 줬을 가능성이 높죠."

"그래?"

"잠시만 기다려 보세요. 바로 확인해 볼게요."

현수는 휴대용 롱구스를 꺼내 번호를 눌렀다.

"안녕하세요. 카인트. 헌터 회사 재경부 이사 강현수입니다. 다름이 아니라 한국 금융 은행에서 공인을 받은 계약서 하나가 문제라서 연락을 드렸습니다. 확인 부탁드립니다."

한국의 경제 시장 전반을 장악하고 있다고 볼 수 있는 카인트 헌터 회사에서도 돈을 담당하고 있는 현수였기에 아무리 한국 정부에서 주도하고 있는 은행이라고 해도 그를 무시할 수는 없었다.

모든 정보를 알아냈는지 현수는 롱구스를 다시 주머니에 넣고는 말했다.

"이런 계약서를 인증해 준 적이 없다고 하는데요."

"그럴 리가 없습니다. 우리는 정말 한국 금융 은행에서 공증을 받았습니다."

"아! 그리고 계약서를 위조한 회사와 주축 사람들에게는 앞으로 거래를 하지 않겠다고 하네요."

"거래를 안 하면 어떻게 되는데?"

"뭐, 딱히 달라지는 건 없어요. 현재 한국은 땅과 건물에 대한 소유권을 인정하지 않고 있죠. 모든 회사와 사람들은 정부에서 건물을 영구적 혹은 연 단위로 임대를 해서 사용하는 구조로 되어 있어요. 그러니까 앞으로 동진 헌터 회사는 땅과 건물을 소유할 수 없고, 은행에 저금된 돈은 전부 국고로 환수되는 정도겠네요. 물리적으로 타격을 입지는 않으니까. 그렇게 큰 문제는 아닐 거예요. 그리고 이런 회사를 가지고 있는 사람이 믿고 은행에 돈을 넣거나 하겠어요? 비밀 금고에 차곡차곡 모아 뒀겠죠."

"그래? 별일 아니네. 나는 또 큰일이 생기는 줄 알았지."

대수롭지 않게 생각하는 우리와 달리 위 씨 부자는 얼굴이 하얗게 질려 버렸다.

많은 부지와 땅을 가지고 있던 그들이었고, 은행에도 적지 않은 금액을 저금해 두었기에 한순간에 많은 경제적인 손실을 입게 된 것이었다.

하지만 그건 우리가 신경 쓸 일은 아니었다.

그리고 앞으로 그들에게 기다리고 있는 건 지금보다 더한 것들이었기에 지금 그들을 걱정해 주는 건 시기상조였다.

"자! 그렇게 되었다고 하네요. 그러면 이제 이 계약서는 종이 쪼가리가 되는 거네요."

계약서를 수십 등분으로 조각내어 바닥에 뿌렸다.

청소하는 사람이 조금 귀찮기는 하지만 그것도 내가 신경 쓸 일은 아니니까.

"이설아에 대한 채무 이행을 포기하도록 하겠습니다. 이만 돌아가 주십시오."

풀이 죽은 목소리로 말하는 위 씨 부자였지만 그들의 말에 이해가 가지 않는 부분이 있었다.

"돌아가 달라고? 마치 이 건물의 주인이 하는 말처럼 들린다. 이제 이 건물은 정부 소유인데 우리를 쫓아낼 권리가 있나 모르겠네."

"우리가 가겠습니다."

조심스럽게 자리에서 일어나는 위 씨 부자의 얼굴에는 어둠이 가득했지만 지독한 절망은 보이지 않았다.

살아날 구멍을 미리 만들어 두었기에 저런 표정이 나오는 것이다.

모든 것을 잃었다면 막다른 골목에 막힌 생쥐처럼 발악이라도 했을 게 분명했다.

"그래, 그럼 조심히 가봐. 우리는 여기서 할 일이 조금 남아서 말이야. 그럼 앞으로 얼굴 보지 말자고요."

위 씨 부자가 돌아가고 사무실에는 나와 현수만이 남았다. 대부분의 헌터들은 회사로 돌아갔고, 일부 헌터들만이 남아서 동진 헌터 회사의 모든 곳을 뒤졌다.

"딱히 중요한 것들은 남아 있지 않아요. 회사 안에 비밀 금고를 만들지 않은 것 같은데요."

"그렇겠지. 그러니까 순순히 회사에서 발을 옮겼겠지. 뒤에 사람을 붙여. 특별히 은신 능력 아이템을 가지고 있는 헌터들로 말이야."

"알겠어요. 그 부분은 제가 알아서 할게요. 속옷만 빼고 싹 벗겨 버릴 테니 기대하세요."

현수의 얼굴에는 오랜만에 미소가 가득했다.

한 집안을 나락으로 떨어뜨리는 일이었지만 현수는 전혀 죄책감을 느끼지 않고 오히려 재미를 느꼈다.

"그럼 나는 이만 돌아가야지."

"돌아가면 이설아가 난리를 치겠네요. 자신을 쏙 빼고 우리가 동진 헌터 회사를 뒤엎은 걸 알면 꽤나 날뛸 거예요. 그 일은 팀장님에게 맡길게요. 그럼 나중에 봬요."

회사로 돌아와 유카리가 일하는 곳에 잠시 들러 얼굴을 보며 시간을 보냈다.

아직 이설아에게 동진 헌터 회사에 대한 정보가 전해지지 않았는지 그녀가 나를 찾아오는 일은 발생하지 않았다.

해가 어둑해질 때가 돼서야 돌아온 현수와 10명 남짓의 헌터들이 커다란 보자기를 들고 있었다.

"저게 뭐야?"

"위 씨 부자 비밀 금고에 있던 물건들이에요. 얼마나 많이 해처먹었는지 수십억에 달하는 보석하고 아이템을 가지고 있더라고요. 그리고 현금도 있어서 전부 챙겨서 왔어요."

"위 씨 부자는 그 사실을 알고?"

"당연히 모르게 했죠. 위 씨 부자는 회사 건물을 빠져나와 집에서 시간을 보내다가 해가 어두워지니까 지하에 있는 비밀 금고로 들어가더라고요. 우리 헌터들이 고생을 많이 했어요. 제대로 움직이지도 못하고 비밀 금고의 위치를 알아내느라고 얼마나 힘들었겠어요."

"비밀 금고가 집 지하에 있었다면서? 그런데 어떻게 위 씨 부자 모르게 비밀 금고 안의 물건을 가지고 온 거야?"

"수면제를 썼죠. 연구소에서 만든 효과 좋은 수면제를 뿌리니까 10분도 안 돼서 전부 기절하듯이 자더라고요. 일어나면 우리 회사로 달려올지도 모르겠네요."

"이 정도면 충분할까, 아니면 마무리를 확실히 지을까?"

"우리가 할 일은 여기까지인 것 같은데요. 위 씨 부자를 우리 손으로 죽이면 이설아가 우리를 증오할지도 몰라요. 마지막 선택은 이설아에게 맡겨야죠. 그래서 제가 이설아를 불렀어요. 들어와요!"

문이 열리고 이설아가 들어왔다.

문밖에 많은 헌터들의 기운이 있었기에 그중 이설아가 있을 거라고는 전혀 생각하지 못하고 있었다.

사실 내가 이설아를 만나고 싶지 않았다.

그녀를 위해 한 일은 분명하지만 그녀가 원하는 일은 아니었다.

그녀는 스스로 복수를 하고 싶어 했고, 우리는 그녀의 목적을 빼앗아 버린 것이나 다름이 없었다.

"동진 헌터 회사를 파산시켰다고 들었어요. 왜 그러신 거죠?"

역시나 차가운 반응을 보이는 이설아였다. 금방이라도 레이저가 나올 것 같은 이설아의 눈을 차마 마주 보지 못하며 말했다.

"우리 카인트 헌터 회사는 직원들의 복지를 최우선으로 생각하고, 직원들에게 불합리한 일이 생기면 회사 차원에서 대응해 주거든. 이번 일로 복지의 일환으로 시행한 일이니까, 너무 고마워하지 않아도 돼."

이설아는 한참이나 아무런 말을 하지 않았고, 사무실 안에는 어색한 분위기가 조성되었다.

조용한 분위기를 깨고 싶었지만 여기서 내가 입을 연다면 이설아의 입에서 온갖 쌍욕이 튀어나올 것 같았으므로 나를 대신해 현수가 입을 열었다.

"이번 일이 마음에 들지 않을 거라고 생각해요. 하지만 회사의 입장을 조금이라도 생각한다면 우리의 행동을 이해할 수 있을 거예요. 동진 헌터 회사에서 발행한 채무 계약서는 오늘부로 종이가 되었어요. 앞으로 빚을 갚을 필요는 없어요. 회사가 대신 빚을 갚아준 게 아니라 계약서가 위조되었다는 사실을 한국 금융 은행에 인정을 받았기에 계약서는 무효가 되었어요. 원금을 갚을 필요도 없게 된 거죠."

"고마워요."

이설아는 진심이 전혀 담기지 않은 감사의 인사를 했다.

"그러면 이제 어떻게 하실 생각이죠? 이렇게 끝낼 생각은 아니 잖아요."

현수는 조금 더 깊게 파고들었다. 이설아의 입에서 고맙다는 말이 나왔고, 그 뜻은 회사에 더는 책임을 묻지 않겠다는 말이었 지만 그게 끝이 아니었다.

"무슨 말을 하고 싶은 거죠?"

"이대로 덮어 둘 생각이라면 우리도 가만있겠지만 위 씨 부자 에게 더 처절한 복수를 하고 싶다면 우리가 도와주겠다는 말이 죠."

"필요 없어요. 저 혼자 할 수 있어요."

"물론 혼자서도 충분히 가능하겠죠. 회사도 돈도 없어진 위 씨 집안이 이설아 씨를 막을 방법은 없죠. 하지만 다른 사람들 이 그 장면을 목격하게 되면 문제가 돼서 말이죠. 피의 복수를 하고 싶다면 우리가 따로 장소를 제공해 주겠다는 뜻이에요. 다 른 건 일체 간섭하지 않을게요. 어떤 방식으로 복수를 할지는 전 적으로 이설아 씨의 뜻에 달렸어요."

현수가 제시할 수 있는 최고의 절충안이었다.

"피의 복수를 원해요."

이설아는 역시 이대로 끝낼 생각이 없었다. 현수가 나서지 않왔다면 이설아는 그대로 위 씨 부자가 사는 집으로 찾아가 그들의 숨통을 끊어 버렸을 게 분명했다.

어둠이 가득한 밤이긴 했지만 그 장면을 다른 사람이 보기라도 한다면 정령 소환 대전을 통해 만들어진 여신의 이미지가 추락하고 만다.

이설아를 이용할 생각은 없었지만 그래도 이왕 그녀의 이미지를 통해 회사의 이미지를 좋게 하고 있는 상황에서 그녀의 이미지를 추락시킬 필요는 없었다.

"그러면 30분 있다가 지하 연무장으로 찾아오세요. 그동안 준비를 마쳐 놓을게요."

이설아는 대꾸를 하지 않고 사무실을 나갔다.

현수는 문밖에 대기하고 있는 헌터들을 불렀다.

"밤이 깊었는데 추가 업무를 해야겠네요. 잠들어 있는 위 씨 부자를 회사로 데리고 오세요. 은밀하게 데리고 오세요."

헌터들은 현수의 지시에 빠르게 회사를 빠져나갔고, 20분이 지나지 않아 두 개의 포대에 담긴 위 씨 부자를 데리고 회사로 돌아왔다.

지하 연무장은 회사 간부 이상만 출입할 수 있는 비밀 공간이었다.

하지만 지하 연무장을 사용하는 사람은 나와 현수가 전부였기에 다른 사람들의 방문이 거의 없는 공간이기도 했다.

그 장소에 오랜만에 다른 사람이 방문을 했다.

물론 방문자는 지하 연무장을 방문할 생각이 전혀 없는 사람들이었지만 그건 그들의 사정이었다.

밤이 깊었기에 대부분의 헌터와 직원은 침대에서 시간을 보내고 있겠지만 혹시나 하는 상황을 대비해 나는 기운을 이용해 지하 연무장 입구를 봉인했고, 이제는 지하 연무장에 아무도 출입할 수 없게 되었다.

"저기에 있는 사람이 위 씨 부자인가요?"

"직접 확인해 보세요."

이설아는 포대를 열어 2명의 얼굴을 확인했다.

"맞네요."

"조만간 깨어날 거예요. 워낙 효과가 좋은 수면제를 사용해서 아직 정신을 차리지 못하고 있네요. 물을 준비해 뒀으니 지금 당장 깨우셔도 돼요."

현수가 준비한 물은 사용되지 않았다. 이설아는 물 대신 냉기의 정령을 소환해 위 씨 부자를 깨웠다.

"2회 정령 소환 대전 우승도 이설아가 하게 되었네. 정말 독하다니까."

"그러니까요. 1회 때야 아직 정령 소환에 대한 정보가 부족해서 그랬다고 해도 2회까지 이설아가 우승할 줄은 몰랐어요. 한동안은 이설아의 이름이 한국을 뜨겁게 하겠네요."

2회 정령 소환 대전이 끝났다. 이번에도 많은 사람들의 지지를 받는 이설아가 우승을 차지했다.

그녀는 복수를 끝낸 뒤 미친 듯이 수련에 집중했고, 정령을 자신의 수족처럼 조종하는 단계에까지 접어들었다.

그녀가 어떻게 복수를 했는지 궁금한가?

그녀의 복수는 매우 단조롭고 신속하게 끝났다.

위 씨 부자의 두 눈과 혀를 자르고, 손목과 발목 인대를 자르는 것으로 그들의 잘못을 용서했다.

그들을 죽일 거라는 나와 현수의 예상과는 달리 이설아는 위씨 부자를 살려준 것이다.

죽는 게 더 나을 수 있는 모습으로 살아 돌아가긴 했지만, 어쨌든 똥밭에 굴러도 이승이 낫다고 했으니 위 씨 부자에게도 나쁘지 않은 상황이라고 생각했다.

더는 말하지 못하고 글도 적지 못하는 그들의 의견을 알 방법은 없었지만 나는 그렇게 생각했다.

위 씨 부자는 우리 회사를 빠져나온 순간부터 많은 사람들을 찾아갔지만 병신이 되어버린 그들을 도와줄 사람은 아무도 없었고, 그들에게 원한이 있는 다른 사람들의 손에 잘게 갈려져 흙의 양분이 되어버렸다.

벌써 그들이 죽은 지 한 달이 훌쩍 지났다.

이전보다 더욱 사람들의 관심을 받는 정령 소환 대전이었기에 우리는 회사 차원에서 더욱 큰 경기장과 여러 이벤트를 준비했다.

그리고 오늘 1회차 우승자인 이설아가 다시 한 번 왕좌를 들어 올렸다.

길거리를 지나가는 사람들은 모두 이설아에 대한 내용으로 이야기꽃을 피었고, 그녀를 한 번이라도 보기 위해 회사 근처를 기웃거리는 사람들도 몇 트럭이었다.

"중국이랑 일본의 반응은 어때?"

"우리나라와 비슷하죠. 다른 스포츠와는 확연히 다른 정령 소환 대전이니까. 사람들이 좋아할 수밖에 없죠. 각국의 헌터 협회 차원에서 국가 대항전을 열자고 우리에게 요청을 해왔어요. 우리 말고는 국가 대항전을 개최할 능력이 되는 회사가 없어서 요청을 해오긴 했는데 나쁘지 않은 것 같아요. 정령 소환 대전이 인기를 끌면 끌수록 정령 소환 아이템은 더 팔려 나갈 것이고, 다른 나라들의 무장 상태도 지금보다 더 좋아지겠죠."

"일석이조네. 돈도 벌고 악마와의 전쟁을 대비해 무장도 시키고."

"그렇죠. 지금도 공장에서 찍어 내는 물량이 부족할 지경이에요."

"그렇게 부족해? 진짜 하루에 몇 시간씩 공장에 가서 정령 소환 아이템을 활성화시키는데 부족하단 말이야? 정말 광풍이네."

"바쁘면 좋죠. 룽구스 이후 수익이 완만한 곡선으로 상승하고 있었는데 정령 소환 대전 이후 우리 회사의 수익은 가파른 상승 곡선을 그리고 있어요. 국가 대항전까지 벌어지게 되면 지금의 수익보다 배는 더 뛸 게 분명해요."

"그래? 그러면 국가 대항전을 열어야지. 준비는 어떻게 하면 되는 거야?"

"일단은 국가 대항전에 참가할 만한 국가들을 모집해야 하는

데, 현재 우리나라와 우호적인 중국과 일본은 참가하기로 했어
요. 유럽이나 러시아에서는 아직 연락을 받지 못했는데 유럽은
꼭 참가시키고 싶어요."

"유럽은 왜 참가시키고 싶은 건데?"

"이제 우리 지부도 본격적으로 유럽으로 진출해야 되는 시기
잖아요. 현재 유럽에 있는 우리 지부는 규모가 너무 작아요. 롱
구스와 아이템을 판매하는 곳이 우리 지부뿐이라서 안정적으로
수익을 창출하고 있긴 한데 한 방이 필요해요. 그래야 완전히 녹
아들 수 있어요. 그리고 강력한 한 방은 정령 소환 대전이면 될
것 같아요."

"정령 소환 대전에 유럽 팀이 참가한다고 해서 우리 지부에 큰
이득이 갈까?"

"물론 유럽 팀이 참가한다고 해서 크게 달라지지는 않겠죠. 하
지만 정령 소환 대전을 유럽에서 개최한다면 달라지죠. 사람들
은 정령 소환 아이템에 관심을 가질 수밖에 없잖아요. 일단은 초
기 자금은 우리 회사가 투자해야 되겠지만 투자 대비 예상 수익
이 수십 배 이상은 돼요."

"그래? 그러면 해야지. 유럽에서 정령 소환 대전을 하려면 어
떤 절차가 필요한데?"

"일단 일정을 조율하기 위해서는 각국의 헌터 협회와 대화를
나눠 봐야 알겠지만 우리가 정령 소환 대전에 대한 일체의 경비
를 제공한다고 한다면 우리의 뜻대로 정령 소환 대전 일정을 정
할 수 있을 것 같아요."

현수의 생각은 나쁘지 않았다. 아니, 정말 좋았다.

많은 사람들이 정령 소환 대전에 관심을 가질수록 우리의 계획은 앞당겨진다.

악마의 탑의 몬스터들이 점점 강해지고 있기에 악마의 탑에서 아이템을 얻어 오는 빈도가 줄어드는 지금 시점에서 안정적으로 상질의 아이템을 얻을 방법은 우리 회사에서 판매하는 아이템을 구입하는 게 유일했다.

하지만 악마의 탑을 공략하지 않는다면 상질의 아이템이 필요가 없게 된다. 아이템의 질이 국력이었고, 국력이 사용되는 곳은 악마의 탑이 전부였다.

정령 소환 대전은 악마의 탑이 아닌 곳에서 아이템을 사용할 이유를 제시해 주는 대회가 될 것이었다.

*   *   *

대회를 진행하기 위해 현수는 며칠 동안 롱구스를 붙잡고 살았고, 대략적인 일정을 계획할 수 있었다.

최종적으로 정령 소환 국가 대항전에 참가하는 팀은 우리나라와 중국, 일본 아시아권 국가와 유럽 세 팀으로 구성되었다.

우리나라가 워낙 좋은 정령 소환 아이템을 가지고 있었기에 정령 소환 대전에 사용하는 것은 중급 정령 소환 아이템으로 제한했고, 중국과 일본의 선수단을 이동시키는 차량도 우리가 제공하기로 했다. 그리고 유럽에서 정령 소환 대전을 개최하기 위한 금액도 우리가 일체 부담하기로 했다.

유럽은 그냥 땅만 빌려주고 축제를 열 수 있게 되었기에 우리의 제안을 받아들였다. 그리고 유럽 헌터 협회에 특별히 중급 정령 소환 아이템 50개를 무료로 제공해 주었다.

아직 정령 소환 아이템에 대한 이해가 부족한 유럽이었기에 아이템이라도 미리 제공해 줘야 구색이 맞는 것이었다.

각국은 국가 대항전에 참가할 소환사를 모으기 위해 예선전을 치렀고, 우리도 3회 정령 소환 대전 겸 국가 대항전 참가자를 선발했다.

당연히 이설아가 가장 먼저 한자리를 차지했고, 다른 4명도 추가로 선발할 수 있었다.

국가 대항전도 두 개의 방식으로 진행하기로 약속되었다.

개인전과 단체전.

단체전은 5명의 사람으로 구성되었다. 더 많은 정령 소환사들이 전투를 치르는 것이 보기에도 좋았고, 나중에 악마와의 전쟁이 반발했을 때도 효율이 좋았지만 유럽을 생각해서 5명으로 제한을 두었다.

짧은 시간에 준비해야 해서 5명 이상의 능력이 뛰어난 정령 소환사를 구할 수 없을 것 같았기에 이번 대회는 5명으로 단체전을 진행하기로 했다.

이번 정령 소환 대전이 흥행한다면 다음번에는 단체전의 참가 인원 제한을 더 늘릴 생각이었다.

그렇게 국가 대항전을 준비하는 동안 아시아권의 국가들과 유럽은 정령 소환 대전에서 승리하기 위해 많은 노력을 했고, 드디어 그 시간이 찾아왔다.

"다른 일이 생기지는 않겠지? 이번 대회가 유럽에서 벌어지고, 유럽 헌터 협회가 안전을 약속한다고는 하지만 아시아인들을 얕보는 경향이 있는 유로피안들이 참가자들에게 돌을 던지지는 않겠지?"

"설마 그러겠어요. 인종 차별이 그렇게 심하지는 않을 거예요. 그리고 이번 대회를 특별히 독일에서 개최하기로 했잖아요. 독일은 다른 국가보다 인종 차별이 심하지 않으니 그런 문제는 발생하지 않을 거예요."

독일에서 국가 대항전이 개최되는 이유는 여러 가지가 있겠지만, 가중 큰 이유는 유럽에서 가장 국력이 강했고, 당연히 우리의 가장 큰 고객이 될 가능성이 있기 때문이었다.

그리고 정령 소환 아이템에 대한 관심도 가장 높은 국가였다.

우리는 일본에 배를 보내 국가 대항전에 참가할 5명과 예비 인원 2명, 그리고 그들을 서포트해 주는 인원까지 총 30명의 인원을 한국으로 데리고 왔고, 그들과 함께 중국으로 이동했다.

아시아권 참가자들의 안전은 우리가 보장해야 했기에 우리 회사 헌터들 50명을 선발해 같이 이동시켰다.

중국에 빠르게 도착해 흑룡회에서 선발한 인원들까지 데리고 대회가 벌어지는 유럽으로 이동했다.

차량은 계속해서 개량되어 최고 시속 500km까지 나왔지만 워낙 먼 거리를 이동해야 했기에 우리는 한 달이 넘는 시간을 차에서 보내야 했다.

이동하는 동안에도 수련할 수 있게끔 하루에 한 시간 이상을 수련 시간으로 보장해 주었다.

대형 버스가 집처럼 느껴질 때가 되어서야 우리는 유럽에 도착할 수 있었고, 유럽에 도착해서도 일주일이 넘게 더 달려서야 독일에 도착할 수 있었다.

"드디어 독일에 도착했네. 지겹다, 지겨워. 이렇게 오래 차를 타고 이동한 적은 처음이다. 비행기가 있으면 하루 만에 올 거리를 얼마나 걸려서 온 거야."

"그래도 대형 버스가 있으니 이렇게 왔죠. 버스가 없었으면 올 생각도 못 했을 거예요."

"어쨌든 한국으로 돌아가면 차량 개조에 신경을 좀 써야겠어. 지금 속도보다 두 배는 빨라야 여행 다닐 만하지 않겠어."

"그렇게 되면 좋긴 하죠. 지금은 국가 대항전에 집중하자고요."

우리가 도착하자 독일 헌터 협회에서 마중을 나왔고, 우리는 나름 깔끔한 숙소를 배정받았다.

정령 소환 대전 포스터가 도시 곳곳에 붙어 있었다.

사람들의 관심도 그렇게 나쁘지는 않은 편이었다.

하지만 우리는 이번 정령 소환 대전에 많은 투자를 했기에 본전을 뽑으려면 열광적인 반응이 있어야 했다.

어떻게 하면 유럽 사람들이 열광할 수 있을까?

많은 고민을 했고, 그 답을 찾았다.

"바로 설치할까요?"

"그래야지. 일단은 유럽 곳곳에 동시에 중계를 하려면 지금 당장 설치해야지."

우리가 준비한 건 바로 정령 소환 대전 경기장을 생중계할 수 있는 아이템이었다.

이 아이템은 중국 흑룡회 남부 지부를 뒤엎기 위해 사용했던 적이 있는 라이드의 눈을 개조한 것이었다.

라이드의 눈은 본체의 한 개의 눈을 이용해 다른 99개의 눈에서 보이는 장면을 확인할 수 있는 아이템이었다.

하지만 나와 연구소의 노력으로 인해 반대의 능력을 가지게 만들 수 있었다. 1개의 눈에서 나오는 장면을 다른 99개의 눈에서 볼 수 있게 하게 만드는 데 성공했다. 즉 99개의 장소에 동시에 생중계할 수 있게 된 것이다.

여기서 끝이 아니었다.

99개의 눈을 이용해 경기장을 볼 수 있다고는 하지만 그 인원은 한정적이다.

한 손에 들어오는 작은 크기의 눈을 통해 몇 명이나 경기를 볼 수 있겠는가.

그래서 만든 것이 라이드의 눈을 대형 전광판으로 볼 수 있게끔 하는 아이템이었다.

라이드의 눈을 개조하는 것보다 대형 전광판을 전송하는 시스템을 만드는 것이 더욱 힘들었다.

우리는 독일 헌터 협회의 도움을 받아 유럽 각지에 라이드의 눈과 전광판 아이템을 이동시켰고, 모든 설치가 끝나면 경기가 진행될 것이었다.

준비를 하는 동안 정령 소환 대전에 참가하는 참가자들은 실력의 절반을 감춘 채 연습 경기를 했고, 서로의 실력을 확인했다.

많은 것을 숨긴 채 한 연습 경기였지만 한국보다 더 정령을 잘 조종할 수 있는 참가자는 없다는 것을 대번에 알 수 있었다.

이번 정령 소환 대전의 우승을 한국이 할 것이라는 걸 의심하는 사람은 없었다.

하지만 우리는 우승보다 더 중요한 일이 있다.

정령 소환 대전이 흥행을 하기 위해서는 한국이 압도적인 실력 차이로 우승하는 것보다 박진감 넘치는 경기가 필요했다.

그렇게 하기 위해 우리는 특별히 우리 회사 정령 소환사들에게 언질을 해주었고, 우리 회사 소환사들은 아슬아슬하게 경기를 이기겠다고 약속했다.

연습 경기를 구경하는 관람객들에 의해 입소문은 더욱 빠르게 퍼져 나갔고, 모든 준비가 끝난 시점에는 유럽의 많은 국민들이 정령 소환 대전에 관심을 가지게 되었다.

유럽에서 나름 대부호에 속하는 사람들은 직접 독일로 찾아와 경기를 관람하는 열정을 보이기도 했다.

경기가 끝나고 정령 소환 아이템의 가치를 알게 되면 바로 구입을 하기 위한 행보이기도 했다.

정령 소환 국가 대항전이 열리는 곳은 10만 명이 들어올 수 있는 규모의 경기장이었다.

몬스터 범람 이전에야 이런 규모의 경기장이 있긴 했지만, 지금은 이런 경기장을 보기 힘든 실정이었다.

우리는 이 경기장을 만들기 위해 많은 돈을 독일 헌터 협회에 투자했고, 독일 헌터 협회는 돈을 횡령하지 않고, 경기장을 완벽히 만들어내었다.

역시 러시아 헌터 협회와 달리 믿을 만한 독일 헌터 협회였다.

물론 우리 회사의 금 같은 돈을 횡령했다면 내가 직접 독일 헌터 협회를 뒤집어놓았겠지만 말이다.

"이제 시작이네요. 오프닝을 구경하실 생각이세요?"

"가야지. 내가 언제 이런 구경을 하겠어."

오프닝은 매우 성대하게 진행되었다.

유럽 각지에서 올라온 공연 팀의 공연은 사람들의 눈을 즐겁게 했고, 잔잔하게 퍼지는 음악은 사람들의 귀를 정화시켜 주었다.

개회식이 개최되고 많은 관중들이 경기장 안팎에서 최근 들어 보지 못했던 축제의 장을 즐기고 있었다.

성대하게 끝난 개회식이었지만 사람들은 집으로 돌아가지 않고 정령 소환 대전에 대한 기대를 키우며 술잔을 기울였다.

곡식이 귀한 세상이었기에 여러 국가들이 술을 만드는 것을 법으로 막았지만 이번만큼은 맥주의 나라답게 술을 주조하는 것을 허락했고, 오랜만에 맛보는 맥주의 맛에 사람들은 밤잠을 포기하고 펍에 모여 그동안의 애환을 풀었다.

그리고 나도 오랜만에 맥주를 마셨다. 물론 들떠 있는 사람들이 있는 펍이 아니라 회의장에서였지만 술맛은 크게 다르지 않을 것이다.

"유럽에서 정령 소환 대전을 개최해 주셔서 감사합니다. 경기장은 물론이고, 시설과 진행 관련된 자금 전체를 지원해 주신 것도 정말 감사합니다."

"아닙니다. 우리도 정령 소환 대전에 대한 관심이 높아지면 높아질수록 이득이 생기니 크게 신경 쓰지 않으셔도 됩니다. 그것보다 이번 정령 소환 대전이 잘되어야 할 텐데 걱정이네요."

회의장에 있는 사람들은 나와 현수를 제외하면 얼굴에서 나이가 묻어 나오는 사람들이었다.

이들은 유럽 헌터 협회에 속해 있는 임원들로서 다들 각국의 헌터 협회장을 맡고 있거나 그에 상응하는 직책에 있는 사람들이었다.

많은 사람들이 모였기에 우리를 바라보는 눈빛도 여러 개였다.

어떤 사람은 우리를 우호적으로 보고 있었고, 어떤 사람은 우리를 경계했고, 또 어떤 사람은 우리가 가진 것을 욕심냈다.

그렇다고 해서 우리에게 우호적인 사람만 남기고 다 처리할 수는 없다.

우리의 것이 욕심난다고 해서 우리를 건드린다면 다르겠지만, 그런 생각을 품었다고 해서 공격적으로 나가기에는 그들이 가진 전력이 아까웠다.

악마와의 전쟁이 얼마나 남았는지 모르는 시점에서 헌터 한명이 아쉬운 실정이었다.

"이번 정령 소환 대전을 시작으로 우리 회사는 유럽 각국에 지부를 만들고 싶습니다. 이미 몇 개의 국가에 지부를 만들기는 했지만 그 수가 적고 규모도 초라한 수준입니다. 롱구스와 천사의 눈물, 그리고 정령을 소환할 수 있는 아이템까지 판매하려면 유럽 헌터 협회의 지원이 필수적입니다."

말로 천 냥 빚을 갚는다고는 하지만 말과 함께 빛나는 것을 주면 효과는 더욱 좋다.

현수는 준비한 아이템을 각국의 헌터 협회장들에게 나누어 줬다.

최소 B급 이상의 아이템이었다. B급 아이템은 우리 회사를 제외하면 거의 구할 수 없는 상질의 아이템이다. 그리고 요즘 들어 악마의 탑의 몬스터들이 강해졌기에 C급 아이템마저 구하기 쉽지 않았다.

그리고 정령 소환 능력까지 포함되어 있는 아이템이었기에 이 아이템 하나의 가치는 고층 건물 하나의 가치보다 크면 컸지 절대 작지 않았다.

"뭐 이런 걸 다 주시고. 허허허."

말과 행동은 전혀 달랐다. 각국 협회장들은 말로는 사양을 하면서 혹여나 아이템을 다시 빼앗아 갈까 봐 품에 꼭 안아 들었다.

"우리 지부는 상생을 목적으로 하고 있습니다. 물론 회사의 목적이 돈을 버는 것이기는 하지만 우리는 최소한의 수익을 목적으로 하고 있습니다. 아이템 판매 수익의 일정 부분을 각국의 헌터 협회에 세금 형식으로 지원하겠습니다. 그리고 아이템의 가격도 각국의 헌터 협회장과 상의하에 책정하도록 하겠습니다. 물론 터무니없이 낮은 금액으로 아이템을 판매할 수는 없지만 수익이 남는 선이라면 수용하도록 하겠습니다."

아이템이 낮은 가격으로 책정되면 많은 사람들이 아이템을 사용할 수 있다.

그렇다면 당연히 각국의 헌터 협회는 아이템의 가격을 낮추는 게 이득이었다.

하지만 그렇게 할까?

그러지 않을 것이다. 아이템의 수익의 일부가 헌터 협회로 들어가기에 헌터 협회들은 오히려 한국에서 판매하는 아이템보다 더 높은 가격을 책정할지도 몰랐다.

하지만 우리 지부에서 파견 나가는 직원들이 가격을 조절할 것이고, 한국과 비슷하거나 조금 낮은 가격으로 아이템은 유럽 각지로 팔려나갈 것이다.

한국에서 생산하는 아이템의 양이 많았고, 충분한 재고가 창고에 쌓여 있지만 유럽 여러 국가에 지부를 만들면 순식간에 재고는 바닥이 나고, 물량 부족 현상에 빠질지도 모른다.

공장의 수를 늘리고, 기능공들을 더 고용하는 한이 있더라도 유럽에 아이템을 공급해야만 했다.

유럽의 국력이 강해지면 악마와의 전쟁에서 유리해지니까 말이다.

"우리는 카인트 헌터 회사의 지부가 우리 나라에 생기는 것을 찬성한다네."

"우리도 찬성하네."

"찬성일세."

회의장에 있는 모든 협회장들이 우리 회사 지부가 들어오는 것을 환영했다.

돈이 들어올 구멍이 막힌 지금 우리 지부가 주는 지원금은 그들에게는 사막의 오아시스나 다름없었다.

"그러면 정령 소환 대전이 끝나는 대로 바로 인원을 파견 보내도록 하겠습니다. 우리 회사 지부가 있을 만한 건물은 각국의 헌터 협회에 부탁드리겠습니다."

몬스터가 생겨나기 이전에는 한국을 빠져나가 해외로 취업하고 싶어 하는 사람은 많았고, 대기업이나 중견 기업에서도 영어 점수가 필수적이었기에 유럽 문화에 익숙한 사람들은 한국에 많이 있었다.

헌터나 연구원이 될 자격이 부족한 사람들 중 큰돈을 벌고 싶어 하는 사람이 많았기에 많은 보수가 약속된 해외 지부로의 파견을 원하는 사람은 충분했다.

"역시 독일의 맥주는 맛이 좋네요. 오랜만에 맥주를 마시는 것이기도 하지만 이렇게 맛있는 맥주는 처음입니다."

"맥주는 우리 벨기에가 독일보다 더 다양한 맛을 가지고 있다네!"

지부 확장에 대한 문제가 끝나자 나는 분위기를 전환하기 위해 맥주 맛을 칭찬했지만 유럽의 맥주에 대한 자부심을 생각지 못해서 한참 동안이나 각국의 맥주 맛에 대한 토론을 듣고 나서야 회의장을 빠져나올 수 있었다.

*   *   *

독일에서 열린 정령 소환 대전은 역시나 한국의 우승으로 끝났다.

중국의 흑룡회와 일본에서 선발된 소환사들, 그리고 이제 막 정령 소환에 대한 개념이 잡힌 유럽의 소환사들이 벌인 정령 대전은 역시나 유럽 국민들의 관심을 독차지하기에 충분했고, 벌써부터 정령 소환 아이템에 대한 문의가 폭주했다.

한국의 정령 소환사들은 최대한 실력을 감추고 대전에 임했지만 숙련도의 차이가 워낙 심했기에 어렵지 않게 우승을 차지했다.

하지만 결승전에서 선보인 화려한 기술의 향연에 경기장뿐만 아니라 전광판이 설치된 모든 도시의 사람들이 열광했다.

"얼마나 팔려 나갈 것 같냐?"

"그걸 몰라서 물어보시는 거예요? 당연히 있는 만큼 팔려 나가죠. 선 주문이 들어온 양만 해도 우리 재고를 넘어요. 중급 정령을 소환하는 아이템은 물론이고 하급 정령을 소환하는 아이템도 서로 가지려고 난리인 판국에 질문이 뭐가 그래요."

"그냥 한번 물어본 거야. 그래, 만족스럽냐?"

투정 섞인 말을 하고 있는 현수였지만 그의 얼굴에는 숨길 수 없는 기쁨이 가득했다.

회사의 성장에 항상 목말라 있는 현수에게 배 속까지 시원해지는 물을 부어준 격이었다.

유럽에서의 일정은 이렇게 끝났다.

지부의 건설은 물론이고, 각국의 헌터 협회와의 인연을 만들었기에 많은 시간을 투자한 것이 헛되지 않았다.

우리는 올 때와 마찬가지로 중국을 거쳐 흑룡회의 소환사들을 복귀시켜 주고는 한국에 도착했다.

일본의 소환사들도 우리 회사에서 이틀간의 휴식을 취하고는 고국으로 돌아갔다.

"아이템 생산에 박차를 가해야겠어요. 물 들어올 때 노를 저어야죠."

"들어온 물은 언제 빠지는 건데?"

아이템을 만드는 것은 그렇다 쳐도 정령 소환진을 활성화하는 작업은 나와 현수만이 가능했다.

현수는 회사의 경영에 신경을 써야 했기에 대부분의 아이템은 내 손에 의해 소환진이 활성화되었다.

지금도 눈을 뜨면 공장에 출근해 많은 시간을 보내고 있는 판국에 공장이 더 늘어나면 공장에서 숙식을 해결해야 할지도 몰랐다.

"언제 물이 빠지냐고요? 악마와의 전쟁이 끝나면 빠지겠죠. 그동안 고생 좀 하세요. 사실 팀장님이 딱히 할 일도 없잖아요. 회사를 생각하면 창립주인 팀장님이 열심히 일을 해야죠. 밑의 사람들만 시키는 건 악덕 고용주나 하는 짓이라고요. 왜요, 악덕 고용주가 되고 싶으세요?"

"응, 그게 내 꿈인데."

"헛소리 그만하고 얼른 공장으로 가세요. 일주일 안에 새로운 공장을 더 가동시킬 테니까. 그런 줄 알고 계세요. 어디서 작업자들을 모집해야 하나 모르겠네."

나를 뒤로하고 작업자들에 대한 생각에 빠진 현수에게 나는 아무런 말도 하지 못했다.

사실 현수가 하는 일은 회사의 발전과 악마와의 전쟁을 위한 일이었기에 내가 거부할 이유가 없었다.

그래, 미친 듯이 일해보자. 지금이 아니면 언제 이렇게 또 일해 보겠어.

하지만 이 각오는 정확히 두 달이 지나 금이 가고 말았다.

"현수야! 하루 이틀도 아니고, 두 달 동안 공장에서 감금당하듯이 일만 했는데 물량이 줄어들기는커녕 하루가 다르게 늘어나는 게 말이나 되냐? 나 진짜 과로로 쓰러지면 책임질 거냐?"

"팀장님이 과로로 쓰러진다고요? 차라리 위용욱이 고기를 끊었다는 말이 더 현실성 있겠네요. 세계에서 가장 강한 기운을 가지고 있는 팀장님이 다른 노동자들도 다 하는 작업을 하면서 쓰러질 리가 없잖아요."

"말이 그렇다는 거지. 어쨌든 이건 좀 심하잖아. 공장 밖을 나가본 기억이 없을 지경이다."

"덕분에 유럽에 보내는 물량을 채울 수 있었잖아요. 현재 회사의 수익은 저번 분기 기준 4배 이상을 내고 있어요. 그리고 유럽의 무장 수준도 이전에 비해 확연히 좋아지고 있어요. 그리고 유럽 헌터 협회와 우리 회사와의 관계가 더욱 깊어지고 있기도 하고요. 이제 조금만 더 고생하면 악마의 탑으로 들어가 몬스터를 강하게 만들고 있는 악마를 찾아 나서도 될 것 같아요."

"그게 언젠데? 솔직히 이미 우리가 예상했던 수준을 훨씬 넘어섰잖아. 지금 유럽에 아이템을 제공해 주는 건 돈 때문이잖아."

"아시는 분이 왜 이렇게 민감하게 반응하세요. 악마와의 전쟁을 위해서는 유럽이 강해져야 한다면서요. 현재 유럽의 무장 상태가 좋아졌다고는 하지만 악마와의 전쟁을 대비하면 부족한 거 아니었어요?"

"그렇긴 하지……."

"그러면 잔말 말고 공장으로 돌아가세요. 어서요!"

"뭔가 위치가 바뀐 것 같은데."

"위치가 중요한 게 아니라 맡은 일을 성실히 하는 게 중요하죠. 어서 움직이세요."

기계의 부품이 되어 두 달 동안 공장에서 보내고 나서야 나는 부품이 아니라 사람으로 돌아올 수 있었다.

"이제는 유럽의 무장 상태도 좋아졌고, 물량이 안정세에 접어들었으니 여유가 생겼어요."

"그래? 그럼 당장 악마의 탑으로 들어가자. 몬스터가 강해지는 속도가 점점 빨라지고 있어. 악마의 탑 1층에서 나오는 몬스터의 수준이 2층의 몬스터와 비슷해졌다며.”

공장에서 대부분의 시간을 보냈지만 정보에 소홀하지는 않았기에 악마의 탑의 몬스터들이 성장하는 속도를 체크할 수 있었다.

악마와의 전쟁을 대비한 준비가 대략적으로나마 되었기에 한시라도 빨리 악마의 탑으로 들어가 몬스터를 성장시키고 있는 악마를 잡아 죽여야 했다.

그리고 머리끝까지 쌓여 있는 스트레스도 풀고 싶었다.

어떤 악마가 몬스터를 성장시키고 있는지는 모르겠지만 미리 애도를 표하고 싶었다.

“최대한 고통스럽게 죽여주마.”

“무슨 소리세요?”

“그런 게 있어. 얼른 가기나 해.”

*   *   *

악마의 탑의 전반적인 상황을 직접 느껴 보고 싶었기에 악마의 탑을 자유롭게 이동할 수 있는 아이템을 사용하지 않고 1층으로 들어갔다.

“슬라임이네요. 그런데 슬라임이 원래 이렇게 컸던가요?”

“그럴 리가 없잖아. 보통 슬라임이라면 축구공만 한데, 이놈들은 두 배는 더 커 보여. 정말 몬스터들이 빠르게 성장하고 있긴 하네. 현수야, 상대해 봐.”

닭 잡는 데 소 잡는 칼을 사용하기는 그랬기에 슬라임 사냥을 현수에게 맡겼다.

덩치가 커지고 힘이 강해진 슬라임이었지만 현수의 능력을 감당하기에는 역부족이어서 빠르게 정리되었다.

"확실히 덩치만 커진 게 아니라 전반적인 능력치가 높아졌어요. 이대로 두면 1층에서 죽어나가는 헌터들이 생겨나겠어요."

"그러니까 우리가 여기에 왔지. 이번에 무조건 그 악마 놈을 처리한다."

어떤 모습을 하고 있는 악마이고, 몇 층에 있는지도 모르지만 무조건 처리해야 했다.

우리는 차근차근 악마의 탑을 밟아 올라갔고, 마족이 서식하는 악마의 탑 6층에 도착했다.

몬스터는 강해졌지만 마족의 능력은 그대로였고, 마족보다 몬스터를 상대하기가 더 까다로운 말도 안 되는 상황이 눈앞에 펼쳐졌다.

"아무리 마족 중에서 능력이 뛰어나지 않은 마족이라고는 하지만 몬스터보다 약하다니, 자존심이 많이 상하겠어."

눈앞에 쓰러진 마족에게 가벼운 격려를 해주고는 그의 목숨을 끊었다.

"이제 7층으로 가야 하네요. 드디어 악마의 얼굴을 직접 보겠군요."

오랜만에 찾아온 악마의 탑 7층은 확실히 다른 분위기를 풍기고 있었다.

"미리 기운을 사용할 준비를 하는 게 좋을 거다. 언제 어떻게 공격이 들어올지 모르니까."

"이미 그러고 있어요. 정령도 소환을 하는 게 좋겠죠?"

정신계 정령이 악마에게 통할지는 미지수지만 현수의 안전을 위해서는 상급 정령의 힘이 도움이 되길 바라야 했다.

"7층에 있는 악마가 악마 중에는 가장 약하니까 너무 긴장하지는 마. 네 능력이면 충분히 버틸 수 있을 거야."

"저도 그러고 싶은데 심상치 않은 기운이 느껴지네요."

"너도 느꼈냐?"

심상치 않은 기운의 주인이 있는 곳을 향해 이동했고, 그 주인공의 모습을 확인할 수 있었다.

기형적으로 생긴 얼굴과 몸매.

흐물거리는 팔과 다리는 연체동물을 연상케 했다.

"악마가 원래 저렇게 징그럽게 생겼어요?"

"듣는 악마 기분 나쁘게 면전에 대고 그런 말 하면 좀 그렇지 않냐. 그런데 나도 저렇게 못생긴 악마는 처음이네. 내가 만나본 악마 대부분은 아름다운 외모를 가지고 있거나, 아니면 역동적인 모습이었는데 이렇게 못생긴 악마는 나도 처음 봐."

이미 내가 이계에서 악마의 탑을 경험했다는 것을 알고 있던 현수는 악마의 외형에 대해서 물은 적이 있었다.

보통의 악마들은 연예인급의 외모를 가지고 있는 인간형의 악마이거나, 근육이 가득한 동물의 형상을 하고 있었다.

하지만 지금 보는 악마는… 못생겼다.

"감히 인간 따위가 내 외모를 평가하다니! 죽인다!"

악마는 대화를 엿듣는 나쁜 취미가 있는지, 우리의 대화를 듣고 혼자 화를 내며 달려들었다.

"못생겼는데 성격도 나쁘네. 아마 악마 사이에서도 왕따를 당할 것 같은데."

뜨끔!

악마의 몸이 잠시 주춤거렸다.

내 말이 정곡을 찌른 것이다.

"정말 왕따야? 악마도 왕따를 당해? 이것도 처음 알았네."

"왕따가 아니다! 내가 다른 악마들을 따돌리는 것이다!"

"그걸 왕따라고 하는 거지."

왕따 악마는 현실을 부정하고 싶은지 바른 말을 하는 나를 향해 달려들었다.

악마의 기운은 약하지 않았다.

아무리 따돌림을 당하고 있다고는 하지만 악마는 악마였다. 몬스터와는 비교하지도 못할 정도의 마기를 몸에 지니고 있었다.

하지만 고리의 기운을 가지고 있는 내 상대는 되지 않았고, 현수에 비해서도 그렇게 우월한 기운을 가지고 있지도 않았다.

"현수야, 네가 한번 상대해 볼래? 고리의 기운과 정령이면 충분히 상대해 볼 만해 보이는데."

"그럴까요?"

현수는 이미 소환한 상급 정신계 정령과 극성으로 끌어 올린 기운을 몸에 두르고는 달려오는 악마의 앞을 가로막았다.

처음 악마를 상대하는 것이기에 긴장한 기운이 역력해 보였지만 한편으로는 설레 보였다.

현수한테는 실전 경험이 필요하지.

악마와 현수의 대결이 시작되려고 하는 지금 무언가 찜찜했다.

괜히 가슴이 답답하고 숨이 가빠지는 기분.

악마의 탑으로 들어오기 전 결심했던 것이 떠올랐다.

'공장에서 받은 스트레스를 악마에게 다 풀어 주겠다! 그것도 가장 잔인한 방법으로!'

가슴이 답답해지고 숨이 가빠지는 이유는 몸속에 쌓여 있던 스트레스 때문이었다.

현수의 실전 경험도 중요하지만 일단은 스트레스 해소부터 하자.

"현수야, 잠깐만 뒤로 비켜 봐. 내가 먼저 악마를 상대하는 게 좋을 것 같아. 악마가 어떤 기운을 가지고 있는지, 그리고 어떤 방식으로 전투를 하는지 지켜보는 게 너한테 더 나을 것 같아."

"네? 갑자기 저를 걱정해 주는 거예요? 팀장님이 그럴 리가 없는데."

예리한 놈.

현수는 찝찝한 표정을 하고는 뒤로 물러났고, 소환한 정령을 옆에 대기시키고는 나와 악마의 결투를 관람할 자세를 취했다.

"오랜만에 악마를 상대로 손을 풀어보네. 어이, 왕따 악마 친구. 너무 급하게 움직이지 말지."

"내가 무서운가?"

"무섭긴, 너무 빨리 끝나면 내가 스트레스를 풀 시간이 줄어드니까 하는 말이지. 너같이 뼈도 없는 놈이 뭐가 무섭겠냐."

"죽여 버리겠다!"

"말만 하지 말고 행동으로 보여줘 봐."

악마도 사람과 다르지 않게 흥분하게 되면 동작이 커지기 마련이다.

허점 가득한 움직임으로 흐물흐물한 팔을 뻗는 악마의 공격에 하품이 나올 지경이었다.

아무리 7층의 악마라고는 하지만 허점투성이였다.

물론 오염된 정령의 기운을 흡수하지 못했다면 이렇게 여유 있게 상대하지 못했겠지만 현재 내 몸에는 전성기보다는 못하지만 강한 고리가 자리 잡고 있는 것은 사실이었다.

"어이쿠, 하마터면 잠들 뻔했네."

악마의 팔을 아슬아슬하게 피해내면서 한마디를 던졌다.

악마는 그런 나의 행동이 마음이 들지 않는지, 아니면 속에 화가 가득해서 그런지 더욱 거칠게 몸을 움직였다.

팔은 물론이고, 다리와 몸통을 이용해 공격했지만 움직임이 커지면 커질수록 허점 또한 많아졌다.

"이제 슬슬 나도 공격을 해볼까. 입 꽉 닫고 있어. 몸에 뼈도 없는데 이빨까지 날아가고 싶지 않으면 말이야."

아까부터 성가시게 움직이는 팔이 거슬렸다. 공격해 들어오는 악마의 팔을 한 손으로 붙잡고는 몸에서 분리시켜 주었다.

생각보다 피부가 질겼지만 고리의 기운으로 능력치가 상승되었기에 분리 작업은 순조롭게 진행되었다.

"그래도 재생 능력은 탁월하네. 하긴 왕따를 평생 당했으면 얼마나 많이 맞고 살았겠어. 그러니 방어력과 재생력이 높을 수밖에 없지."

악마의 재생력은 상당했다.

마치 전투 도중 천사의 눈물을 계속 섭취하는 것처럼 잘려나간 팔이 순식간에 돋아났다.

그리고 아무리 약하게 휘두른 주먹이라고는 하지만, 고리의 기운이 들어 있는 공격을 맞고도 버티는 것으로 보아 방어력도 뛰어나 보였다.

"고맙다! 살아 있는 샌드백을 구하고 싶었는데, 딱 좋네."

보통의 샌드백은 오랫동안 사용하거나 강한 충격을 받으면 찢어지거나 파손되기 마련이었다.

하지만 지금 두드리고 있는 샌드백은 자체 수리 기능이 있는 고성능이어서 나는 공장에서 쌓인 스트레스를 샌드백에게 원 없이 풀어내었다.

얼마나 샌드백을 두드렸을까?

정신을 차리자 현수의 목소리가 들려왔다.

"팀장님, 이제 그만하세요. 이미 정신을 잃었는데 더 해서 뭐해요."

"응, 벌써?"

"벌써라니요. 배도 안 고프세요? 3시간이나 일방적으로 때렸어요. 아무리 인간이 아닌 악마라고는 하지만 악마도 인권이 있잖아요. 마권이라고 해야 되나? 어쨌든 이제 그만하세요. 몬스터를 성장시키는 악마를 한시라도 빨리 찾아야 한다면서요. 이 악마에게 정보를 구하든가, 아니면 다음 층으로 넘어가든가 해야지요."

"그렇지. 잠시 깜빡하고 있었어. 오랜만에 악마를 상대하는 거라 잠시 이성을 잃었네. 방어력과 재생력이 좋은 악마니까 금방 정신을 차릴 거야."

고통에 익숙해져 있는 악마를 깨우기 위해 나는 악마의 얼굴에 찬물을 들이부었다.

눈은 떴지만 여전히 정신을 차리지 못하고 헤롱거리는 악마에게 현수가 다가갔다.

"정신계 정령을 사용해도 될 것 같은데요. 지금 상태라면 충분히 가능할 것 같아요."

정신계 정령은 환각을 보여주거나, 정신을 조종하는 능력을 가지고 있었다.

하지만 정신을 조종하는 능력을 사용하기 위해서는 압도적인 정신력이 있어야 했다.

인간에 비해 정신력이 강한 악마를 조종하는 것은 매우 힘든 일이었지만 죽음의 문턱에서 허덕이고 있는 악마를 상대로는 충분히 가능성이 있어 보였다.

언제 정령계로 귀환했는지 현수는 정령을 다시 소환했고, 소환된 정신계 정령은 현수의 의지에 따라 악마의 귀를 통해 머리 안으로 들어갔다.

초점을 잃은 악마의 눈이 검게 물들기 시작했다.

"어떻게 된 거야?"

"이제 원하는 걸 물어보면 진실만을 말할 거예요. 정신계 정령이 악마가 생각을 하지 못하게 막고 있어요. 본능적으로 진실만을 말할 수밖에 없는 상태예요."

정신계 정령과 교감을 하고 있는 현수는 악마의 상태를 나보다 더 정확히 알 수 있었다.

언제 다시 정신을 차릴지 몰랐기에 최대한 빠르게 많은 정보를 알아내야 했다.

"몬스터를 성장시키는 능력을 가지고 있는 악마에 대해서 알고 있나?"

"알고 있다."

"그게 누구지?"

"크런클이다. 마계 서열 40위의 크런클이 몬스터를 강하게 하는 능력을 가지고 있다."

"크런클이 무슨 방법으로 몬스터를 강하게 하고 있는지 말해라."

"원래 그는 다른 악마에 비해 약한 기운을 가지고 있었다. 하지만 그는 몬스터를 조종하는 능력을 인정받아 마계에서 드물게 전투력이 아닌 지휘력으로 높은 서열을 가지게 되었다. 크런클은 몬스터를 조종하는 것뿐만 아니라 몬스터의 기운을 한순간에 폭발시켜 몬스터의 힘을 강하게 할 수 있었다. 기운을 모두 소진한 몬스터는 그 자리에서 즉사하지만, 마족과 비슷하거나 더 강한 기운을 짧은 시간에 낼 수 있기에 매우 유용한 기술이었다. 하지만 최근 크런클은 아이템의 힘과 자신의 연구를 접목시켜 부작용 없이 몬스터를 강화시키는 방법을 알게 되었다."

"크런클은 몇 층에 있지?"

"현재 8층에 거주 중이다."

8층으로 간다고 해서 그를 한 번에 만날 가능성은 그리 높지 않았다.

악마의 탑은 매번 랜덤으로 악마가 나오기 마련이었고, 8층에 거주하는 악마가 최소 열은 되어 보였기에 재수가 없으면 10번이나 8층을 올라야 크런클을 만날 수 있게 된다.

그렇게 되면 당연히 우리의 존재를 악마들이 확실히 인지하게 된다.

"어떻게 할래? 7층은 그렇다 쳐도 8층을 뒤집어 버리면 대번에 악마들이 우리를 인지하고 대책을 세울 텐데."

"그렇게 되면 악마와의 전쟁이 앞당겨지는 거겠죠? 그런데 7층을 공략해서 다른 방법은 없잖아요. 악마와의 전쟁을 대비해 헌터들도 고용하고 중국과 유럽의 헌터 협회와 친분도 쌓았는데 이제 충분하지 않겠어요? 어차피 악마와의 전쟁을 피할 수 없다면 몬스터를 강화시키는 능력을 가진 악마를 처리하는 게 더 이득일 것 같은데요."

"그래. 그러면 8층으로 올라가자."

이미 정신을 잃은 악마에게는 미안하지만, 악마를 살려두고 갈 수는 없었기에 그의 목에 검을 들이밀었다.

그 순간, 눈에 초점이 돌아온 악마는 다급히 소리쳤다.

"이대로 죽기에는 너무 억울하다. 나를 무시하고 괴롭혔던 악마들에게 복수도 하지 못하고 이대로 죽고 싶지 않다."

"응? 뭐라는 거야? 악마에게 복수를 하고 싶다고? 악마가 할 말이야, 그게? 그리고 나도 너를 때렸는데 나한테도 복수를 하고 싶을 거 아냐. 뒤통수가 가려운 상황을 만들고 싶진 않은데."

"아니다. 차라리 너와의 전투는 후련했다. 나를 무시하지 않고 전력을 다해 힘을 쓴 너와의 전투에서 나는 새로 태어났다. 지금까지 나를 가지고 놀며 무시했던 악마들에게 복수하고 싶다. 나를 살려준다면 너희들을 도와 악마와 싸우고 싶다."

이게 무슨 개똥 같은 소리인가.

언제 봤다고 우리를 도와 악마와 싸우겠다고 하는 건지. 그리고 그 말을 하는 존재가 악마였다.

"미안한데, 우리가 너를 어떻게 믿고 같이 다니겠어."

"마기의 정수를 걸고 약속하겠다."

왕따를 얼마나 심하게 당했는지 그의 눈에는 분노가 가득했다. 그는 분노에 찬 눈을 하고는 자신의 가슴에 손을 박아 넣었다.

"너, 자살하려는 거야? 무슨 짓이야?"

방금까지 내가 죽이려고 했던 악마였지만, 자살하려는 모습을 보고 싶은 마음은 없었다.

"마기의 정수를 걸고 약속한다. 내가 만약 너희들에게 반하는 행동을 하면 내 마기의 정수는 폭발한다. 악마의 인장을 마기의 정수에 심어 넣었다. 확인해 봐라."

악마의 인장이라는 말은 오늘 처음 들어봤고, 악마의 인장이 어떤 작용을 하는지 정확히 알지는 못했지만 그의 말이 거짓은 아니라는 것이 느껴졌다.

일단 가슴에 있는 마기의 정수의 주변에 이질적인 기운이 있는 게 느껴졌고, 그의 눈이 거짓을 말하고 있지 않았다.

7살 먹은 아이의 분노처럼 순수하고 뜨거운 눈빛을 하고 있는 악마였기에 나는 잠시 고민했다.

"어떻게 하지? 데리고 갈까?"

"방어력이 뛰어나 보이던데, 데리고 가도 나쁘지는 않을 것 같아요. 방어력만 본다면 위용욱보다 훨씬 더 뛰어난 것 같네요."

"그렇긴 하지. 그러면 일단은 데리고 가자."

보통 악마의 탑은 4인 1조가 되어 공략하는 것이 정석이었다.

그렇게 하기 위해서 위용욱의 몸속에 있는 드래고니안의 뼈를 각성시켜 수련을 시켰다.

하지만 그의 능력으로는 악마의 탑 7층은 한계가 있었기에 데리고 오지 않았다.

그를 대신해 우리를 지켜줄 방패가 있다는 건 나쁘지 않았다.

"대신 우리가 믿지 않는다는 것을 명심하도록 해. 우리는 언제라도 너를 버리고 도망갈 수 있어."

　　　　　*　　　　　*　　　　　*

"이것은 크런클의 기운이다."

악마에게 복수심을 가지고 있으며 우리와 함께 움직이기 위해 자신의 마기의 정수에 제약을 건 악마인 뚜두가 말했다.

뚜두는 정말 자신의 말이 사실이라는 것을 행동으로 보여주었다.

방금 전 악마의 탑 8층에 도착해 자신의 손으로 악마의 숨통을 끊어버렸다.

그것도 매우 홀가분한 표정으로 말이다.

"운이 좋았어. 두 번 만에 크런클인지 뭐시기인지 하는 악마를 찾아서 말이야."

"그런데 여긴 조금 다른 것 같은데요. 방금 전에 왔던 8층과는 너무 다른 분위기예요."

"분위기만 다르겠냐. 기운을 느껴 봐. 몬스터가 최소 300마리는 넘어 보이는데."

"그러네요. 악마의 탑에 이렇게 많은 몬스터가 한 층에 있는 것은 처음 느껴 보네요."

"나도 처음 봐. 확실히 몬스터를 조종하는 능력을 가지고 있는 악마가 분명하네. 주인공을 만나려면 300명이 넘는 조연과 엑스트라를 넘고 가야 되겠네."

앞에서 느껴지는 몬스터는 아래층에 서식하는 몬스터보다 더 강한 기운을 가지고 있었다.

하긴 자신의 친위대로 삼을 몬스터라면 얼마나 고르고 골랐겠는가.

다른 곳의 몬스터들이 일반인이라면 여기에 있는 몬스터들은 헌터급의 재질을 가지고 있는 몬스터였다.

"우리가 데빌 도어를 통해 올라오는 순간 우리의 존재가 발각당했을 거야."

악마의 탑을 공략하는 방법은 여러 가지가 있지만 처음 악마의 탑에 도착한 헌터들은 소수의 몬스터들을 유인해 사냥하는 방식을 선호했다.

많은 수의 몬스터를 한 번에 상대하는 것보다 비슷한 수의 몬스터를 유인해 사냥하는 것이 효율적이었다.

하지만 지금은 그런 방식을 사용할 수가 없었다.

악마는 그 층의 주인이나 다름없었고, 불청객인 우리의 존재를 바로 느낄 수 있었다.

그리고 300이 넘는 몬스터들도 악마의 조종을 당하고 있었기에 우리가 있는 곳을 파악하고 다가왔다.

"전투 방식은 어떻게 할까요? 같이 몬스터와 싸우는 방법을 택하실래요, 아니면 저와 뚜두가 몬스터를 상대하는 동안 악마를 사냥하실래요?"

"몬스터를 막을 수 있겠어? 너희 둘이 몬스터를 막을 수만 있다면 후자의 방식이 더 빠르게 악마를 사냥할 수는 있는데."

"일단은 견뎌 봐야죠. 그래도 고리의 기운을 가지고 있는 사람인데 몬스터한테 쉽게 당하지는 않겠죠. 그리고 뚜두의 방어력은 팀장님도 인정했잖아요."

"그러면 몬스터를 부탁해. 그리 오래 걸리지는 않을 거야. 몬스터를 죽이는 것보다 시간을 끄는 것에 중점을 두면 충분히 견딜 수 있을 거야."

현수는 아직 기운을 완벽히 자신의 것으로 만들지 못했지만 몬스터를 상대로 밀릴 정도는 아니었고, 뚜두의 방어력은 상위 서열의 악마와 비슷했기에 그들을 두고 악마를 찾아가기로 했다.

몬스터들을 상대로 시간을 끌다 보면 악마가 몸을 숨기거나 다른 계책을 생각할 수도 있었기에 나는 은신 망토를 착용하고 몬스터의 눈을 피해 마기가 풍기는 곳으로 이동했다.

몬스터에 비해 약간 강한 마기였고, 악마치고는 약한 마기를 가지고 있는 존재가 느껴졌다.

뚜두의 말처럼 전투력이 아니라 부가적인 능력으로 서열을 올린 악마가 분명해 보였다.

크런클의 외형은 확실히 전투력과는 거리가 멀어 보였다.

새하얀 피부의 얼굴색과 근육이라고는 찾아볼 수 없는 팔뚝이었고, 키는 170이 넘어 보이지 않았다.

금방이라도 응급실로 들어가야 할 것 같은 호리호리한 체형의 크런클이었지만 눈빛만은 살아 있었다.

보통 강한 집념을 가지고 있는 사람에게 눈에 독기가 있다고 한다. 하지만 크런클의 눈에는 독기가 아니라 호기심이 가득했다.

무슨 생각으로 몬스터를 강화시키고 있는지는 모르겠지만 그의 행동이 우리에게는 좋지 않은 결과를 만들어낼 것이 분명했기에 그를 막아야 했다.

주변에 몬스터가 너무 많은데.

크런클의 주변에서는 수십 마리가 넘는 몬스터가 밀착 방어를 하고 있었다.

자신의 전투력이 낮다는 것을 잘 인지하고 있기에 몬스터들을 방패로 이용하고 있는 크런클이었다.

몬스터를 이용해 방어하고 있다고는 하지만 그에게 접근할 방법이 없는 것은 아니었다.

하늘과 땅.

두 곳이나 비어 있었다.

야수로 변해 하늘을 날 수는 있었지만 그렇게 하면 그에게 접근하기도 전에 발각된다. 그렇다면 땅을 이용해 접근하는 방법이 최선이었다.

나는 고리의 기운을 이용해 은밀하게 땅을 파고들어가 크런클에게 접근했다.

기운을 감지하며 이동했기에 길을 잃을 걱정은 하지 않아도 되었고, 순조롭게 크런클의 기운이 느껴지는 지점에 도착할 수 있었다.

속으로 셋을 세고는 고리의 기운을 폭발시켜 크런클이 있는 지점에 큰 구멍을 만들었다.

크런클은 갑작스럽게 생겨난 구멍에 제대로 몸을 피하지 못하고 구멍으로 떨어졌고, 나는 그의 몸을 양손으로 받았다.

몬스터들은 크런클을 구하기 위해 같이 구멍을 향해 뛰어들었지만 몬스터들까지 받을 손은 없었기에 떨어지는 몬스터들을 밟으며 지상으로 올라왔다.

"너무 편안히 있는 거 아냐? 처음 보는 남자에게 안겼는데 무척 자연스럽다."

"저는 남자 취향이 아닙니다. 이만 내려 주시죠."

크런클의 목소리는 생긴 거와는 다르게 저음이었다.

"내려달라고 해서 내려줄 수는 없지. 여기까지 왜 올라왔는데. 너를 잡으려고 왔거든. 이대로 풀어줄 수는 없지."

"그렇다면 이런 자세로 대화하도록 하죠. 저는 불편하지 않습니다."

크런클은 두 손에 쏙 들어왔기에 나는 그를 안은 상태에서 대화를 이어 나갔다.

"네 덕분에 몬스터들이 강해져서 우리가 큰 불편을 느끼고 있거든. 멈추라고 말해도 멈출 리가 없으니 남은 방법은 말하지 않아도 알겠지?"

"저를 죽이려고 하는 거군요. 인간이 이렇게 빨리 악마의 탑 8층으로 올라올 줄은 몰랐습니다. 아니, 인간이 맞긴 한가요? 인간이 가질 수 없는 강한 기운을 가지고 있으시군요. 마기도 느껴지고 정령력도 느껴지는 특이한 분이시군요."

"마기도 별로 없어 보이는데, 기운을 감지하는 센스는 나쁘지 않네. 어쨌든 내가 인간인 건 맞아. 조금 특별한 능력을 가지고 있는 인간이라고 생각해."

"인간의 능력이 이렇게까지 성장했을 거라고는 생각지 못했군요."

"그건 그렇다치고, 너희들은 왜 맨날 마왕의 부활에 목숨을 거냐. 그냥 마계에서 너희끼리 살면 안 되냐?"

"저는 마왕의 부활을 그렇게 환영하지 않는 편이긴 하지만, 연구를 계속하기 위해서는 어쩔 수 없이 지원을 받아야 했고, 지원해 주는 쪽이 마왕의 부활을 원하고 있기에 여기에 있을 수밖에 없습니다."

"그래? 근데 네 연구, 대단하긴 하더라. 몬스터의 능력치가 강화될 수 있다는 사실은 이번에 처음 알았어. 처음 태어날 때부터 능력치의 한계를 가지고 태어난 몬스터를 강화할 생각을 하다니, 너도 대단하네."

"알아주시는군요. 다른 악마들은 몬스터의 능력치가 강해지는 것이 얼마나 뛰어난 연구 결과인지 모르고 있어요. 몬스터를 단순히 도구로만 생각하기에 강화된 몬스터가 악마의 군대에 얼마나 큰 힘을 실어줄 수 있는지 악마들은 모르고 있습니다."

크런클은 왕성한 호기심을 해결하기 위해 다른 악마들과 함께 악마의 탑으로 들어온 것 같았다.

악마의 탑을 만들기 위해 모든 악마들이 자신의 마기 일부를 내놓았다.

하지만 크런클은 워낙 적은 마기를 가지고 있는 악마였기에 악마의 탑에 내놓은 마기의 양은 미미했다.

그의 목적은 오직 연구였다.

마왕의 부활이든, 인간계의 점령이든 그의 관심 밖이었고, 그는 오직 평생 연구를 하며 살고 싶어 했다.

그런 크런클을 보고 있자니 조금 욕심이 생겼다.

악마와의 전쟁을 생각하면 크런클을 지금 죽이는 것이 맞았지만 그의 능력이 탐났다.

만약 그를 우리 회사로 영입할 수만 있다면 연구소는 지금보다 몇 배는 뛰어난 연구력을 가지게 될 것이고, 많은 것들을 개발해낼 수 있다.

꼬시면 넘어올까?

인재를 영입하기 위해서는 보통 크게 세 가지의 조건을 들어야 한다.

첫 번째는 돈.

두 번째는 작업 환경과 복지.

마지막으로 세 번째는 정년 보장.

악마도 이런 조건이면 꼬실 수 있을까?

이번에 합류한 뚜두는 악마에 대한 적개심으로 우리를 돕고 있긴 했지만 크런클은 상황이 많이 달랐다.

그래도 일단 말이라도 한번 꺼내보자. 넘어오지 않는다면 아깝지만 소멸시켜야지.

강한 마기를 가지고 있는 악마를 죽이면 마기는 사라지고 오직 자신의 권능만을 가진 채 데빌 실이라는 작은 구슬에 봉인된다.

데빌 실에 봉인된 악마는 자신에게 마기를 나눠주는 존재의 말에 복종한다.

크런클이 만약 강한 마기를 가지고 있는 악마였다면 고민도 하지 않고 죽였겠지만 그는 데빌 실에 봉인되는 조건을 갖추지 못하고 있었다.

"한 번만 제안할게. 인간계로 넘어올래? 너는 연구할 수만 있다면 어디가 되었든 상관없지 않아? 그리고 여러 가지 연구를 계속하고 싶지 않아? 인간계로 넘어오면 몬스터에 대한 연구는 물론이고 다양한 물건을 개발할 수 있게 지원해 줄 수 있어. 악마들이 얼마나 너에게 지원해 주고 있는지는 모르겠지만, 내가 그들보다 더 지원해 줄 수 있어. 자랑은 아니지만 인간계에서 가장 부유한 회사를 소유하고 있거든. 네가 원하는 연구 재료와 자원을 지원해 줄 능력은 충분히 돼."

내 품에 여전히 안긴 채 고민하고 있는 크런클이었다.

일단 부정적인 대답을 하지 않고 고민한다는 것은 넘어올 가능성이 있다는 뜻이었다.

"생각해 봐. 마계를 위해 연구한다고 해서 뭐가 달라지겠어. 인간계로 넘어오면 오로지 연구에만 집중할 수 있는 환경을 제공받는데 굳이 마계를 위해 일할 필요는 없잖아."

악마를 회사로 영입하려는 내 행동을 현수가 본다면 미쳤다고 말하겠지만, 악마와의 전쟁을 위해서라도 크런클이 우리 회사로 넘어오게 된다면 큰 도움이 된다.

"음… 제가 주로 연구하는 것은 몬스터의 신체 능력 강화인데, 인간계로 넘어가면 살아 있는 몬스터를 구하지 못하지 않습니까. 다른 것에도 관심이 있긴 하지만 구체적으로 어떤 것을 연구할 수 있는지 알고 싶은데요."

나는 품속에 들어 있는 천사의 눈물 한 알과 롱구스를 꺼내 들었다.

"이 약은 천사의 눈물이라고 불리는데, 엄청난 회복력을 가지고 있지. 그리고 이건 원거리 통신 장비인 롱구스인데, 이것도 우리 회사 연구소에서 만들었어."

"천사의 눈물과 롱구스, 이것들은 전부 몬스터의 사체를 이용해 만든 것이군요. 매우 흥미롭습니다."

관심을 보이는 크런클의 마음을 완전히 돌릴 만한 말이 필요했다.

"어차피 우리의 존재가 발각되었으니 조만간 악마들과 몬스터들이 인간계로 넘어오지 않겠어? 그렇게 되면 살아 있는 몬스터를 상대로 연구를 계속할 수도 있을 텐데, 그때까지만 다른 연구를 하고 있으면 되지 않겠어?"

"그렇긴 하군요. 그러면 인간계로 넘어가도록 하겠습니다. 그런데 악마가 인간계로 넘어가려면 많은 양의 생기가 필요한 건 알고 계신가요?"

악마의 탑을 세운 목적은 인간의 생기를 모으기 위해서였다.

생기는 마왕의 부활을 위해 필요하기도 했지만 악마가 인간계로 넘어가기 위해서도 필요했다.

강한 마기를 보유하지 않은 크런클이었지만 그의 마기를 생기로 뒤덮어 인간계로 넘어가려면 적지 않은 양의 생기가 필요했다.

"굳이 생기가 없어도 인간계로 넘어갈 수 있는 방법이 있어."

"그런 방법이 있나요? 제가 오랜 시간을 마계에서 살아왔지만 그런 방법이 있는지는 몰랐군요. 어떤 방법인가요?"

"마기를 보유하고 있기 때문에 인간계로 넘어갈 수 없는 거잖아. 그러면 간단하지. 마기가 없으면 자유롭게 인간계로 넘어가지 못할 이유가 사라지는 거지."

"하지만 저는 악마입니다. 마기의 정수에 있는 마기가 없으면 저는 소멸되어 버립니다."

"알고 있어. 하지만 그런 걱정은 하지 않아도 돼. 나한테 다 방법이 있으니까. 믿고 따라오라고. 그것보다 어서 몬스터들을 말려 주지 않겠어. 저러다가 동료들이 다치겠는데."

"알겠습니다."

크런클은 작은 피리를 하나 꺼내 연주했다.

고음은 아니었지만 멀리까지 뻗어나가는 파장을 가지고 있는 피리 소리는 7층의 곳곳에 울려 퍼졌고, 몬스터들은 돌이 된 것처럼 움직임을 멈추었다.

몬스터들이 움직이지 않자, 현수와 뚜두는 내가 있는 곳을 향해 달려왔다.

"현수야, 인사해. 앞으로 우리 연구소에서 일하게 될 크런클이야."

"네? 지금 뭐라고 하셨어요? 연구소에서 일하게 된다고요?"

머리 위에 물음표 수십 개를 띄운 채 말하는 현수였다.

"몬스터를 강화시킬 수 있는 능력을 가진 연구원을 구하기 쉬운 줄 알아. 이런 고급 인재의 양성과 영입은 회사의 발전을 위해서는 필수적이지."

"헐!"

"일단 그러면 어떻게 데리고 나가실 생각이신데요?"

크런클을 회사로 데리고 가겠다는 나의 의지를 꺾지 못한 현수는 한숨을 쉬며 말했다.

그의 질문은 크런클의 질문과 동일했기에 나는 현수와 크런클을 번갈아 보며 대답했다.

"마기가 없으면 데빌 도어를 이용해 인간계로 나갈 수 있지. 잘 생각해 봐. 우리도 마기의 일종이라고 할 수 있는 고리의 기운을 가지고 있는데 자유롭게 데빌 도어를 이용할 수 있잖아. 그렇다는 말은 오직 순수한 마기를 가진 존재만이 데빌 도어를 이용하지 못한다는 뜻이잖아. 그러면 방법이 있잖아."

"고리의 기운을 이용해 눈속임을 하겠다는 건가요?"

"정답! 고리의 기운을 이용해 크런클의 마기의 정수를 가두는 거지. 인간이 공기가 없으면 살아가지 못하는 것처럼 악마도 마기가 없으면 생존이 불가능하지. 하지만 마기의 정수가 사라진 것이 아니라 잠시 동안 봉인되는 것이니 충분히 가능성이 있어."

"가능성이 있다고 하셨습니까? 그렇다면 한 번도 이런 실험을 해본 적이 없다는 뜻이겠군요."

크런클의 질문은 예리했다.

"해본 적은 없는데 자신은 있어. 나를 믿어 보라고."

"갑자기 마계에서 연구를 하고 싶은 마음이 강하게 듭니다."

"그래? 그러면 여기서 너를 죽여야 하는데, 괜찮겠어?"

"음… 어쩔 수 없군요."

"그렇지. 이왕 우리 회사에서 일하게 되었으니 나를 한번 믿어 보라고."

여전히 품속에 있는 크런클이었기에 나는 바로 크런클의 몸에 고리의 기운을 불어넣었다.

마기의 정수는 심장과도 같은 역할을 하기에 보통 가슴 쪽에 자리 잡고 있었고, 크런클의 마기의 정수도 가슴 쪽에 있었다.

데빌 도어가 마기의 정수를 느끼지 못하게 해야 된단 말이지.

생기를 이용해 인간계로 넘어가는 방식도 결국은 생기로 데빌 도어를 속이는 방법이잖아.

그렇다면 충분히 가능하지.

내 기운을 크런클이 아무런 반항도 없이 받아들이고 있었기에 순조롭게 많은 양의 고리의 기운이 크런클의 몸으로 들어갔다.

그리고 이제는 봉인 작업을 할 차례였다.

봉인 작업이라고 해서 거창한 작업이 아니라 단순히 마기의 정수 주변에 벽을 쌓아 기운이 밖으로 나가지 못하게 하는 단순한 작업이었다.

하지만 단순한 방법이라고 해도 충분히 효과적이라고 자신할 수 있었다.

내가 가지고 있는 고리의 기운은 응축성이 뛰어나고 인력이 강했기에 서로를 당기는 성질을 가지고 있었다.

마기의 정수 주변에 기운의 틀만 만들어 두면 스스로 빈 공간을 메꾸게 된다.

처음 하는 작업이라 생각보다 오랜 시간이 걸렸지만 그래도 막힘없이 작업을 마무리할 수 있었다.

"마기가 전혀 느껴지지 않습니다."

새하얀 크런클의 얼굴이 더욱 빠르게 하얗게 변하고 있었다.

사람이 공기를 마시지 못했을 때의 모습과 흡사했다.

"빨리 나가야겠다. 마기를 공급받지 못한 상태가 오래 지속되면 좋지 않아."

나와 현수는 크런클을 안고 데빌 도어로 뛰어갔다.

그런데 문제가 하나 있었다.

"나는 어떻게 하나?"

뚜두가 문제였다.

외형적으로나, 속에 있는 기운으로나 뚜두는 완벽한 악마였다.

"너는 일단 여기에 있어. 새로운 악마가 배속되기 전까지 여기서 몬스터들과 놀고 있으면 우리가 데리러 올게."

"꼭 와야 한다."

"알았어. 우리도 네가 필요하니까 그런 걱정은 하지 말라고. 그러면 나중에 보자. 최대한 빨리 올게."

뚜두도 크런클과 마찬가지의 방법을 이용하면 데리고 나갈 수 있었지만 지금은 시간이 부족했다.

당장이라도 죽어버릴 것 같은 크런클이었기에 뚜두를 데리고 나갈 여유가 없었다.

*   *   *

"이제 좀 어때?"

크런클이 우리 회사로 온 지 일주일이 지났다.

크런클은 악마가 아니라 인간이라고 해도 좋지 않은 육체였기에 몸이 정상으로 돌아오기까지 일주일이라는 시간이 걸렸다.

"이제는 좀 살 것 같습니다. 마기의 정수에서 나오는 마기도 이상이 없고, 신체도 이전으로 돌아왔습니다. 악마에게 마기의 정수가 얼마나 소중한지 다시 한 번 알게 되는 기회였습니다."

크런클은 왜소하고 워낙 동안이었기에 언뜻 중학생 정도로 보였다. 하지만 그의 나이는 인간이 몇 대의 자손을 볼 정도였다.

"아! 그런데 악마의 탑의 몬스터들은 어떻게 되는 거야? 네가 없으면 성장이 멈추겠지?"

"그렇습니다. 몬스터의 성장은 제가 가지고 있는 이 피리와 제 연구 결과에 의해 가능했습니다. 제가 사라지는 순간, 몬스터는 이전으로 돌아갑니다."

"이전으로 돌아간다고? 그러면 점점 약해진다는 말이야?"

"그렇습니다."

정말 다행이었다. 강해진 몬스터를 데리고 악마의 군대가 밀고 들어온다는 생각만 해도 아찔했는데 그런 고민은 더 이상 하지 않아도 되었다.

하지만 이제는 본격적으로 전쟁을 준비해야 했다.

크런클을 데리고 온 순간부터 우리의 존재를 악마들이 알아차렸을 것이다.

아무리 멍청하고 둔한 악마라고 하더라도 악마의 탑에서 생긴 문제를 파악하지 못할 리는 없었다.

이제 본격적인 전쟁의 시작이 머지않았다.

전쟁을 준비했다고는 하지만 여전히 부족한 점들이 많아 바삐 움직여도 부족할 지경이었다.

하지만 그 전에 크런클을 연구소로 데리고 갔다.

"연구 소장님, 여기는 새로 입사한 연구원입니다. 겉모습은 어려 보이지만 스물다섯은 넘었습니다. 개인적인 실험 공간을 제공하고, 원하는 것을 모두 지원해 주시면 감사하겠습니다."

연구소장은 잠시 크런클의 얼굴을 보고는 나를 데리고 구석으로 이동했다.

"저자가 누구길래 특별 지원을 해주라는 건가?"

"천재입니다."

"천재? 우리 연구소에도 천재는 많이 있다네. 최연소로 대학교를 입학해서 졸업한 사람부터 유명 대학의 교수까지 많지만 특별 지원을 받는 사람은 아무도 없다네."

"우리 연구소의 연구원들을 폄하할 생각은 없지만, 저 사람은 정말 특별합니다."

마계에서 수백 년 동안 연구를 해온 존재라고 말할 수는 없었기에 나는 다른 말을 생각해 내야 했다.

"천사의 눈물과 롱구스, 그리고 거름까지 전부 우리 회사의 창업주님께서 비법을 알려주었기에 연구소에서 빠르게 만들 수 있지 않았습니까."

"그렇긴 하네만, 그게 무슨 상관인 겐가?"

"저자는 창업주님의 유일한 제자입니다. 창업주님이 가지고 계신 신묘한 지식의 전반을 이어받은 유일한 사람입니다. 성격이 조금 이상하지만 분명 우리 회사에 큰 도움이 되는 인재입니다."

"창업주님의 제자란 겐가? 진작 그 말을 했으면 이런 질문을 하지 않았을 것 아닌가. 알겠네. 창업주님의 제자라면 당연히 특별 지원을 받을 자격이 있지."

이미 크런클과는 입을 맞춰 놓았다.

"안녕하십니까, 저는 마준기입니다."

크런클이라는 이름을 사용할 수는 없었기에 급조한 이름을 사용하게 되었다.

"창업주님의 제자라고 들었네. 그래, 원하는 게 있으면 언제든지 말하게나. 개인 연구실로 안내해 주겠네."

연구소장은 마준기에게 연구소 안을 안내해 줬고, 나는 그들을 두고 현수를 찾아갔다.

현수는 악마의 탑에서 시간을 보내느라 미처 처리하지 못한 서류들을 처리하며 바쁜 시간을 보내고 있었다.

"현수야, 지금 그럴 시간이 없어."

서류에서 눈을 떼지 않으려고 하는 현수를 강제로 일으켜 세워 개인 사무실로 데리고 들어갔다.

"지금 회사의 업무를 보는 것도 중요하지만, 더 중요한 일이 있어. 악마와의 전쟁이 머지않았다는 걸 알고 있지. 악마와의 전쟁이 시작되면 많은 수의 몬스터들과 마족, 그리고 악마들이 데빌 도어를 통해 인간계로 넘어올 거야."

"그렇게 된다고는 알고 있어요. 그러니 그 전에 최대한 많은 병력과 물자를 준비해야 되지 않겠어요. 지금 제가 보고 있던 것들이 헌터 모집 관련 서류였어요."

"물론 헌터의 수를 늘리는 것도 중요하지만, 그건 딴사람이 해도 되잖아. 지금은 데빌 도어의 수를 줄이는 게 우선이야."

"데빌 도어의 수를 줄인다는 말이 무슨 뜻이지요?"

"악마의 탑에서 몬스터들이 넘어오려면 데빌 도어를 통해야 하잖아. 그리고 전국에 엄청나게 많은 수의 데빌 도어가 존재하고 있고, 사방에서 나오는 몬스터를 막으려면 많은 피해를 감수해야 되겠지. 하지만 데빌 도어의 수를 미리 줄여 놓는다면 여러 방향이 아니라 한 방향에서 공격해오는 몬스터들을 막기만 하면 되잖아."

"그러니까, 데빌 도어를 파괴하는 방법이 있다는 뜻이에요?"

"그렇지. 데빌 도어는 악마의 탑에서 나오는 마기를 영양분으로 삼아 작동하고 있어. 강한 충격을 견디고, 불에도 타지 않지만, 너와 나는 충분히 데빌 도어를 파괴할 능력을 가지고 있어."

"그렇다면 진작 파괴하는 게 좋았잖아요. 아! 데빌 도어를 파괴하면 악마가 우리의 존재를 대번에 눈치채게 되겠군요."

"그렇지. 그래서 데빌 도어를 가만히 두고 있었지. 하지만 지금은 벌써 악마가 우리의 존재를 눈치챘잖아. 그러니까 데빌 도어를 파괴해도 되지."

"데빌 도어를 파괴할 수 있는 사람이 저와 팀장님뿐이라면 고리의 기운을 이용해서 파괴하나 보네요."

"그렇지. 악마의 탑에서 나오는 기운보다 더 강한 기운을 데빌 도어에 밀어 넣으면 데빌 도어는 우리를 숙주로 생각하고 악마의 탑에서 받는 기운을 끊어버릴 거야. 그때 우리도 기운을 끊어버리면 데빌 도어는 영양분을 제공받지 못하고 시들어버리지."

"데빌 도어와 동기화를 해야 된다는 말이네요. 동기화를 하려면 악마의 탑에서 들어오는 기운보다 많은 양의 기운을 사용해야 될 것 같은데, 제가 가지고 있는 기운으로도 충분한가요?"

"충분해. 네가 가지고 있는 기운을 이용하면 하루에 3개 정도는 파괴할 수 있을 거야. 악마와의 전쟁이 언제 시작될지는 모르겠지만, 그래도 몬스터와 악마가 인간계로 넘어오려면 시간이 걸릴 거야. 그 전에 최대한 많은 수의 데빌 도어를 파괴해야 전쟁을 우리가 유리한 상황에서 시작할 수 있어."

"팀장님 말씀대로 지금 서류를 볼 때가 아니네요. 당장 데빌 도어를 파괴하러 이동하죠."

가장 가까이에 있는 데빌 도어는 우리 회사가 보유하고 있는 것이었다.

회사에서 5분 거리에 있는 데빌 도어는 거금을 들여 헌터 협회에서 소유권을 취득한 것이었다.

하지만 이 데빌 도어를 파괴할 수는 없었다.

악마의 탑에서 몬스터가 나온다고는 하지만 언젠가는 악마의 탑으로 들어가야 할 일이 생긴다.

악마의 탑을 지탱하는 마왕의 심장을 파괴하기 위해서라도 근처에 데빌 도어 하나는 가지고 있어야 했다.

서울 외곽에 위치한 데빌 도어에 관심을 두는 사람은 없었고, 우리는 헌터 협회에 보고하지도 않고 그쪽으로 이동했다.

외곽에 있는, 관심을 받지 못하는 데빌 도어라고는 하지만 소유권은 엄연히 헌터 협회가 가지고 있었다.

"헌터 협회가, 우리가 데빌 도어를 파괴하고 있다는 사실을 알게 되면 조금 시끄럽겠는데요."

"그렇겠지. 자신들의 주 수익원 중 하나인 데빌 도어를 파괴하는 것이니까. 하지만 악마와의 전쟁이 시작되면 그런 말은 하지 못할 것이니 무시해도 돼. 그러면 바로 데빌 도어를 파괴하는 방법을 보여 줄게."

데빌 도어를 작동하는 스위치인 4개의 의자 위에 나와 현수가 앉았다.

두 자리가 비었지만 데빌 도어를 조종하는 아이템을 가지고 있었기에 굳이 모든 자리를 채우지 않아도 데빌 도어를 작동시킬 수 있었다.

의자로부터 신호를 받자 중앙에 붉은 차원 문이 생겨났다.

"눈을 감고 느껴 봐. 차원 문과 악마의 탑의 연결 고리를 느낄 수 있을 거야."

현수는 하나를 알려주면 두셋을 알아서 찾아냈는데, 이번에도 내가 알려주지 않은 것을 스스로 알아내었다.

"차원 문에서 에너지를 공급하는 끈이 느껴져요. 제가 새로운 끈을 만들어 기운을 공급하면 차원 문이 저를 숙주로 생각한다는 거죠? 한번 해볼게요."

현수의 기운이 조금씩 차원 문으로 이동했고, 가지고 있는 기운 1/3을 밀어 넣자 차원 문이 악마의 탑과 연결되어 있는 끈을 끊어내고 현수에게 의존하기 시작했다.

"지금 당장 기운의 공급을 끊어버리면 악마의 탑과 연결되어 있는 끈에 다시 접촉할 수도 있어. 서서히 뜨거워지는 냄비 안에 있는 개구리가 앉아서 타 죽는 것처럼 서서히 기운의 공급을 줄여 나가야 돼."

현수는 처음치고는 매우 매끄럽게 차원 문을 요리했고, 새로운 숙주로부터 들어오는 기운을 공급받지 못하게 된 차원문은 서서히 힘을 잃었다.

"데빌 도어를 이루고 있는 의자를 발로 한 번 가볍게 차 봐."

도끼를 들고 찍어도 흠집 하나 생기지 않았던 데빌 도어였지만 지금은 현수의 가벼운 발길질 한 번에 먼지가 되어 사라져 버렸다.

"이런 방식으로 데빌 도어를 파괴하면 되는 거네요."

"그래. 너는 최대한 가까운 곳에 있는 데빌 도어를 파괴하도록 해. 나는 먼 거리에 있는 데빌 도어를 파괴할게."

그렇게 우리는 데빌 도어 파괴 작업을 본격적으로 시작했다.

　　　　　*　　　　　　*　　　　　　*

　정령을 소환하는 아이템을 제작하는 것을 제외한 다른 작업
은 손을 놓고 오로지 데빌 도어 파괴에만 힘을 쓴 지 벌써 2주가
지났다.

　한국에 있는 웬만한 데빌 도어를 파괴하는 데 성공했다.

　"정말 힘들었네요. 데빌 도어를 파괴하는 것보다 헌터 협회를
상대하는 게 더 힘들었어요."

　"그러니까 말이야. 헌터 협회에 악마와의 전쟁이 시작된다고
힌트를 줬는데도 막아서니 결국은 돈을 퍼붓고 조용히 시켰네."

　"참 악마와의 전쟁에서 승리하기 위한 작업인데, 그 작업을 돈
받고 하는 것도 아니라 돈을 주고 해야 된다니, 참 아이러니하네
요."

　"그래도 좋게 생각하자. 한국에 있는 데빌 도어 대부분을 파괴
했잖아. 아직도 악마의 탑은 조용한 상황이니까, 이제는 일본의
데빌 도어를 파괴하면 될 것 같아. 일본에 있는 데빌 도어를 파
괴한다고 하니 어떤 반응을 보여?"

　"워낙 일본이 우리 회사에 우호적이라서 별다른 반응은 없어
요. 헌터의 양성도 중요하지만, 현재 일본이 최우선적으로 하고
있는 사업이 농업이잖아요. 거름과 종자를 무상으로 제공해 주
겠다는 약속을 해주니까 별다른 반발 없이 데빌 도어의 파괴에
동의했어요."

　"일본이라도 우리한테 우호적이라서 다행이다. 중국의 데빌 도

어도 파괴하면 좋겠는데, 그럴 시간이 있을지 모르겠어."

"일단 일본부터 정리하고 중국은 천천히 정리하기로 하죠. 몬스터와 악마가 언제 튀어나올지 모르는 상황이니까요."

"그래서 말인데, 일본으로 가기 전에 악마의 탑 상황을 파악해 보고 싶은데 말이야."

"이 상황에 악마의 탑으로 들어가시겠다는 말씀이세요?"

"그래. 악마의 탑의 상황을 알아야 구체적인 계획을 세울 수 있지 않겠어?"

"위험하지 않겠어요? 만약 악마들이 우리를 기다리고 있다면 살아 돌아오기 힘들지 않을까요."

"너는 악마들을 과대평가하는 경향이 있어. 악마들은 탐욕스러운 존재들이라 자신의 이득을 위해 연합을 이루고 배신하는 존재들이야. 우리의 존재를 알았다고 하더라도 우리를 잡기 위해 덫을 놓진 않았을 거야. 여전히 우리를 무시하고 소수의 악마만 파견 보낼 생각일걸."

이계에서의 경험을 통해 악마들의 습성을 배웠고, 악마들의 행동을 대충 예상할 수 있었다.

인간보다 더욱 탐욕스럽고 서로를 밟고 올라가기 위해 안달이 나 있는 게 악마였다.

마왕의 부활을 원하는 소수의 강한 악마를 제외하면 대부분의 악마가 새로운 마왕이 되고 싶어 했다.

그리고 그들에게 우리의 존재는 좋은 핑곗거리였다.

다른 악마들의 눈을 피해 인간계로 넘어오기만 하면 인간계에서 왕으로 지내고 싶어 하는 악마들이 서로 나서 우리를 처단하기 위해 인간계로 넘어오겠다고 난리를 칠 것이다.

모든 악마들이 동시에 나온다면 좋겠지만 그건 현실적으로 불가능했다.

지금까지 모은 인간의 생기는 마왕을 부활시키기에는 턱없이 부족했고, 몬스터와 악마들이 인간계에 강림하기에도 부족한 양이었다.

악마들은 선택할 것이다.

우리를 무시하고 지금처럼 계속 인간의 생기가 모이기를 기다리거나, 혹은 장애물을 처리하거나.

그리고 선택은 후자가 될 가능성이 높았다.

하지만 후자를 선택해도 여러 가지 방법들이 있다.

마왕의 부활을 원하는 악마들이 선택할 수 있는 최고의 수는 적은 양의 생기를 이용해 우리를 처단할 소수의 악마를 인간계로 내려보내는 것이다.

그 소수의 악마가 인간계로 내려오는 순간 본격적인 전쟁이 시작된다.

*　　　　*　　　　*

마왕이 봉인된 뒤 가장 강한 마기를 가지고 있는 악마는 서열 2위를 차지하고 있는 지옥의 불을 관장하는 화크나트였다.

화크나트는 마왕에 가장 근접한 악마였지만 마왕이 되고 싶어

하는 욕심은 크지 않았다.

그는 마왕에 대한 맹목적인 충성심을 가지고 있었고, 삶의 목적이 마왕의 부활이었다.

다른 악마가 마왕의 자리를 노리면 어김없이 칼을 들었다.

그는 냉정한 성격을 가지고 있었지만 행동은 뜨거웠다.

그런 화크나트를 두려워하지 않는 악마는 없었다. 그의 명령이라면 죽는 척이라도 해야 되었다.

그리고 오늘 화크나트가 소관한 회의가 시작되었다.

평소 악마의 탑에서 자신만의 영역을 구축하고 지내는 악마들이었지만 화크나트의 회의 소집에 보금자리를 비우고 악마의 탑 10층에 모였다.

악마의 탑 10층에 오르려면 마계에서 서열 20위권 안에 들어야만 했다.

"악마의 탑 7층이 돌파되었다는 보고를 들었다. 무슨 일인지 아직 정확히 파악하지 못했나?"

화크나트의 질문에 악마의 탑을 관리하는 악마가 입을 열었다.

"악마의 탑 7층이 돌파된 지점이 한국이라는 나라가 있는 곳으로 파악되었습니다. 누가 어떤 능력으로 7층을 공략했는지에 대해서는 아직 조사 중에 있습니다. 조만간 그들의 정보를 알아내도록 하겠습니다."

툭툭.

화크나트는 버릇이 하나 있었다. 기분이 좋지 않거나 살의를 느낄 때면 손끝으로 자신의 검 손잡이를 두드렸다.

화크나트의 버릇을 모르는 악마는 없었기에 일제히 고개를 숙였다.

"아직 조사 중이란 말인가? 시간이 많이 지났는데, 고작 하는 말이 조사 중이라."

"죄송합니다. 최대한 빨리 조사를 하도록 하겠습니다."

"내 검이 뽑히기 전에 알아오는 게 좋을 것이다. 그들의 정체는 모르지만, 그들이 있는 곳이 한국이라는 것은 알게 되었군. 어떻게 처리하는 것이 좋겠는가?"

고개를 숙였던 악마들이 일제히 고개를 들고 눈을 빛냈다.

인간계로 넘어갈 수 있는 기회를 놓치고 싶지 않았기에 언성을 높이며 서로 자신이 인간계로 넘어가 훼방꾼을 죽이겠다고 외쳤다.

"우리의 계획대로라면 악마의 탑 5층에 인간들이 머물러 있어야 합니다. 그런데 벌써 7층이라면 계획이 많이 틀어집니다. 제가 그 계획을 돌려놓도록 하겠습니다. 저는 이전부터 한국이라는 나라에 관심을 가지고 있었습니다. 요즘 들어 인간들이 악마의 탑으로 가지고 오는 아이템의 성능이 매우 뛰어났습니다. 그리고 그 아이템은 전부 한국이라는 나라에서 만들어지고 있다는 것을 알게 되었습니다. 악마의 탑 7층을 돌파한 인간들과 상질의 아이템을 제작하는 곳이 동일하다는 연결 고리가 있습니다. 한국이라는 나라가 우리의 계획에 차질을 주고 있습니다. 제가 한국을 멸망시키겠습니다."

여기에 있는 악마 중 가장 서열이 낮은 악마인 트마워의 말을 다른 악마들은 무시했다.

"아직 마기가 마르지도 않은 놈이 우리보다 먼저 인간계로 넘어가겠다는 말이냐? 당치도 않은 소리다."

트마워는 서열 20위의 자리에 새로 오른 악마였다.

악마의 서열은 자주 바뀌지 않았다. 높은 서열을 차지하기 위해 많은 전투가 벌어졌지만 태생부터 정해진 마기의 양을 극복하기란 힘들었다.

하지만 트마워는 높은 자리에 오른 몇 안 되는 악마였다.

그의 마기가 흡수 계통의 마기였기에 가능한 일이었다.

흡수 계통의 마기를 가진 악마는 자신과 동일한 성질을 가지고 있는 악마의 기운을 흡수할 수가 있다.

트마워는 지금의 자리에 오르기 위해 자신과 동일한 성질의 마기를 가진 악마 수십 마리를 잡아먹었다.

현재 흡수 마계에 남아 있는 흡수 계통의 악마는 자신을 제외하고 한 명이 남았다.

하지만 그를 상대할 자신이 없었다. 자신을 제외한 흡수 계통의 악마의 이름이 화크나트였기 때문이었다.

화크나트와는 엄청난 힘의 격차가 있었기에 트마워는 정체 상태에 빠져 버렸다.

지금처럼 악마의 탑에서 시간을 보낸다면 다른 방법이 생기지 않는다.

인간계로 간다고 해서 뾰족한 수가 생기는 것은 아니었지만 지푸라기라도 잡는 심정으로 인간계로 가고 싶어 했다.

　다른 악마들이 언성을 높이며 인간계로 넘어가겠다고 주장하는 사이 트마워는 정보를 수집했다. 그리고 전략을 짰다.

　처음부터 높은 자리에 있던 악마들은 생각지도 못한 방법이었고, 그런 그의 노력에 화크나트의 마음이 움직였다.

　"그래, 네가 다녀오거라. 다른 지원이 필요한가?"

　"인간을 처리하는 데 다른 지원은 필요하지 않습니다."

　그렇게 인간계로 내려가는 악마가 결정되었다,

　악마와의 전쟁의 서막이 열리고 있었다.

＊　　　　＊　　　　＊

　한국에 유일하게 남아 있는 데빌 도어의 차원 문이 열렸다.

　4명의 사람이 모여 의자에 앉아야만 열렸던 차원 문이었지만 이번은 아무도 자리에 앉아 있지 않았다.

　밖에서 안으로 들어오는 것이 아니라 악마의 탑에서 인간계로 누군가가 넘어오려고 하는 것이다.

　"드디어 악마가 마수를 뻗기 시작하네요."

　"그래도 한국에 남아 있는 데빌 도어가 우리 회사에 있는 것이라 빠르게 대처할 수 있어서 다행이야. 어떤 악마가 나올지는 모르겠지만, 우리를 상대로는 힘들지."

　하나밖에 남아 있지 않은 데빌 도어에는 24시간 동안 헌터들이 상시 감시하고 있었고, 데빌 도어에서 마기가 풍겨 오는 순간 나와 현수, 그리고 회사에 있는 모든 헌터들이 데빌 도어의 주변을 둘러쌌다.

대량의 몬스터와 악마가 나온다고 하더라도 충분히 상대가 가능했다.

차원 문이 반짝거리고, 한 마리의 악마가 모습을 드러냈다.

긴 앞머리로 눈을 가린 악마였다.

눈을 가렸기에 어떤 얼굴을 하고 있는지 정확히 파악할 수 없었지만 높은 코와 갈매기 모양의 입술로 보아 나쁘지 않은 얼굴을 하고 있다는 것은 알 수 있었다.

"한 마리가 끝인가 본데요."

한 마리의 악마가 차원 문을 통해 넘어왔고, 차원 문은 입을 닫고는 잠에 빠져들었다.

"고작 하나라. 그래도 방심해서는 안 돼. 저 악마에게서 느껴지는 마기가 나와 크게 차이가 나지 않아."

악마는 차원 문을 빠져나와 주위를 둘러보았다. 조금은 당황한 듯한 기색을 보이고 있는 악마였다.

하긴 자신을 기다리는 만 명에 가까운 인원에 놀라지 않으면 비정상이지.

말을 잊은 악마를 대신해 내가 그에게 말을 걸었다.

"인간계는 처음 와 보는 것 같네. 그래, 인간계로 넘어온 소감이 어때? 잘 생각하고 말하는 게 좋을 거야. 소감이 유언이 되는 건 한순간이니까."

우리의 상황을 모르는 사람이 지금의 장면을 본다면 수적 우위를 가진 우리가 악마를 핍박하는 상황이라고 생각할 수도 있었다.

"나를 기다리고 있었나? 너는 누구냐? 인간인가? 마기가 느껴지는 인간이라. 너희들이 악마의 탑 7층을 돌파한 사람이구나."

"그것도 모르고 여기로 넘어온 거냐? 너도 참 운이 없네. 다른 데빌 도어로 넘어왔다면 그래도 목숨을 조금이라도 유지할 수 있었을 텐데. 그래도 이렇게 만났으니 통성명 정도는 해야겠지. 나는 최진기라고 하는데, 너는 이름이 뭐냐?"

"나는 마계 서열 20위인 트마워다."

선수 필승이라고 했다. 통성명도 마친 이상 더 머뭇거릴 이유는 없었다.

악마가 당황하고 있는 지금 공격해야 했다.

나는 고리의 기운을 극성으로 끌어 올렸고, 내 옆에 있는 현수 또한 고리의 기운을 끌어 올렸다.

그리고 정령 소환 아이템을 가지고 있던 헌터 중 중급 이상의 정령을 소환할 수 있는 소환사들이 정령을 소환했다.

순식간에 강대한 기운이 악마의 주위를 둘러쌌다.

"제대로 당했군."

"얼굴을 이렇게 마주 보고 있는 것도 인연이라면 인연인데, 질문 하나 해도 될까?"

"말해라."

"데빌 도어를 통해 넘어온 악마가 얼마나 되지?"

"나 혼자뿐이다. 인간을 상대로 많은 악마를 투입할 필요가 없다고 판단했지만, 우리의 예상이 틀렸군."

"너희들의 예상이 틀린 것이 아니라, 너희들의 예상을 예상한 우리가 대단한 거지. 처음 보는 인간계를 관광시켜 주고 싶지만 우리는 여행사가 아니라서 말이야. 우리 회사는 여행사보다 상조회사에 가깝지."

나는 끌어 올린 기운을 악마를 향해 흘려보냈다.

가볍게 탐색전을 시작하려는 의도였다.

"이 기운은! 너는 흡수 계통의 마기를 가지고 있구나!"

내 마기의 정체를 알아차린 악마였다.

그렇다는 말은 저 악마도…….

"마계가 아니면 흡수 계통의 마기를 흡수할 방법이 없을 거라고 생각했건만, 인간계에도 흡수 계통의 마기를 사용하는 존재가 있다니. 그것도 2명이나. 좋구나."

더 이상 시간을 주어서는 안 되었다.

"모두 공격해라!"

나는 기운을 점으로 뭉쳐 강한 폭발력이 있는 형태로 만들어 악마에게 집어 던졌고, 현수를 비롯한 많은 헌터들이 소환한 정령들이 각자의 기운을 이용해 악마를 공격했다.

내 기운을 시작으로 악마를 향해 쏟아진 공격들로 땅은 지진이라도 난 것처럼 흔들렸고, 끊임없이 들려오는 폭발음에 고막이 아파올 지경이었다.

이번 공격으로 악마가 소멸된다면 좋겠지만 그러지 않을 것이다.

마계 서열 20위권의 악마라면 비장의 수를 가지고 있을 것이다.

그것도 흡수 계통의 마기를 가진 악마라면, 보는 것만으로도 손이 베일 정도로 날카로운 비장의 수를 보유하고 있을 것이다.

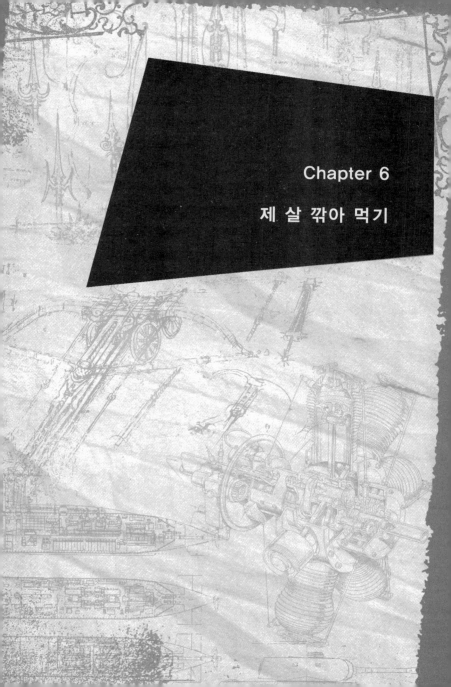

Chapter 6

제 살 깎아 먹기

"이제 어떻게 합니까? 흡수 계통의 악마라면서요. 이대로 악마의 탑으로 돌아가 다른 흡수 계통 악마들을 끌고 나오면 우리가 그들을 막을 수 있을까요? 소멸시켰어야 하는데."

현수는 며칠 동안 제대로 잠을 자지 못했는지 다크서클이 턱 밑까지 내려와 있었다.

현수가 이렇게 민감하게 반응하는 건 당연했다.

"그 공격을 맞고도 도망칠 수 있을 줄은 나도 전혀 예상하지 못했어."

흡수 계통 악마인 트마워를 잡기 위해 나와 현수 그리고 정령의 힘까지 더해졌다.

그리고 트마워를 궁지에 모는 데까지는 성공했지만 마지막 숨통을 끊어 놓지 못했다.

고리의 기운을 극성으로 끌어 올려 트마워의 심장을 뜯어내려고 할 때 트마워는 공기 중으로 사라졌다.

서열이 높은 악마들은 고유의 권능을 가지고 있다.

하지만 일반적으로 권능이라고 하면 육체적 한계를 뛰어넘는 공격을 할 수 있거나 자연계 힘을 사용할 수 있었다.

트마워가 공기 중으로 사라지는 권능을 가지고 있을 거라고는 전혀 예상하지 못했다.

단순히 모습을 감추는 능력이었다면 내가 가진 기운 감지 능력으로 충분히 쫓을 수 있었지만 어떤 방법을 사용했는지 트마워의 기운이 전혀 감지되지 않았다.

완전히 사라진 것이다.

악마에 대해서 모르는 사람들은 트마워가 소멸되었다고 말하기도 했지만 그건 절대 아니었다.

마계 서열 20위권까지 오른 트마워다.

그가 가지고 있는 마기의 양은 엄청났고, 당연히 그가 소멸하거나 큰 타격을 입으면 엄청난 마기가 공기 중에 흩뿌려지게 된다.

하지만 그런 징조가 전혀 나타나지 않았기에 소멸되지 않고 도망간 것이 분명했다.

"트마워가 어디로 갔을까?"

"당연히 악마의 탑으로 갔겠죠. 악마가 원조를 받으려면 악마의 탑 말고 갈 데가 있겠어요."

"그건 네가 흡수 계통 악마의 탐욕을 몰라서 하는 말이야. 밑바닥 인생이 마계에서도 최상위권이라는 서열 20위까지 오르기 위해 많은 노력과 모험을 했을 거야. 그리고 여전히 만족하지 못하고 있지. 인간계에서 자신이 강해질 방법을 찾았는데 악마의 탑으로 돌아가 정보를 공유한다? 그건 절대 일어나지 않을 일이야."

"악마의 탑으로 가지 않고 우리를 상대할 방법이 있을까요? 아무리 강한 마기를 가지고 있는 악마라고는 해도 암살이 아니라면 우리를 상대할 방법이 없지 않나요?"

"나도 그렇게 생각하고는 있긴 한데. 우리가 예상하지 못하는 방법을 구상하고 있을지도 모르지. 다른 국가의 헌터 협회에 연락을 해서 악마의 탑에서 악마가 나왔다고 알리고, 그를 찾아야겠어."

"제가 바로 연락할게요."

*   *   *

현재 강한 헌터 협회를 가지고 있는 곳은 많지 않았다.

유럽 헌터 협회가 최근 들어 강해지고 있다고는 하지만 단일 국가가 아니라 연합이었고, 유럽 헌터 협회 연합도 미국의 헌터 협회에 비하면 부족했다.

그런 미국과 비슷한 전력을 가지고 있는 나라라면 카인트 헌터 회사가 있는 한국이 있었고, 다른 국가로는 사우디아라비아가 있었다.

중동 국가 중에서도 가장 먼저 헌터들을 양성한 사우디아라비아는 헌터들을 이용해 주변 중동 국가들을 힘으로 제압했고, 중동 지역의 진정한 왕으로 태어났다.

그들이 가지고 있는 전력은 표면으로 나오지 않았기에 적한한 수를 측정하기는 힘들지만 중동 국가들을 순식간에 제압했다는 것만으로도 미국과 비슷한 전력을 가지고 있다고 예상할 수 있었다.

기름으로 인해 많은 부를 쌓아 올린 산유국들이었지만 석유는 더 이상 자원으로 이용되지 않았고, 쓰레기가 되어 버렸다.

하지만 황금은 녹슬지 않았다. 많은 돈을 가지고 있는 중동 국가들은 돈의 힘을 이용해 식량과 무기를 구입했다.

제대로 된 농작지를 가지고 있지는 않았지만 최소 수백 년을 버틸 수 있는 돈을 가지고 있었고, 그들은 그 돈을 어떻게 이용할지 잘 알고 있었다.

모든 나라들이 그렇지만 특히 사우디아라비아에서는 헌터가 더욱 대우를 받았다.

헌터가 된 사람은 계급이 올라가게 되고, 법에 의해 보호를 받게 된다.

헌터가 무고한 사람을 죽인다고 해도 전혀 처벌을 받지 않는 것은 물론이고, 만약 헌터에 의해 피해를 입은 사람이 보복 행위를 하면 그 사람은 무거운 죄를 받았다.

이런 상황이니 건장한 성인 남성이라면 모두 헌터가 되고 싶어 했다.

하지만 헌터가 되는 길은 멀고도 험했다.

"옷을 보니 멀리서 온 것 같은데, 통성명이라도 합시다. 나는 쿠웨이트에서 넘어온 마흐무드라고 합니다."

"저는 카림입니다. 저는 카타르에서 왔습니다."

"멀리서도 왔군요. 이번 시험에서는 무조건 붙어야 할 텐데. 에휴."

마흐무드는 주변을 둘러보며 한숨을 쉬었다.

인산인해를 이루는 헌터 지망생들로 도시는 가득 차 있었고, 대충 봐도 자신보다 강해 보이는 사람이 적지 않아 보였다.

그가 카림에게 말을 건 이유는 하나였다. 자신보다 훨씬 약해 보이는 육체를 가지고 있었기 때문이었다.

경쟁 상대가 아니라고 생각했기에 카림에게 쉽게 접근한 것이다.

헌터 시험은 평균 대기 시간이 하루였다.

왕족 휘하 헌터단 혹은 왕궁에서 일하는 사람을 알고 있다면 대기 시간이 짧아지겠지만, 그렇지 못한 사람은 지루하게 시간을 보내야만 헌터 시험을 볼 수 있었다.

오랜 시간을 기다린다고 해서 시험이 복잡한 것은 아니었다.

"이번 시험은 더욱 간소화되었다고 하는데, 자신 있습니까?"

마흐무드의 질문에 카림은 고개를 가로저었다.

"저는 시험이 간소화되었다는 말도 지금 처음 듣습니다."

"멀리서 온다고 제대로 정보를 파악하지 못했나 봅니다. 이번 시험은 오직 실전 형식의 대련을 통해서만 선발한다고 합니다. 워낙 많은 사람들이 시험에 응시하니 이런 방식을 사용하는 것이긴 하겠지만, 그래도 헌터 지망생이 헌터를 상대로 대련한다면 몇 분이나 견디겠습니까. 그리고 응시생은 아이템을 착용하지 못한다고 합니다. 아이템을 착용해도 오래 버티지 못하는데 아이템을 착용하고 있는 헌터와 대련을 해야 한다니, 벌써부터 어깨가 무겁습니다."

"아이템을 착용하지 않고 대련을 통해 헌터를 선발한다는 말씀이십니까? 그렇다면 헌터를 이기면 헌터가 되는 겁니까?"

"아니, 무슨 말을 그렇게 합니까. 헌터 지망생이 아무리 능력이 뛰어나도 헌터를 이길 순 없습니다. 아무리 운이 좋다고 해도 10분을 버티는 게 다죠. 대련에서 보인 모습이 시험관의 마음에 들면 예비 헌터 자격을 부여받고 훈련을 받게 됩니다."

마흐무드는 자신이 알고 있는 정보를 아무런 대가도 받지 않고 카림에게 말해 주었다.

약해 보이는 카림의 외모와 자신이 더 많은 것을 알고 있다는 것을 통해 우월감을 느끼고 싶었기 때문에 보인 행동이었다.

"저는 눈 좀 붙여야겠습니다. 최소 8시간 이상은 기다려야 하는데, 카림 씨도 조금 자두는 게 좋으실 겁니다."

마흐무드는 신나게 혼자 떠들고는 자리를 깔고 누웠고, 얼마 지나지 않아 코까지 골며 잠에 빠져들었다.

혼자 남게 된 카림은 작게 중얼거렸다.

"헌터를 이기면 헌터가 되는 게 아니었군. 그렇다면 헌터를 이기지 않고 아슬아슬하게 져야 된다는 말인데. 힘들겠군. 차라리 헌터를 죽이면 편할 것 같군."

헌터를 죽인다는 말을 너무도 쉽게 하는 카림이었다.

헌터를 죽일 능력을 가진 사람이 있을까?

같은 헌터가 아니라면 불가능에 가까운 일이다.

하지만 카림은 가능했다.

그는 인간이 아니라 악마였고, 그것도 마계 서열 20위를 차지하고 있는 최상위권 악마였기에 헌터를 죽이는 일은 어렵지 않았다.

아니, 그에게는 너무도 쉬운 일이었다.

카림이라는 사람으로 변장한 그는 트마워였다.

최진기와 카인트 헌터 회사의 헌터들의 공격에 도망친 카림이 사우디아라비아에서 다시 모습을 드러낸 것이었다.

"당신 차례가 먼저인 것 같은데, 잘하고 오게나. 꼭 둘 다 붙어서 예비 헌터 자격을 부여받자고."

한나절을 같이 보낸 둘은 전보다 훨씬 가까워졌고, 마흐무드도 자기만족을 위해서가 아니라 진심으로 카림을 응원했다.

자신의 이야기를 이렇게 길게 들어준 사람은 카림이 처음이었고, 말을 아끼는 그의 모습에 인간적인 매력을 느낀 것이었다.

"저부터 먼저 다녀오겠습니다. 마흐무드 님도 꼭 좋은 결과가 있길 바랍니다."

카림은 자신의 번호를 호명하는 안내인을 따라 시험장 안으로 들어갔고, 그 안에서는 여러 명의 헌터와 시험관이 자신을 기다리고 있었다.

"저렇게 허약한 사람도 헌터가 되려고 하는 거야? 아무리 헌터가 되면 인생 역전이라고는 하지만, 그래도 앉을 자리를 보고 다리를 뻗어야 되는 건데."

대기석에서 휴식을 취하고 있던 헌터들은 카림을 보며 자신의 차례에 카림이 오지 않아 다행이라고 생각했다.

전투를 즐기는 전사라고 자부하는 중동의 헌터들이었기에 약한 사람과 대련을 하는 것은 부끄러운 일이라고 생각했다.

"그냥 포기하면 안 되겠는가?"

카림을 상대하게 된 헌터의 첫마디였다.

"부탁드립니다."

간절해 보이는 카림의 표정과 말투에 헌터는 어쩔 수 없이 검을 들어 올렸고, 시험관의 시작 신호와 함께 카림을 향해 달려들었다.

최대한 빠르게 끝내기 위해서였다.

약자라고는 하지만 그래도 만족스러운 대련이었다고 생각하게 하고 싶었다.

그러기 위해서는 한 번의 공격으로 쓰러뜨리는 것이 자신과 그리고 지망생에게도 좋은 결과라고 생각하는 헌터였고, 일반인이 막기에는 강한 힘이 실린 공격을 했다.

하지만 그의 계획은 성공하지 못했다.

"생각보다 몸이 날렵하구나."

단순한 방식으로 공격하긴 했지만 꽤나 빠른 공격이었다.

하지만 이번 상대는 자신의 공격을 아슬아슬하게 피해 내었다.

지금까지 많은 지망생들을 상대했지만 자신의 공격을 완벽히 피해 낸 사람은 손에 꼽을 정도였고, 그들 중 절반이 예비 헌터 자격을 부여받았다.

그리고 허약해 보이는 청년도 그럴 가능성이 생겼다.

이대로 눈에 보이는 공격을 해준다면 시험관이 그를 좋게 보고 예비 헌터 자격을 부여해 줄지도 모른다.

하지만 그건 전사로서의 수치였다.

"미안하다."

자신의 공격을 피한 순간 기회가 생긴 것이지만 봐줄 생각은 전혀 없었다.

헌터는 더욱 강하게 힘을 주고는 카림을 향해 검을 찔러 들어갔다.

이번에는 검식까지 이용한 공격이었고, 자신의 공격이 성공할 것이라고 믿어 의심치 않았다.

하지만 이번 공격도 아슬아슬하게 피해 내는 카림이었다.

'얼마나 더 피해야 되는 거지? 나도 공격해야 되는 건가? 그래도 대련이니까 공격 정도는 해야겠지.'

카림의 눈에 헌터는 허점투성이였다.

마계에서 자신보다 더 강한 악마를 상대로 싸워 와 지금의 자리에 오른 트마워였기에 인간 헌터의 공격은 애들 장난처럼 보였다.

카림은 공격을 피한 상태에서 가볍게 주먹을 내질렀다.

강한 힘을 실어 공격하면 의심을 받을 수도 있기에 최대한 힘을 빼고 한 공격이었다.

하지만 아무리 힘을 뺀 공격이라고는 하지만 인간 헌터가 느끼는 충격은 작지 않았다.

"큭!"

헌터의 입에서 소리가 터져 나왔다.

쓰러질 정도의 충격은 아니었고, 전투에서 이런 충격을 받았다면 참아 내었겠지만 전혀 예상하지 못한 곳에서 받은 충격이었기에 신음 소리가 입술을 비집고 나온 것이다.

"그만! 시험을 종료하겠다. 자네는 오른쪽 문으로 들어가게나. 그곳에서 예비 헌터 자격을 부여받을 수 있을 것이네."

카림은 생각보다 쉽게 끝난 시험에 어리둥절한 표정을 짓고는 오른쪽 문으로 들어갔다.

'공격을 성공하기만 하면 끝나는 시험이었나? 이럴 줄 알았으면 처음부터 공격할 걸 그랬군.'

카림이 지나간 시험장은 충격과 놀람의 도가니였다.

허약해 보이기만 하는 청년이 헌터의 공격을 피해내는 것은 물론이고, 반격까지 했다. 그것도 헌터의 입에서 비명 소리가 나올 정도의 공격을 말이다.

지금까지 헌터에게 공격을 성공한 지망생의 수는 열이 넘지 않았다. 그것도 겨우 옷깃을 스친 정도의 공격이었다.

이번처럼 깔끔하게 공격을 성공한 적은 처음이었다.

카림이 지나간 자리에 새로운 헌터 지망생이 들어왔다.

카림과 한나절 동안 수다를 떨었던 마흐무드였다.

'분위기가 왜 이래? 폭풍이라도 지나갔나?'

시험이 시작됐지만 헌터들은 자신에게 집중하지 않았고, 마흐무드는 집중을 하지 못하고 있는 헌터에게 선제공격을 성공시켰다.

공격을 받았지만 전혀 타격이 없었기에 헌터는 자신이 공격을 받고 있다는 것도 인지하지 못하고 계속 카림에 대한 생각을 했고, 그가 정신을 차렸을 때는 이미 시험관이 마흐무드를 오른쪽 문으로 보낸 뒤였다.

'이런, 이제는 정신을 똑바로 차려야겠어.'

헌터들은 실력보다 높은 평가를 받은 마흐무드가 시험에서 통과하자, 정신을 차리고 다음 상대부터는 이전보다 더 집중해서 시험을 보았다.

그에 더는 합격자가 배출되지 않았다.

"자네도 시험을 통과했구만. 생각보다 시험이 안 어렵지 않았나? 나는 샌드백을 때리는 기분까지 들었다네."

자신이 시험을 통과할 수 있었던 이유가 카림이라는 사실을 모르는 마흐무드는 자신이 어떻게 시험을 합격했는지에 대한 무용담을 늘어놓았다.

"이렇게 다시 보게 돼서 좋습니다. 이제 우리는 헌터가 되는 겁니까?"

"아니지. 이제 한 계단을 넘어선 것뿐일세. 물론 그 한 계단이 가장 넘기 힘들긴 하지. 우리는 여기서 이틀 동안 대기하게 될 걸세. 일주일 동안 합격한 사람들이 동일한 기수를 부여받게 되지. 한 기수가 다 모이게 되면 왕궁 직속 헌터 교육단의 교육을 받게 되네. 헌터 시험을 최종적으로 합격한 사람들은 그 기간을 지옥에서의 두 달이라고 부르더군. 얼마나 힘들지는 모르겠지만 단지 견디기만 하면 되는 수련이니 나는 그렇게 걱정을 하지 않는다네. 내가 다른 건 몰라도 참을성 하나만큼은 자신이 있으니 말일세."

카림은 고개를 끄덕이며 잠시 생각에 빠졌다.

'그냥 참기만 하면 되는 수련이란 말이군. 차라리 대련보다 더 쉬운 시험이군.'

어떤 수련을 무슨 방식으로 하는지에 대해서는 모르고 있는 마흐무드였기에 자세한 설명을 해주지는 못했지만 카림은 시험 통과 방식에 매우 만족했다.

괜히 힘 조절을 해야 되는 고생스러움이 없었고, 단순히 시간을 보내기만 하면 헌터 자격이 부여되기에 큰 걱정 없이 3일을 기다렸다.

"본격적인 수련을 시작하겠다. 엄청난 경쟁률을 뚫고 시험에 통과한 여러분들은 이번 수련을 참아 내기만 하면 헌터 자격을 부여받을 수 있다. 힘들고 고된 수련이 되겠지만 여기에 있는 모든 인원이 수련을 이겨 내기를 바란다. 상호 간에 경쟁도 필요 없고, 모두가 하나가 되어야만 수련을 이겨 내기 좋을 것이다. 질문이 있는 사람은 편하게 해라."

하늘이라고 생각하는 헌터의 말에 감히 입을 열 생각을 못 하는 사람들이었지만 마흐무드는 궁금증을 참지 못하고 손을 들었다.

"모든 사람이 합격을 한 전례도 있습니까?"

"있다. 왕국의 왕족이시자 왕궁 3헌터단의 단장 직을 맡고 계신 알 투르키 님이 리더로 있었던 기수는 처음이자 마지막으로 모든 예비생들이 수련을 통과했다. 가장 강한 헌터 기수로 이름을 날리고 있는 중이다. 다른 질문이 또 있는가?"

마흐무드를 제외하면 긴장감에 궁금증이 사라져 버린 사람들이었기에 더는 질문이 나오지 않았다.

"질문이 없으면 바로 수련에 돌입하도록 하겠다. 오늘부터 일주일 동안 기본 체력 수련을 시작하도록 하겠다. 헌터는 악마의 탑에서 몬스터와 싸우는 것은 물론이고, 혹시나 있을 전쟁에서 가장 선봉을 서야 한다. 당연히 일반 병사보다 강한 체력을 가지고 있어야 한다. 강한 체력은 기본 중의 기본이다. 다들 나를 따라 달린다."

몸을 풀 시간조차 주지 않고 달리기 시작하는 교관을 따라 예비생들은 달리기 시작했다.

수련은 생각보다 자유로운 분위기로 진행되었다.

긴장된 마음으로 달리기 시작한 예비생들이었지만 그렇게 빠르지 않은 속도였기에 조금씩 긴장감이 풀리기 시작했고, 대화를 하는 사람들도 있었다.

"역시 생각보다 수련이 어렵지 않아. 예비생을 선발하는 시험처럼 말이야."

예비생 선발 작업에서 오직 운으로 선발된 마흐무드만이 할 수 있는 말이었다.

"기본 수련이라서 그런 것 같습니다. 다음 주가 되면 힘들지 않겠습니까."

"그런가? 하긴 단계별로 수련의 강도가 높아지겠지. 그래도 첫 주가 이렇게 쉬우면 다음도 견딜 만하겠는데. 이런 수련을 견디지 못하고 포기하는 사람은 얼마나 참을성이 없는 건지 모르겠네."

시간이 지나자 마흐무드는 자신이 뱉은 말을 후회했다.

"젠장!"

긴 말을 할 체력은 이미 떨어지고 없었다. 벌써 세 시간이 넘게 달리고 있다.

처음과 같은 속도였지만 다리는 후들거리고 있었고, 입에서는 피비린내가 나고 있었다.

"언제 끝나는 거야? 처음부터 너무 무리잖아!"

"말을 아끼셔야 합니다. 입을 열면 체력이 더욱 소비됩니다."

좀비의 행진이 이러할까? 모든 예비생들은 자신의 의지로 잘리는 것이 아니라 집념으로 달리고 있었다.

참을성 하나만은 자신이 있다는 마흐무드였지만 그의 다리는 그렇지 않았다.

다리를 멈추고 숨을 고르고 있는 그에게 뒤를 따라오던 교관

하나가 붙었다.

"대열을 이탈하면 수련을 포기하는 것으로 간주하겠다. 포기하겠는가?"

"아닙니다. 더 달릴 수 있습니다."

인생 역전의 기회를 이렇게 날릴 수는 없었다. 마흐무드는 다시 다리에 힘을 주어 달리기 시작했지만 금방이라도 쓰러질 것 같은 모습이었다.

마흐무드를 시작으로 점점 대열에서 멀어지는 사람이 생겨났다.

기본 수련을 만만하게 본 예비생들이었지만 헌터가 되는 수련이 쉽지 않다는 것을 뼈저리게 느끼고 있었다.

"다들 수고했다. 오늘은 첫날이라서 약하게 진행했다. 내일부터는 오늘보다 배는 빠른 속도로 달릴 것이다. 그럼 준비된 식사를 하고 쉬도록 해라."

6시간이 넘는 시간을 달린 예비생들은 교관의 말이 끝나자 모두 바닥에 쓰러져 하늘을 바라봤다.

"이게 약한 강도라고? 그러면 내일은 얼마나 힘들다는 거야."

산해진미는 아니지만 먹기 힘든 고기반찬이 포함된 식사는 특별한 날이 아니면 보기 힘든 것이었다.

하지만 모든 체력을 다 소진한 예비생들은 포크를 들 엄두를 내지 못하고 있었다.

"드셔야 합니다. 내일의 수련을 위해서라도 음식을 섭취해야 합니다."

"지금 밥이 넘어가? 먹으면 바로 토할 것 같은데."

"그래도 드셔야 합니다. 영양분을 공급받지 못하면 육체가 견디지 못합니다."

카림은 쓰러져 있는 마흐무드를 일으켜 세우며 식사를 독려했고, 그는 억지로 음식을 섭취했다.

"나는 이제 자야겠어. 내일 있을 지옥 수련을 견디려면 체력을 보충해야지."

"지금 자는 건 좋지 않습니다. 근육이 경직된 상태에서 잠을 자면 근육이 뭉쳐진 상태로 풀리지 않습니다. 몸을 풀고 휴식을 해야 합니다."

"뭐라고? 지금 몸을 더 움직일 힘이 어디 있어?"

"그래도 해야 합니다."

카림은 이번에도 마흐무드를 억지로 일으켜 세웠고, 마흐무드는 카림을 따라 몸을 푸는 체조를 하기 시작했다.

그들의 모습을 지켜보던 예비생 중에서 뭉친 근육을 풀어야 된다는 것을 인지하고 있던 사람들이 다가왔다.

"우리도 같이해도 될까?"

"같은 기수끼리 의지해야만 수련을 견딜 수 있습니다."

가장 약해 보이는 카림의 말이었지만 그를 무시하는 예비생은 없었다.

지옥 같은 수련을 가장 멀쩡한 모습으로 통과했기에 그의 행동에는 이유가 있을 거라고 생각하는 예비생까지 있었다.

카림과 마흐무드만이 하던 몸풀기 운동을 어느새 모든 예비생이 모여 같이했다. 여기서 의지할 사람은 옆에 있는 동기들뿐이었다.

체조가 끝나자 카림은 매우 느린 속도로 운동장을 걷기 시작했고, 모든 예비생들이 그를 따라 운동장을 느린 속도로 돌며 뭉친 다리 근육을 풀었다.

폭풍 같은 하루가 지나가고 쓰나미가 예상되는 하루가 시작되려고 하고 있었다.

"다들 충분히 휴식을 취했나 모르겠군. 그러면 바로 수련을 시작하도록 하겠다."

이번에도 간단한 인사만을 하고는 달리기 시작하는 교관이었다.

"그래도 몸풀기 운동을 하고 수련을 시작하니 한결 몸이 가볍네."

오늘도 달리기로 시작해서 달리기로 끝나는 수련이 예상되었기에 카림은 수련이 시작되기 30분 전에 수련장으로 나와 몸을 풀기 시작했고, 그를 따라 다른 예비생들도 몸을 풀었다.

그랬기에 한결 편하게 수련을 시작할 수 있었다.

하지만 2시간이 흐르자 수련장은 거친 숨소리와 비명 소리로 가득 차기 시작했다.

"우웩!"

어제가 가벼운 산보였다면 오늘은 달리기였다.

어제와는 비교도 할 수 없을 정도의 강행군에 예비생 중에서 체력이 약한 사람들이 비명을 질러 대며 대열을 이탈하기 시작했다.

어제는 그래도 억지로 참아 낼 수 있었지만 오늘은 아니었다.

포기 선언이 튀어나오려고 하는 예비생들이었지만 헌터를 포기하고 싶은 마음은 없었기에 비명과 함께 눈물을 흘리고 있었다.

"지금 포기하면 안 됩니다. 제가 뒤에서 같이 달리겠습니다. 조금만 더 참으시면 됩니다."

카림은 그들을 격려했다. 금방이라도 쓰러질 것 같은 사람의 등을 받쳐 주었다. 그렇게 카림의 도움으로 예비생들은 오늘의 수련도 한 명의 낙오자 없이 이겨 낼 수 있었다.

"다들 수고했다. 이튿날에 낙오자가 생기지 않은 것은 오랜만이군. 내일도 모두 힘을 합쳐 수련을 견디기를 바란다."

예비생들은 일주일 동안 다른 수련은 하지 않고 달리기만 했다.

체력을 키우기에는 가장 좋은 수련인 달리기를 무시했던 사람들이었지만 일주일 동안 달리기의 무서움을 절실히 느꼈다.

가장 많은 예비생들이 낙오하는 수련이 바로 달리기였다.

보통 기수의 절반 정도가 달리기 수련에서 낙오되었다. 다른 수련도 힘들기는 마찬가지지만 달리기 수련만큼 체력의 한계를 느끼게 하는 것은 없었다.

"이번 기수는 남다르군. 달리기 수련에서 낙오자가 생기지 않다니. 다음 수련도 지금처럼만 한다면 모든 예비생이 합격하는 두 번째 기수가 될 수 있다. 고생했다. 내일은 수련이 없으니 몸을 회복하는 데 집중하도록 해라."

"감사합니다!"

그렇게 지옥 같은 일주일이 지나가고 예비생들에게는 꿀맛 같은 휴식이 주어졌다.

일주일 동안 달라진 점이라면 수련을 통해 체력이 향상되었다는 것과 자연스럽게 카림이 기수의 리더가 되었다는 것이었다.

"다들 휴식을 취하기 전에 몸을 풀어야 합니다. 가볍게 운동장을 돌도록 하겠습니다."

카림의 말에 토를 다는 사람은 아무도 없었다.

여기에 있는 예비생 중 카림에게 도움을 받지 않은 사람은 없었기에 그의 말이라면 무조건적으로 수용했다.

*   *   *

"도대체 어떻게 되어 가고 있는지 모르겠어요. 악마의 탑이 이렇게 조용하다니요. 그리고 인간계로 넘어온 악마는 왜 모습을 드러내지 않고 있는지. 제대로 되는 게 하나도 없네요."

현수의 말에 100% 동의했다. 진짜 제대로 되는 게 하나도 없었다.

우리는 악마와의 전쟁이 본격적으로 시작되었다고 생각하고 모든 헌터들을 비상 상태로 준비시켜 놨지만 악마들은 모습을 드러내지 않았다. 몬스터들도 나타나지 않았다.

평소와 다름없는 모습.

한국에 있는 데빌 도어를 하나만을 남겨두고 모두 파괴했기에 헌터들은 악마의 탑으로 가지 못하고 회사에서 대기해야 했다.

매일같이 몬스터를 사냥했던 헌터들이었기에 지금처럼 가만히 회사에서 대기하는 것을 견디지 못했다.

전투에 길들여져 있는 헌터들이었기에 싸우고 싶어 했다.

상대가 없어진 지금 헌터들은 도화선에 불이 붙은 폭탄과 다를 바가 없었다.

"트마워인지, 쓰마워인지 하는 악마 놈은 아직도 찾지 못한 거지? 무슨 일을 꾸미고 있는지 모르겠네."

"미국은 물론이고, 유럽과 중국에 연락해 놓았지만 그를 보았다는 사람은 아무도 없어요. 폭풍전야가 너무 길어지고 있어요. 얼마나 큰 폭풍이 오려는지 모르겠어요."

"우리는 우리가 할 일을 하며 기다리면 되는 거야. 지금은 우리에게도 중요한 순간이야. 많은 양의 아이템을 생산하고, 세계 각지에 공급할 시간은 지금 말고는 없어. 본격적으로 악마와의 전쟁이 시작되면 다른 나라를 도와주기에는 힘들어지니까."

"더는 악마의 탑으로 가지 못해서 아이템 생산에 차질이 생기고 있어요. 중국과 일본에서 재료를 구입하고 있긴 하지만 많이 부족해요."

"지금은 있는 아이템을 강화하는 수밖에 없으니 싸구려 아이템을 구입해 정령 소환진을 그려 넣어야지. 그리고 다른 국가의 헌터 협회와 더욱 견고한 끈을 만들어 둬야 해. 전쟁은 동시다발적으로 시작될 거니까."

전쟁이 시작되면 세계는 지옥으로 변한다. 피 냄새가 진동하고 살아 있음을 감사히 생각하게 된다.

"남은 시간 동안 나는 중국의 데빌 도어를 파괴할 테니까, 무슨 일이 생기면 바로 연락을 해줘."

"저도 같이 중국으로 갈까요?"

"아니야. 너는 회사를 지켜야지."

우리는 악마와의 전쟁을 다른 국가의 헌터 협회에 알렸다.

악마가 악마의 탑을 나와 몬스터를 이끌고 전쟁을 시작하려고 한다고 알렸지만 우리의 말을 믿는 헌터 협회는 많지 않았다.

하지만 우리가 무상으로 아이템을 제공해 주기 시작하자 우리의 말이 진실이라고 생각하는 헌터 협회들은 전쟁을 대비해 전력을 모았다.

그러나 지금처럼 아무런 일이 생기지 않고 시간이 흐른다면 긴장감이 풀리고 우리의 말을 의심하기 시작할 것이다.

"너는 다른 국가의 헌터 협회가 긴장을 풀지 않도록 해줘. 무방비 상태에서 전쟁이 일어나면 피해가 커질 거야."

나는 그 말을 끝으로 중국으로 넘어가 데빌 도어를 파괴하며 전쟁을 기다렸다.

『스킬스』 현대편 5권에 계속…

초대형 24시 만화방

신간 100%, 샤워실, 흡연실, 수면실(침대석), 커플석, 세탁기 완비

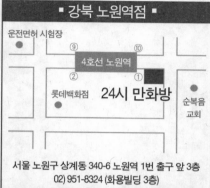

■ 강북 노원역점 ■

서울 노원구 상계동 340-6 노원역 1번 출구 앞 3층
02) 951-8324 (화용빌딩 3층)

■ 일산 정발산역점 ■

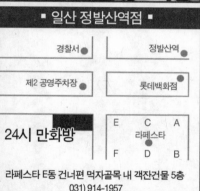

라페스타 E동 건너편 먹자골목 내 객잔건물 5층
031) 914-1957

■ 일산 화정역점 ■

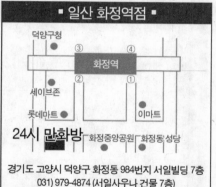

경기도 고양시 덕양구 화정동 984번지 서일빌딩 7층
031) 979-4874 (서일사우나 건물 7층)

■ 부천 역곡역점 ■

역곡남부역 기업은행 건물 3층
032) 665-5525

■ 부평역점 ■

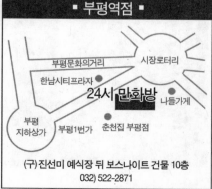

(구)진선미 예식장 뒤 보스나이트 건물 10층
032) 522-2871

이계진입 리로디드

임경배 퓨전 판타지 소설

FUSION FANTASTIC STORY

『권왕전생』임경배의 2015년 신작!

『이계진입 리로디드』

**왕의 심장이 불타 사라질 때,
현세의 운명을 초월한 존재가 이 땅에 강림하리라!**

폭군으로부터 이세계를 구원한 지구인 소년 성시한.
부와 명예, 아름다운 연인…
해피엔딩으로 이야기는 끝인 줄 알았건만
그 대가는 지구로의 무참한 추방이었다.
그리고 10년 후……

"내가 돌아왔다! 이 개자식들아!"

한 번 세상을 구한 영웅의 이계 '재'진입 이야기!

Book Publishing CHUNGEORAM

유행이 아닌 자유추구 -
WWW.chungeoram.com

사락함대 장편소설

FUSION FANTASTIC STORY

2016년 대한민국을 뒤흔들 거대한 폭풍이 온다!

『법보다 주먹!』

깡으로, 악으로 밤의 세계를 살아가던 박동철.
그는 어느 날 싱크홀에 빠진다.

정신을 차린 박동철의 시야에 들어온 건 고등학교 교실.
그리고 그에게 걸려온 의문의 ARS는 그를 새로운 인생으로 이끄는데……

빈익빈 부익부가 팽배한 세상, 썩어버린 세상을 타파하라!

법이 안 된다면 주먹으로!
대한민국을 뒤바꿀 검사 박동철의 전설이 시작된다!